不婚女士

Too Good to be Married

下册（全二册）

自由极光 著

Too Good to be Married
Too Good to be Married
Too Good to be Married

长江出版传媒 | 长江文艺出版社

北京知书文化传媒有限公司 & 北京长江新世纪文化传媒有限公司

www.cjxinshiji.com

出品

目录
CONTENTS

CHAPTER 06

久违的青春，剩一段未完爱恋，像一滴被忍住的泪

一

城市生存秘籍：即使抱着去上坟的心态，也要摆出跟帅哥上床的姿态。

一路有说有笑到婚礼现场，刚一下车，笑意就从何大叶的脸上干净彻底地消失了，像一只上了发条的玩偶，转眼就换上工作时冷漠木讷的脸。

哎，还真是有点动气了。

张阳阳察觉出何大叶的异样，有点怕，往张猛的怀里挤了挤，张猛摸了摸儿子的头，示意他没关系。

等你长大后就知道，女人的情绪就像沙漠里的天气，很多变。

在一个屋檐下工作久了，见得多了，张猛也就习惯了。

何大叶像是一个人格分裂的晚期病人，有板有眼地扮演着自己生活中的每一个角色，这些角色十分生硬地更替着，支离破碎地堆叠出一个完整的她。

何大叶承认，她不灵巧，也没有自我，她融合不出一个圆滑漂亮的自己。

但是又有什么关系呢？就是这样的一个她，披荆斩棘无往不利，虽然没有得到很多很多的爱，却有机会赚到很多很多的钱，夫复何求。

婚礼现场的破坏程度比悲观主义者何大叶想象中要轻微很多，时间抓紧一点，补救也是来得及的。

只能硬着头皮，能搞成什么样就什么样吧，希望瞒天过海。

何大叶拿出气球，安排好张猛和张阳阳要吹的颜色，自己也席地而坐，一个接一个地吹着。

沉默地吹了一会儿，仨人都觉得无聊，腮都快吹炸了，疼得很。

张猛忍不住说一句，不会用打气筒吗？

何大叶两手一摊："大晚上的，这个点儿，去哪儿买啊？"

张阳阳说不如来个吹气球比赛，何大叶点头同意，并拉拢张阳阳跟她一队集体 PK（挑战）张猛。张阳阳挺会趁火打劫的，歪着小脑袋作无辜状问何大叶："那如果赢了，能给我买大黄蜂的变形金刚吗？"

何大叶说没问题，心里感叹：现在的小孩啊，一个个都是人精。

比赛进行了几轮，张猛就输了几轮，张阳阳和何大叶高兴得一个劲儿地击掌。

击掌之余，张阳阳还不忘确认一下大黄蜂的购买日期。

"张猛，你怎么老是输啊？还输给女人和小孩。太差劲儿了，我都比不下去了。"阳阳一本正经地捏着下巴，替他爸担心。

何大叶不说话，坐在一旁偷着乐。

张猛不服气，把刚吹好的一个气球绑好，一边说："我这是让着你们娘儿俩。"

何大叶顿时石化，只低着头干活，张猛也不吭声了，时不时拿眼角偷偷瞄一眼何大叶，气氛有那么一瞬间的尴尬。

何大叶想，哪有那么好命啊，能有张阳阳这么大的孩子。

又仍然忍不住算了一下，如果阳阳真是自己的孩子，五六年前自己在干吗？

等会儿，娘儿俩？那敢情是自己跟张猛生的？

记忆的触角蔓延到长城公社那肉欲旖旎的一夜……好像喝得太多了，一点记忆都没有，何大叶忍不住生气：久旱逢甘露，竟然也没尝到这甘露有多甜！

张猛想找点话说，来调节一下气氛，刘丹拿着一个充气筒赶来了。

"哟，姑娘，你果真比你姐智商高好几个段数啊。"张猛活动着腮帮子，赶紧上前接过刘丹手里的充气筒，还不忘顺便数落何大叶。

"哥，你不但长得帅，嘴儿也甜啊。"刘丹笑成花痴样，假装不经意地捏了捏张猛的肱三头肌。

"滚蛋，你智商高，你怎么不带一个？"何大叶白他一眼说。

就是这股感觉，就是这股酸爽。

没错，这才是他们之间应该有的状态，何大叶瞬间觉得心里舒服多了。

刘丹在何大叶身旁坐下，心里惦记着该怎么跟何大叶说自己要闪婚的事儿，手里捏着的气球都快被她搓烂了。

"干吗呢？口活不好也得吹啊，要不然这个月咱姐俩集体喝西北风。"何大叶笑着，拿刘丹的软肋威胁她。

刘丹笑不出来，也没力气斗嘴求饶，神色慌张支支吾吾的，不知道怎么开口。

话已经到喉咙处，刘丹真希望自己有个喉结，能鼓动一下这话。

她也摸不清是什么情绪。不好意思？有一点，闪婚这种事儿似乎不可能出现在她这个人的生命里，但是缘分来了，结婚也未尝不可，大不了离呗。

就在这一刹那，刘丹突然想到了"忐忑"二字的写法，在心上一上一下，还真是恰当。

感慨之一，是她终究有一点点不确定的感觉。自己就这么结婚了？罗畅是她一直想要的那种人吗？她不愿意想，却不是没力气想。只是未来生活像一个画布展现在面前，心里模拟了无数个腹稿的可能性，但唯独这一种，浓墨重彩，绚烂到仿佛不知道如何在空白处下笔。

何况，这张画布明明应该有白描何大叶的地方啊。这个非血缘关系的姐，是这个火树银花的四九城里，闪着光的姐妹、榜样和心灵导师，打碎牙齿和血吞地盯着这一番事业的小天地，一向昂着头，尽管不年轻了，颈上也有了纹路，但依然把不婚女王的生活过得辛苦与活色生香齐飞，自己却一脚踏进婚姻的殿堂，将来岂不是跟她越来越远。

如果自己理直气壮，何苦面对何大叶时，这般忐忑呢？

刘丹这才发现，其实，她一直对何大叶的不婚女王形象并没有那么认可，因此骨子里才这么犹豫。

何大叶看出她不对劲儿，从刚才打电话时就开始吞吞吐吐的，刘丹很少往心里藏事情，起码不会瞒着何大叶。多年之前刘丹甚至告诉何大叶，半夜听见自己爸妈在房间里做爱的声音，觉得毛骨悚然极了。

何大叶脑补了几张画面，喉头一苦差点连胆汁都吐出来，她说："刘丹你能不能给自己和你爸妈保留点隐私，别什么事儿都告诉我行吗？"

刘丹一脸无辜状说："不告诉你告诉谁啊？难道还跑大街上随便抓个人说，我听见我爸妈那啥了？姐，秘密不能憋在心里，会得癌的。"

何大叶心说这下你轻松了，我找谁说去啊。

那件事情何大叶一直消化到今天，但每次见到刘丹爸妈，她还是会情不自禁地打个冷战。

认识刘丹的日子里，欲言又止这还是头一遭。

"有事儿就说，叽叽歪歪地摆什么小媳妇脸，难不成你要结婚啊？"

刘丹被点破后，先是惊讶，然后又有点难为情地红了脸，目光又含羞地看着何大叶。

此刻无声胜有声。

何大叶停下手上的活，有点儿惊讶，原本自己只是随口一说，没想到还真是料事如神，惊讶随即转为惊喜，以及一点点复杂的情绪。

能嫁出去，她挺替刘丹高兴的。

一个婚庆公司，俩职员都是嫁不出去的丧气老娘们儿，多不吉利。

但是吧，这是结婚啊，结婚是什么？是需要一个男人才能去民政局登记，然后办一场累得能扒层皮的婚礼，然后才能把这法定及人情认定的性生活继续下去。

可是刘丹成天在她周围转悠，哪儿蹦出来的男人，就这么把她娶过去？刘丹隐藏得也太深了。她之前倒是也排练过刘丹说她有男朋友了，自己会做出什么样的表情。

但没想到耕种感情这块耕地时，刘丹压根没冒泡，结果马上秋收了，才给她传喜讯——这也太把她当外人了吧。

这个小蹄子，以后再收拾你。

收起复杂的情绪，刚想开口问几句关于准新郎的八卦，刘丹突然站起来朝着门口看过去，何大叶蹲在地上也顺着看，看见罗畅正迈着模特步英姿飒爽地朝这边走来，步伐虽然不专业，但光靠脸，就比张猛那张蒙古脸看起来招人稀罕。

总算良心发现，知道来帮忙了，何大叶心想。

大厅里偶尔过往的服务生，看张猛再看罗畅，看得两眼放光，何大叶骄傲且欣慰，虽然自己朋友少了点儿，年纪大了点儿，但还能集齐两枚人模狗样的男人来帮她干活，此生最荣耀的时刻大概就是现在了吧。

辉煌时刻，何大叶此刻异常想念一向挖苦她没人要的"母夜叉"前老板，当着两个男人的面，问候一下"母夜叉"的母亲及关心一下她的性生活。

如果"母夜叉"还没倒下，可以顺便小声不小心地说：啊，这两位还都跟我有肌肤之亲的，老娘都没要他们。

何大叶站起身，贼笑着刚要刻薄罗畅几句，刘丹却一个箭步冲上去，亲密地搂住罗畅的胳膊，把他拽到何大叶面前。

"姐，我男朋友兼未婚夫，罗畅。这是我偶像，何大叶，也是我姐，顺便也兼职是我小气又刻薄的老板。"刘丹像只兔子一样，在两个人之间蹦来蹦去地介绍着。

何大叶想，还行，这丫头在外人面前还是跟我亲。

嗯，然后呢？何大叶突然觉得自己脑死亡了，想不下去了，这个世界忽然安静了几秒钟。

何大叶突然有了特异功能，眼前所有的一切都在回放，时间倒流。

这一天干什么了？对，今天的婚礼糟糕到差点收不到尾款，然后回到办公室，天才儿童张阳阳同志展现了难得温情的一面，然后刘丹爆料明天的婚礼现场被破坏，她忍着内伤挟持张猛张阳阳父子来到现场吹气球……

如此片段在脑中快速地播放，突然，在某一刻停止了，然后画面正常播放。

那是进场地之前，停好车的时候，何大叶迅速用语音骂了一下罗畅这个混蛋玩意靠不住，然后罗畅回复了一条。

"今天有很重要的事情，过不去了，乖，别闹哈。"

什么重要的事情呢？

这个事儿？

脑中的核反应堆由于高速运转，温度升高，终于砰的一声融化掉，只留下何大叶呆若木鸡的肉身。

心中有个声音在绝望地叫：何大叶，说点儿什么，快说点儿什么！

没想到刘丹先开口了，扭捏得跟化掉的蛋筒一样，推了推罗畅："姐，其实……他就是我跟你说的那个事儿……"

手里捏着的还没有绑线的气球脱手了，在气流的作用下飞上半空，一个不规则的旋转后落在地上，变成一摊软趴趴的粉色橡胶皮。

张阳阳迅速去捡气球，张猛也看出不对劲来。

何大叶的房子就是罗畅出面租给自己的，用脚指头也能看出罗畅跟何大叶的关系。

"他是你未婚夫？""你是她未婚夫？"尽管是同一个意思，但何大叶张开嘴只说出这两句话。

罗畅脑子也蒙了，原以为自己选择了一条道路，跟何大叶挥挥手说再见，开始新的征程。但坐在副驾驶座上的刘丹，却将何大叶打包成行李，作为贵重物品一同带上了车。

何大叶极力掩饰自己的情绪，依然有些不相信自己眼前的一切。

"刘丹是我姐们儿……"何大叶真想马上问这到底是怎么回事，但她却只嘟哝出这句话。

张猛能听懂，罗畅也能听懂，但刘丹依然被一股愉悦的情绪感染着，看这俩人大眼瞪小眼，依然不明白状况，反而指挥着俩人："你俩冷着干吗啊？作为我最亲的两个人，我的伴娘和新郎应该握一下手啊。"

等何大叶反应过来，她才发现自己已经茫然地将一只手伸向罗畅，她此刻相信，这只手应该是个机械手，根本不随心。

这也许是最后一次，何大叶主动将手伸向他，兜兜转转又三年，他们终于还是要回到最初陌生人的样子，自我介绍，握手，然后相忘于天涯。

罗畅傻愣着，还没回过神来，机械地伸出手跟何大叶握了握。

伸出之时，罗畅已经后悔，他似乎把一件很简单的事情，弄得很复杂。

复杂到已经发生的现实，变成了一把锋利的刀，很可能会把某些人划得血肉模糊。

是熟悉的体温，他的手还是一样热乎乎的，手掌干燥温暖，何大叶想。

曾经，有很多很多的夜晚，她都是握着这双手，在巨大的安全感中睡着的。

何大叶觉得一阵头晕目眩，大概是刚才起身太猛的后遗症。

"赶紧干活吧，干完再给你庆祝。"何大叶笑着对刘丹说，在脸部肌肉还受神经控制的时候，抛下这句话，然后赶紧转身找个藏身之处。

干什么？何大叶不想吹气球了，气球里都是呼出的二氧化碳。

《恋爱的犀牛》中说："人是可以依靠二氧化碳活着的，只要她有爱情。"

而何大叶真想让二氧化碳比空气的密度小，这样，她可以拎着这堆气球飘走。

刘丹递给罗畅一包气球让他到一旁吹，自己在何大叶身边坐下来。

"姐，你觉得他怎么样？"

何大叶认真地看着刘丹，有几秒钟，她甚至怀疑刘丹是明知故问，但看着刘丹笑靥如花的脸，她还是意识到，刘丹好像对她和罗畅的关系毫不知情。

是自己掩藏得太好，还是造物主想写一个剧本，名字叫《三个人的晚餐》？

心中忽然想起《三个人的晚餐》这首歌，听声音好像是王若琳唱的。

"果真长大了，知道跟我藏心眼儿了，都快结婚了，才领来给我看。"何大叶面无表情，又觉得自己这么说话，会让刘丹看出点什么。她又在说完这句话之后，附赠了一个甜美的笑容——尽管不熟练，尽管何大叶也不知道这个笑容是不是甜美。

"哪敢瞒着你啊，才认识一个月不到，三天前才确定的恋爱关系，直接就奔结婚去了。"刘丹想了想，腼腆地笑了，接着说，"我知道有点快，我自己也觉得这太像闪婚了，不对，不是像，根本就是！你也知道我一向觉得这不靠谱，但我喜欢他，他也喜欢我，还磨磨叽叽地谈什么恋爱，还不如直接结婚呢。"

何大叶没说话，只是安静地听着，眼神空旷，里面仿佛藏着一大片无垠的荒野。

这片荒野上没有人，只有何大叶自己安静地站在她自以为的中心，高傲地昂着头，倔强地不让眼泪掉下来。

自己在画面外，看着画中的自己，像是不小心滴在画面上的墨水，那么碍眼。

刘丹继续给何大叶讲着，她跟罗畅怎么认识的，她怎么教罗畅淘衣服，罗畅带她去坐直升机，那天鬼使神差地什么都不顺利，突然一下子什么误会都没了，俩人去泡温泉，又发现彼此都是感情上的落单者，生死一线间他们怎样牵着彼此的手，互相许下一辈子的承诺……

直升机，罗畅也约过她呢。

你瞧，乏味的女人终究是得不到幸福的，如果那天她去了，兴许也会像刘丹一样，再次收获一段浪漫的破镜重圆。

她与罗畅，在某个交叉点相遇，又走散了。

她以为在下一个交叉点他们还会再遇见，所以努力地向前走，在那里等着他。

一等三年，等来了集满了十二星座的罗畅，但他身边，却已经腾不出她何大叶的位子了。

大厅里空旷而安静，只有刘丹小声讲着故事的声音。

何大叶憋足了劲，把一只气球吹得很大，也许用力太猛，她的胃里又是一阵翻江倒海。

迅速地站起身跑到一边，还没来得及进洗手间，就在大厅旁边吐了起来。

眼泪混着鼻涕滴滴答答地落下来，刘丹和张猛担心地跑过来看她，张阳阳贴心地递上纸巾，何大叶抬起头，勉强地咧咧嘴，算是笑了。

越过张阳阳的肩头，她看见罗畅依然站在远处，手里的气球越吹越大，最后遮住了彼此的视线。

突然，气球砰的一声，破了。

好不容易塞进气球的二氧化碳又崩了出去，却发现与现场空气融合不到一起去，因为这个环境里的空气，飘了太多的五味杂陈。

二

    每个人都有独立存在的平行空间，人生的上帝视角有时候未免狭隘不堪，某几个人的平行共建也许会充满着莫名其妙的交集。

    那年秋天走得很早，才刚进十一月份，北京就下了第一场雪。

    张猛带着阳阳找到了新的住处，loft 公寓，干净宽敞，房租也很合适。

    跟中介一起来的房东是个男人，豪爽得一塌糊涂，张猛象征性地开口还价，对方一口就答应下来。

    "这房子真不错。"

    "嗯，我前妻的房，她眼光是不错。"

    这话张猛一直记在心里，离婚之后还是朋友，就像他跟舒颖一样。

    这种同病相怜的默契感，让张猛对罗畅的好感又增添了几分。

    为表诚意，他交了两年房租。

    一年了，罗畅没多大变化，依旧阳光得一塌糊涂。所以当他一走进来的时候，张猛就认出了他。

    张猛迟钝，但他不傻，三个人之间的关系，他瞬间了然于心。

    前夫要结婚了，但新娘不是她，不是她也就算了，还是她最好的唯一的朋友，是她朋友也就算了，她从始至终竟全然不知。

    她这么难过，是因为这个吧？

    看着吐得瘫软成一摊泥的何大叶，张猛忽然有点儿怜惜这个只留给他背影的女人。

他上前一步，扶起坐在地上的何大叶，拉着她往外走，回头对刘丹说："我带她去医院瞧瞧，今天都吐两回了。"

张猛在假装没事人领域也绝对是演技不堪的选手，但这也是他唯一能为她做的。

这个女人，何止我见犹怜，惨到可以上《感动中国》了好吗？

罗畅手里捏了个气球，眼睛直勾勾地看着何大叶，正要迈开步子朝这边走来。

得，这哥们甭添乱了，话少点不行吗？瞥到一边的阳阳，阳阳正一本正经地教罗畅如何吹气球。

张猛心里突然一酸，看了看何大叶，又看了看自己的儿子。

他发誓，自己无论如何，也要保护好张阳阳，任何情况下都不要像何大叶这般心酸。

张阳阳有他，但何大叶有谁呢？张猛也有点难过，物伤其类地难过。

他其实略懂何大叶今天的感受，大概类似于舒颖每次结婚前自己的那种惆怅吧，只不过，何大叶对罗畅更加有情。

想到这儿，张猛心疼地握紧了何大叶的手。

何大叶没反抗，任由张猛把她带出现场，塞进车里。

"你有烟吗？"何大叶问。

"你有病吗？"张猛说，"你什么时候见我抽过烟，悲天悯人的戏码配上呕吐就够戏了，抽烟就过了。"

"说什么呢？莫名其妙。"何大叶假装坚强，使劲挤出个笑脸。

"不就是你前夫要结婚吗？"

"瞧你那八卦样，真不愧是在娱乐圈混过的。"

"低头不见抬头见的，你脸上那套表情跟广播体操一样，都是有套路的，熟一点就知道怎么回事了。"张猛发动车子，"你这个人凡事老喜欢抻着，不悲不喜不卑不亢，遇见什么事儿都波澜不惊的样儿，其实心里面难受得不行，生活不是电影，不能老演内心戏。"

"我没演内心戏，我真吐了，你不也看见了吗？"何大叶悻悻地拨弄着手指自顾自玩着，撇开重要的话题不想谈。

何大叶并不想瞒着张猛什么，她体验过倾诉时的豁然开朗，以她现有的交际圈，张猛是最好的倾诉对象。

她不说，是怕疼。

过往像是一道还未完全愈合的疤，在今天被重新撕裂，汩汩地冒着血，如果再在上面撒一把盐，准得哭。

"离婚以后，他未娶你未嫁，这是一种最平衡的状态，暗地里，其实心里都憋着劲儿呢，就跟拔河似的，谁也不肯放松，都怕输。谁先得到幸福谁就赢了，我知道这样的现实一时半会儿挺难被接受的，在你还等着他回心转意的时候，他突然说要结婚了，新娘不是你，还恰好是你最好的朋友，最初的平衡一下就被打破了，歪得一塌糊涂。"

张猛兀自说着，像是对何大叶，也像是梦呓，像是在说何大叶，也像是在说自己。

"舒颖结婚的时候你难受吗？"

"第一次挺难受的，她离婚的时候我还幸灾乐祸过，后来就没感觉了。"张猛本来说得很流畅，可是真心话说出来后，他自己也不相信自己是真没感觉了。

虽然分手亦是朋友，不过人家越嫁越好，自己越老越没指望。

第一次勉强说还有点不甘心，到后来的时候就是完全失望于自己。

两个人不说话了，各自沉浸在自己的悲伤里，以一种相互取暖的姿态沉默着。

一路开到医院，何大叶觉得胃没那么难受了，本来就是为了逃离现场找的借口，既然没事了，回去干活吧，很多问题都等着她去解决。与此相比，罗畅跟刘丹结婚，好像也挺微不足道的。

"回去吧，我觉得好多了。"

"来都来了，你老是吐也不是一回事，做个检查吧，没事就放心了。"

张猛说着，往门诊楼走了几步，回头见何大叶还站在原地，知道她担心现场的状况。

"放心吧，那边有阳阳在没事的，他最有责任心，从小就是当领导的料。"

虽然明知道是张猛说服自己做检查的说辞，但是想想，竟然也挑不出什么毛病来，此时此刻，难道还有比张阳阳更靠谱的人吗？于是挪动脚步，跟着张猛进了急诊楼。

验血验尿，楼上楼下几番折腾下来，把何大叶累得够呛。

大夫拿着化验单看了一眼，抬头看着何大叶，嘴角浮起一丝冷笑。

"哟，很少有能千方百计把男人也带来一起做检查的，手段够高的啊。"

看着女大夫那张内分泌失调性生活不和谐的脸，何大叶和张猛都听得云里雾里的。

唉，医生压力大，付出多回报少，医患关系又紧张，这几年简直是比古惑仔的死亡率都高的高危职业，也得允许人家说几句难听话吧。

过了一会儿，何大叶反应过来了，刚要开口澄清说跟张猛不是两口子，女大夫把化验单往桌上一扔，潇洒地倚着靠背，用笔头戳着日历上一个月前的某个时间段，说："你怀孕有一个多月了，孕吐反应，正常的。"

何大叶傻了，眼睛瞪得跟铜铃似的。

"怎么可能啊，我上个月还来大姨妈了呐，你们这是误诊，是医疗事故。你知道吗？"

何大叶站起身作势要闹腾，又好奇张猛怎么没上来拦她，歪头一看，张猛正盯着日历上大夫圈出来的那几天发呆。

何大叶冷静下来，仔细一想，近三个月来她唯一的一次性生活是跟张猛，在舒颖结婚的那个晚上，就是一个多月之前。

大龄未婚女性真可怜，好不容易有次堕落的机会，竟然让堕落变成了堕胎。

何大叶觉得自己有点疯了，想事情都想不到重点上了。

"个体差异，有些女的啊，怀孕后卵巢分泌的孕激素水平比较低，一小部分子宫内膜继续脱落，导致怀孕后依然会来月经，但是量比较少，一般三个月后就不会再来了。"女大夫冷着一张脸解释道。

"那会不会对孩子有影响啊大夫？"张猛上前殷切地问。

"干你屁事儿啊，我还没说要呢。"何大叶站起来，怒视张猛。

女大夫倒是耳聪目明，三下五除二就看出俩人是未婚先孕，这样的情况她见得太多了，男的一听女的怀孕脸都绿了，变着法地要女人把孩子打掉，女的哭哭啼啼，男的翻脸不认人，还有的直接拔腿就跑，从此消失在茫茫人海。

大千世界，奇形怪状的男人太多了，但他们唯一相同的是，做爱都不喜欢戴套。

"这个孩子你们要还是不要？"这样的职业习惯挺冷漠的，不过见得多，也就熟悉了流程，与其看两个人叽叽歪歪不知道如何是好，不如由大夫亲自铺一个台阶，供他们下来。

诊室里的气氛凝固了，女大夫和何大叶两个女人各自怀揣着心事盯着张猛，女大夫早已准备好一肚子关于女人如何辛苦如何不容易的措辞，等待着在张猛摇头的那一刻喷薄而出，而何大叶，她根本不知道她想要的答案是什么。

如果说她今天的倒霉程度是一座山，那么怀孕这件事，才让她成功登顶了。

张猛从那夜的春宫图中回过神来，对着两个女人沉默了片刻，才意识到两人都在等待他的答复。

张猛有点紧张，一紧张，他就开始结巴起来："要，当然要，女孩最好，我就儿女双全了，凑个'好'字，男孩也不错，大不了我以后多吃点苦多挣点钱，大夫，二胎证怎么办？医院不管这事儿吧？"

女大夫没想到张猛会这么说，在感叹好男人总是轮不到自己的同时，也被原本准备的一肚子话给噎着了，震惊得说不出话来。

上天派来一个逗比，来拯救她的夜班人生吗？

至于何大叶，反正这不是她想要的答案。

"二胎证个头啊，你有病吧？凑个'好'字？你土不土？凑个屁啊你……"何大叶回过神，骂骂咧咧地抡起包就打，一路把张猛打出医院门诊部。

女大夫觉得自己今天是开眼了，见过男人耍无赖，但却从没见过女人这么大义凛然大义灭亲的。

医院门口，张猛护着头，心甘情愿地让何大叶打，等何大叶打累了，抬头咧着嘴笑。

"笑，笑！你卖笑的啊。"何大叶喘着粗气狠狠地瞪了他一眼问。

"老来得子能不高兴吗？你放心，我一定会对你负责任的。"

"你负得着责任吗？我有一百多个性伴侣呢，连我都不知道这孩子是谁的，你凭什么觉得是你的？"

"拉倒吧，就你那情商，连个前夫都搞不定，哪来一百多个性伴侣？"还有一句话都没说出口，张猛依稀残留那一夜的稀薄记忆：有一百多性伴侣，活儿还那么差啊？

但这话说出来，张猛估计何大叶肚子里的孩子会变成遗腹子呢。

不过何大叶突然想到，前夫？对，自己还有个前夫。

看来何大叶也不是完完全全的倒霉透顶。

上天垂怜，你给我一刀，我还你一剑，这才算是公平公正两不相欠。

何大叶站在原地，冷笑。

多亏张猛，她终于理清楚自己情绪的河流要奔向哪个海洋了。

罗畅这么做，让她有一种不受尊重的感觉，辜负了两个人即使离婚后，还处在同一个战壕的默契感和亲密感。

而且又是闪婚，熟悉的戏码重现，到底是把自己多不当一回事啊。

关键是闪婚还闪到刘丹这儿了，敢情是要赶尽杀绝，不给自己一点活口吗？

这个孩子来得真是及时，就像是老天亲手递给何大叶的武器，杀罗畅于无形。

何大叶从张猛手中夺过车钥匙，跳上车，二话没说开着车就走了。

孩子啊，不管你以后是去是留，今天我都谢谢你。

何大叶此刻真想模仿甄嬛。

不过好像也不对，她是甄嬛，张猛是皇上吗？罗畅是谁？温太医吗？

算了，不想了，还是杀回婚礼现场吧。

有些人的存在，就是为了相忘于江湖的。

即使自己已经输得彻底了，但姿态仍要漂亮，谁让她是不婚女王呢。

即使女王的桂冠，是自己加冕的。

然而内心波涛汹涌，开车到十字路口，等红绿灯时，何大叶还是担心过一会儿自己姿态不够漂亮。

这种考量是基于现在的状态。

开了这么久，她才发现自己没系安全带，以及她把张猛给弄丢了。

三

何大叶下车，张猛从后面紧跟着的一辆出租车上下来，并用眼神对刚才何大叶弃他于不顾的行为进行了谴责。

何大叶没理他，整理了一下衣服昂着头走进大厅，像一只骄傲的孔雀。

嚣张的气焰，让张猛跺脚："提了裤子就不认账了，孩子是我的，甭想现在就离间我跟孩子的感情！"

如果忽略性别，张猛语气之中竟然有一种"我肚子里的孩子是你的，你这个渣男要对我负责"的怨妇情结。

老娘没空理你，何大叶深吸一口气。

现场一片祥和，刘丹和张阳阳边干活边玩，不亦乐乎，罗畅坐在一旁，面带微笑地看着，这样的三口之家图让何大叶感觉刺眼又刺心。

她不说话，老模样迅速回归到自己的工作岗位上，无声的抵抗是最有力量的，何大叶懂。

果然，大家很快就围了上来，关切地询问情况。

"没什么，就是怀孕了。"何大叶东碰碰西摸摸，作忙碌状，回答得云淡风轻。

刘丹惊讶："姐，我闪婚就够快的了，结果你闪孕！"

何大叶淡然一笑，说快去干活吧，这会儿不是高兴的时候。

她快步走开，假装去找充气筒，扔下众人，最后躲在角落里观察众人反应。

他听见我说的话了吗？他心里在想什么呢？这一剑刺得够不够深够不够痛？有没有比我痛？何大叶手里摆弄着现场的假花球想。

罗畅背着何大叶，看不见他的表情。倒是能看到张阳阳那张小脸。

哎呀，忘记张阳阳了。

她内心开始盘算幼儿园有没有教点生理知识，这孩子现在还处在"他是张猛充话费赠送的"阶段吧。

也不对，这孩子这么人精，这么早熟……但终究是个六岁孩子啊。

刘丹不知道什么时候飘到她身边的："孩子他爸，有没有在现场？"虽然说话声音很轻，但还是把正发呆的何大叶吓了一跳。

虽然何大叶想让罗畅难受，但实在不想让刘丹误会她和罗畅的关系。

天地良心，离婚后她和罗畅就是躺在一个床上，也没发生什么肉体关系啊，除非真的拉手能怀孕。

看着何大叶一脸惊恐，刘丹觉得自己问到点上了，她嘿嘿一笑。

"你心虚什么啊？你不是一直想要个孩子吗？依我看，不如去香港生，或者掏掏家底儿，去美国生得了，得让咱们家孩子赢在起跑线上。"

何大叶咧开嘴，露出八颗牙齿，试图营造一种自己在微笑的表情。

不过刘丹没放过刚刚的问题："你到底心虚什么？难道孩子他爸真是……"刘丹突然伸出食指，对着何大叶的肚子，在空气中画了一个圈，然后又将手指对着还在布置现场的三个男人绕了绕。

也许是内心紧张的缘故，何大叶的眼神跟随着刘丹的手指，跟催眠一样。

刘丹故作玄虚地绕了绕，嘴里念念有词。"天灵灵，地灵灵，我外甥他爸快显灵……孩子他爸一定是……"突然手指指向罗畅，"就是罗畅……旁边的张阳阳！"

何大叶一口老血差点喷出来，一拳想打死刘丹。

"旁边张阳阳……的爹！猛哥是吧？"

据科学家统计，近年来，因为说话大喘气而被打死的死亡率，连年上升。

何大叶猛揍刘丹，惹得那边刚刚都在孩子他爹名单中出现的三个男人往这边看。

何大叶揍刘丹揍得那叫一个解恨啊，边揍边嚷，"说话还大喘气啊！你想吓死我啊！全世界就你是福尔摩斯啊！嘴不欠不行啊！No Zuo No Die（中式英语'不作不死'）啊！"

刘丹一边抵抗，一边拿语言继续抗争。"平时看你恨他恨得牙痒痒，没想到背着我竟干偷鸡摸狗的事儿了。不对，虽然共处一室，但你俩单独相处的机会不多，再说还有阳阳在呢，你也不至于饥渴成这样……啊！"刘丹叨叨着，突然恍然大悟地叫一声，"是舒颖结婚那晚吧？姐你还真不错，盐碱地也能丰收！野百合也有春天啊！猛哥真棒！百发百中的，你们老何家的劣质基因，终于可以改造了。"

"行了行了，有完没完，阳阳在那边呢，赶紧干活。"何大叶打断刘丹。

"要真是那天，那也有我的功劳，记得让我当孩子干妈。"刘丹高兴，蹦跶着走了，还不忘回头补一刀，"我还得是你的伴娘，我不会交份子钱的！"

何大叶看着刘丹的背影，感激她对自己至死不渝的真爱。

亲爱的刘丹，如果现实比你想象的要残忍，你还会这么单纯地爱我吗？

拼尽全力让自己变得优秀从容，以为只有这样才能得到更多人的喜欢和爱，可是到头来，却陷入了自己编织出的巨大的讽刺中，才发现自己已经爬得太高太远，高处不胜寒，也许她注定要孤独终老。

她不知道罗畅是什么时候站在她身后的，回头看见他时，觉得一切都那么陌生。

对，他们还得尽职尽责地扮演陌生人呢，演得太入戏，何大叶真有点认不出他来了。

"这孩子不会是我的吧？"罗畅看无人注意，得空小声地说。

两个人相处久了，内裤都放在一起洗，即使离婚后各睡各的，但这几年没见何大叶跟别的男人相处过，连他都觉得自己嫌疑最大，洗内裤时精子乱入？

何大叶的心凉了，但又觉得好笑，拉手就能怀孕？这孩子在肚子里孕育了三年才开始受精长大？哪里来的孩子？

她不说话，脸上挂着若有似无的笑，冷静地看着他。

罗畅本来有一肚子内疚，但是看到何大叶这样，他觉得挺逗的。

"还是你故意编出自己怀孕了，让我不好受？怎么这么巧啊？"

何大叶的心灰意冷渐渐转为嘲笑。

这男人，可真够笨的了，生理课没学过是吗？

对啊，就是让你处在各种猜测之中。

我为什么要告诉你真相呢？我不是杜康，凭什么替你解忧。

"刘丹上厕所回来了。"何大叶歪了歪脑袋，看刘丹从卫生间出来。

罗畅赶紧恢复自然，假装若无其事地从何大叶身边弹开，就像躲避一个麻风病人。

张猛跟幽灵一样出现在旁边，掏出一张票据，递给何大叶，幽幽地说，"这是刚刚打车的票子，请你给孩子他爹报了行不？"

何大叶真是气昏了，横眉冷对，张猛欢快地吹了一会口哨："他敢先结婚，你就比他早一步，你先怀孕啊……顺便说一句，甭让我孩子没出生就肩负起这么多爱恨情仇。"

"不就是刚刚开车忘了带你吗？至于那么小气吗？车费我给你报。"

"顺便说一句，不管你怎么想的，甭打我孩子的主意，甭想甩掉我。"

张猛继续吹着欢快的曲调走了，何大叶觉得今日的张猛真够让人讨厌的了。

正在憎恨当中，张阳阳冷不丁在旁边继续吹气球，果然又吓到了何大叶，她忍不了了："你个小屁崽子，吓死我了，别的不学，学别人当背后灵。"

今天这几个人跟商量好了一样，神出鬼没地排着队套话，各怀鬼胎，连张阳阳都这样。

张阳阳昂起人精特有的表情："你以为我乐意理你啊，听说怀孕的女人记性会变得不好，你本来就挺笨的，我就是关心你一下。"

情绪翻滚的洪流，终于在眼圈里决口，何大叶真想哭。

刘丹关心孩子的父亲是谁，罗畅关心这时候宣布怀孕是不是给他找堵，张猛关心肚子里的孩子。

却只有这个小小的孩子啊，关心的是她。

何大叶觉得自己当不了甄嬛，没那功力，却把自己搞得很难过。

她伸手摸了摸张阳阳的脸，张阳阳看她脸色一柔，欢快地接着说："我就是关心你一下，别忘了给我买大黄蜂的变形金刚。"

何大叶忽然更想哭了，张阳阳离去的背影，真的很有自己追婚礼尾款时的风姿。

夜色浓重，提醒着人类，这时候要是睡，对肝脏很有好处。婚礼现场尽管不够完美，但也就这么回事了。刘丹提议不如一起去吃个饭，但其余几个人都各怀心事，谁都没有力气再挂着假笑去应酬。

何大叶主动说不舒服，想回家休息，众人才纷纷散去。

张猛还是承担着开车的责任，何大叶瘫软在后座，独自消化着今天发生的所有事。

路上张猛话不多，偶尔说几个无关紧要的冷笑话想要调节气氛，无奈笑话说得太差，连张阳阳都翻着白眼懒得捧场。

回到工作室，阳阳上楼洗澡去了，张猛倒了杯热水递给何大叶，问她饿不饿，刚才吃的东西都吐了，得再吃点东西。

本来张猛是觉得刚刚自己那态度有点太小家子气了，应该先关心何大叶啊，自己的态度好像把何大叶当成代孕一样。

然而这恰到好处的关心无时无刻不在提醒着何大叶，肚子里的孩子就是一颗定时炸弹，原本以为能用孩子来伤一次罗畅，为自己扳回一城，可哪里知道技不如人，搬起石头砸自己的脚。

她不得不承认，其实自己真没有那么大度。

何大叶觉得自己就是失败的典范，倒霉的榜样，满腔热乎乎的烦躁无处发泄的更年期未婚先孕的中年妇女。

"孩子是你的又怎么样？告诉你，我明天就去搞掉，你现在关心我，不就是怕我赖上你，生下来之后索要抚养费吗？得了吧，欲擒故纵的戏对我没有用。"

看着正在从冰箱里找食材的张猛，何大叶终于找到了宣泄的口子。

张猛停下手中的动作，关上冰箱门，面不改色地走到何大叶身边坐下。

优质的真皮沙发真是舒服，让人一坐下就有种络绎不绝的瞌睡感。

"你不就是为了刺激罗畅吗？你们都离婚这么久了，他再婚也是情理之中的事，你用得着这么难过吗？"

"鸡同鸭讲""对牛弹琴""答非所问"……这些词在何大叶心里罗列开来。

可是张猛说得不对吗？所有的烦躁不是来自这个无辜的孩子，而是罗畅。

何大叶发现自己陷入了一段无限的死循环中，无休止地咬牙切齿着。

她呆坐着，强迫自己冷静下来，仔细梳理好这堆事情的头绪，再抬起头时，已经泪眼婆娑。

"我挺不甘心的。"既然没办法否认，那她就承认吧，"我跟罗畅是闪婚，然后又闪离了，要我俩是明星，短短几个月够上七八次微博热门的了。"何大叶自嘲地笑笑，接着说："我一直假装自己讨厌婚姻，永远不想结婚，就爱这种若即若离的关系，只是为了让他毫无压力地留在我身边而已，可他前脚还在我家睡，扭脸儿就复制我跟他的路子，要跟别人闪婚了。我说我怀孕，其实想获得一点稀薄的关怀，结果呢？结果他，竟然以为我是故意想要搞砸他的婚事！"

何大叶越说越激动，原本只想上演一出苦情戏，却发现酝酿的眼泪早就干了，只剩下一肚子不甘心。

"我跟他有一场婚姻，虽然昙花一现，但离婚后还跟亲人似的相处三年。你甭说这种关系怪，就是按照相处时间，我怎么也算半个枕边人吧。没想到我何大叶在他心里竟然是这种人，竟然就这么点儿分量，跟刘丹比，我到底有多差，让他那么避之不及啊？我承认我输了，但也输得太惨烈了，连脸面儿都搭进去了，还被狠狠踹了两脚。"

张猛若有似无地点点头，表示理解。

何大叶内心冷笑，心想你理解什么呀？你什么都不懂。

你不懂离婚那天我表现得特别高兴，笑啊唱啊，还大吃大喝吃坏了肚子，其实我一点也不开心，我是怕他内疚，我不喜欢看见他皱眉头。

你也不懂其实作为女人，谁都想找个好男人宠着惯着自己，生个孩子享受天伦之乐。

这些幸福，卑微而渺小，但即使是女权主义者，这看似唾手可得的幸福，谁不要呢？

但生活对她这么残忍，她却以德报怨了三年，结果呢？还不是落得满盘皆输。

何大叶把脸埋进手掌里，两个肩膀不停地颤抖着。

她没哭，其实也哭不出来，她就想暂时地躲进一片黑暗里，安静地待一会儿。

张猛想说点什么，刚开口就被何大叶扬起一只手打断了。

"什么也别说，让我一个人待会儿。"

张猛站起身，帮何大叶关上客厅里最后一盏昏暗的灯，不声不响地走开了。

黑暗里，张猛看了何大叶一会儿，门才关上。

屋里黑漆漆的一片，为何大叶的悲伤添砖加瓦。

也不知道过了多久，她想起自己这一天基本没吃什么东西。

下午吃的全吐了，现在胃里空空的，针扎一样地疼。

悲伤总有终结的一天，可是饭不能不吃。

何大叶开始懊恼，刚才应该等张猛准备好吃的再发火的，这下好了，没吃的，也没人理她，全世界又只剩下她一个人了。

"给你，刚才你都吐了，这会儿肯定又饿了吧？"

黑暗中，张阳阳不知什么时候冒出来的，端着一碗热乎乎的粥递到何大叶面前。

"这是最后一碗了，再吐了可就没有了。"张阳阳说。

何大叶接过粥，摸了摸张阳阳柔软的头发。

真好，又可以申请一项吉尼斯了，在我最难过时年纪最小的陪伴者。

如果我的孩子能像张阳阳一样贴心可人就好了，何大叶捧着粥边喝边想。

唉，估计自己没这运气。

何大叶摸着自己的肚子，虽然一直叫嚣着要孩子不要男人，但这孩子跟钓鱼岛一样，产权不明不白的，来得又不是时候。

回家的路上，何大叶拨通了何妈的电话。

对于何大叶积极关心病情这一点，何妈很满意，态度也舒缓了不少。

何妈说身体恢复得挺好，能吃能睡的，让何大叶不用担心。

何大叶无话可说，只是对着话筒咯咯地笑。

"都三十二了，别笑得跟弱智一样。"

"老何他表妹，我小时候是不是特别乖？"顺便说一下，何大叶之所以这么聪明能干，拜她的基因所赐，姥爷跟奶奶是亲表兄妹，说得简单点，何爸跟何妈在血缘上还是表兄妹呢，近亲结婚的产物，当然如此与众不同。

"哟，你小时候，特皮，女孩子家家的，不跳皮筋不踢毽子，竟跟着男生爬树和泥，每次回家都是一顿打，没记性，第二天又去了，你爸老护着你，我有时候气得连你爸都打。"何妈说着，得意于自己在家一党执政，地位不可动摇。

何大叶也跟着笑，笑得鼻头发酸眼眶发胀。

"谁让你肚皮不争气，生个假小子，你肯定特后悔吧？"

"说什么呢？"

"你不是老想让我生孩子吗？我得打听打听您二老的喜好，好为之努力啊。"

"喊，这是你一个人努力得来的吗？男孩女孩都一样好，只要是你的孩子，我跟你爸就喜欢……你不知道，前几天楼下邻居，有个女孩跟你一般大，人家小子都两岁了，说话可早呢，管你爸叫姥爷，把你爸高兴得直转圈。你要有心啊，就快生一个，都多大了。"

何妈又开始絮絮叨叨，平时听起来烦，可是此时听起来，何大叶觉得就像趴在妈妈的怀里一样暖。

妈妈个儿矮，眼睛小，从小外号就叫"胖姑"。

何爸和他兄弟都浓眉大眼大高个，长得跟新疆人一样，但何大叶长相随妈多一点，因此她这辈子一直内疚，觉得自己拖累了何大叶的长相，要不真能漂亮点。

不过论贤内助，谁能比过妈妈呢？何爸爱交际，经常带朋友回家吃饭，何妈哼着歌，二十分钟就能做一大桌子菜出来，嘴里还谦虚没啥好吃的，可是人人都停不下筷子。

现在年纪大了，性格越来越像小孩儿了，有时候会有点好吃懒做，有时候故意装生气，逼着爸爸不得不动手下厨。

可是性格还是那样，能吃苦，不爱打扮，但有时候眼馋其他同龄妇女穿貂穿好看衣服，用贵的化妆品。

有一年过年回家，何大叶实在懒得给她买东西，就带了自己还没用的 SK-II 的面霜和一瓶神仙水给她。

妈妈听说这两样加在一起就两千块钱，吓坏了，等何大叶收拾行李要走时，就说自己这老脸也用不到这么贵的东西，把两样东西塞进行李箱，何大叶不耐烦："你要不用就扔掉，甭给我。"何妈只能拿回去，待会又啰唆，说太贵了还是你用吧，又把东西塞进行李箱。

几番过后，爸爸实在忍不了了，就说："你要真心给孩子就偷偷塞呗，喜欢就喜欢，你装什么不想用啊……"

何大叶有时候给她买衣服，她表面上说不要不要，有时候大半夜还偷偷穿起来对着镜子照个没完。

嘴上说不要，身体却很诚实，现在想想，妈妈真可爱。

妈妈不知絮叨到哪儿了："其实啊，我觉得女孩儿好，你就是女孩儿，我就特喜欢。我生你的时候，你爸一听是女孩，在产房外高兴得一蹦三尺高，有几个孕妇家属纳闷，女孩儿有什么好高兴的，你爸就生气，说你们懂啥，女儿是千金，比小子珍贵多了……"

何妈絮絮叨叨地说着，何大叶就笑着听。

不知道怎么，她又开始说起身边那些趋炎附势的势利眼亲戚："你姑奶那边的亲戚啊，我真是受够了。以前他们条件好，生的又是男孩，瞧不起咱们。这两年不比从前，煤矿上效益不好，你表叔表姑他们都开不出工资来，他们就眼馋你爸这两年赚到点钱，眼红咱家过得好。前几天，你大表弟媳妇生了一个大胖小子，你二表弟又要结婚，挺高兴的事儿吧，结果他们非找不自在，说哎哟几个弟弟都结婚了，大叶怎么还不结婚啊？都三十二了，都是什么大龄剩女啦……这把我气的，你爸倒是好脾气，我可不惯着他们，我就说，大叶啊坏就坏在这个名字取得不好，一个女孩，立什么大业啊。我就特羡慕你们，瞧你们几个孩子，大学考不上，花钱上个大专，毕业后你们再托人给孩子找个工作，一个月开一千多两千块钱，围着你们转悠，多温馨。他们不结个婚，这辈子也没啥大事儿了，不过结婚还得你们买房子，多好啊，我就特希望大叶跟这几个弟弟一样在家啃老，没事儿那么能干，干什么啊，又在北京买房子，又在北京开公司，条件不好的男人一见大叶可不自卑啊……你不知道他们脸绿的啊，气死他们了……得意什么啊，好像就他们会生儿子一样，大叶，这两年你给妈再争口气，就生个姑娘，就是过得好、让他们眼红……"

妈妈真能絮叨，絮叨到自己听了这么久，都把自己听哭了，眼泪顺着她粗糙的皮肤歪歪扭扭地流下来，顺着上扬的嘴角流进嘴里，又苦又涩。

原来跟何妈也不用一直剑拔弩张，也有温情脉脉的时候啊。

挂了电话，何大叶把车子停在路边，今天发生了太多事，她好累啊，累得连扯着嗓子大声哭一场的力气都快没有了，真的好想趴在妈妈怀里，闻着妈妈温温的棉花般的味道入睡。

趴在方向盘上，何大叶铆足了自己残留的最后一点劲儿，大声哭起来。

终于哭出来了，她有多久没这么酣畅淋漓地哭过了，这些年，她的委屈，她的不甘心，她烟消云散的执着的等待，全都随着眼泪从身体里排了出来。

原来大哭一场这么爽，何大叶想。

哭完，她从车上的纸巾盒里抽出几张纸，豪迈地擤了擤鼻涕。

她记得《生活大爆炸》里的莱斯利，上完床之后感谢莱纳德，她说这次性生活足够她撑到新年之前的量。

这理论很好，就跟自己一样，这次大哭，是一整年的量，很好，又能坚强一年，足够了。

发动车子，从后视镜看见张猛一直开车跟在她后面。

何大叶不想再下车 social（社交），偷偷跟着她，他压根也没想让她发现，只是跟踪技术太差而已。

一路开回家，停车上楼。

洗了个热水澡，从冰箱里找出一瓶还没过期的牛奶给自己热好，既然没人爱，那更应该好好爱自己。

喝牛奶的空当，何大叶飘到窗前往下看。

楼下，昏黄的灯光中，张猛正插着口袋倚着车站着往上看，挺拔得跟一棵树一样。

街灯把他的影子拉得好长，在对面马路牙子上打了个弯，然后无限地绵延出去，就好像能绵延到未来美好的岁月当中去。

四

何大叶关上灯，瞬间陷入无尽的黑夜里。

她愿明早醒来时，发现一切只是一场梦。

在意识尚存的最后一秒，何大叶祈祷道。

但生活里没有心想事成。

一觉醒来，一切不仅不是梦，而且何大叶还要迅速赶往婚礼现场，去应付今天即将发生的种种未知。

昨天虽然补救了一下，但以她对"母夜叉"的了解，肯定不只扎气球那么幼稚。

到了现场，果然音效设备出了问题，有一条音箱的连接线被折断了。

何大叶此时特想给自己鼓鼓掌，现实里，她就是《小时代》中的宫洺，永远都会准备 plan B（备选方案）。

她车上随时都备着一套线路以及几个灯泡，以备不时之需。

刘丹以前老说她多此一举，但今天终于证明了她不是。

工作室的员工只有她跟刘丹两个，实在少得可怜。

刘丹把罗畅也带来了，她说雇人得花钱，他作为家属，有义务免费且卖力地干活。

呀，语气多像自己，之前每次强迫罗畅帮她干活的时候，她都这么说，甚至有时候婚礼车队的车不够用，何大叶也恩威并施，让罗畅大清早就起来开着他的车，充当婚车队伍里的分子。

经过一夜的沉淀，何大叶和罗畅，都没有那么多情绪了，理智了许多，此刻有点尴尬。

不明就里的刘丹不断指挥着罗畅干活，有时不说话，只是一个眼神，罗畅就心领神会。

这种无声胜有声的默契感，让何大叶觉得自己更加多余。

多余又怎样？这世上多余的人那么多，可他们不还是不遗余力地生活着，在某个角落，为生计奔波，为隐藏秘密而煞费苦心。

何大叶这活今天干得失魂落魄的，一点都没有干完就可以拿钱的快感。

罗畅要结婚这件事给她带来的阵痛太强烈，连金钱都暂时无法弥补创伤。

在现场来回溜达，心不在焉地观察着状况，连地上铺的红毯松了也没察觉，一脚踩上去，红毯和光滑的地面细微摩擦，何大叶重心不稳，整个身子向后仰过去。

在她坠落的过程里，满脑子都是胯下鲜血淋漓的画面，异常惊悚。

着落了。

但不是地面，是一个人的怀里，温暖宽敞，给足了何大叶安全感的怀抱。

怀抱的主人把何大叶扶正，她回头，见是张猛。

大概是自己太重，接住她的那只手臂肌肉胀起来，绷起一根根明显的青筋。

"你就是不想要这孩子，也用不着自残啊。"没等何大叶道谢，张猛还是那么不会说话。

原本一肚子感谢的话被憋了回去，化作一枚真诚的白眼。

张猛没邀功，转身继续卖力干活去了，原本属于何大叶亲力亲为的体力活，他全都承担下来，并且做得滴水不漏。

何大叶在一旁看，略感欣慰，怀个孩子，搭个苦力，这买一送一的促销活动看起来还真挺值的，细想，如果后来张猛没把钱还给她，那这孩子还真就是跟买来的一样，这样算算，比去精子库要便宜划算多了。

罗畅在场子的另一边忙活，但眼神抑制不住地往何大叶这边瞟。

眼见张猛鞍前马后地扮演贴心大丈夫，再加之昨天听刘丹说孩子是张猛的，这哥们儿人挺好，靠谱，比自己强。两人瞒着自己，偷偷好，也不是什么过分的事情。再说了，两人离婚后本来就挺好的，总不能只许自己结婚，不让人家何大叶结婚。

说实在的，可能是火象星座的占有欲作祟吧。

何大叶和罗畅不知道，不沟通的结果，就是彼此永远错过说清楚的机会。

就像……那套仿佛失物招领般的人偶熊衣服，此时此刻，已然被何大叶丢掉，睡在京郊的不知哪家垃圾处理厂。

罗畅把昨天对何大叶说的话又拿出来，在心里回味了半天，觉得自己确实挺过分的，于是借着干活的由头，一点一点朝何大叶靠过去。

婚礼恰好开场了，罗畅挤过人群，站在何大叶身边。

何大叶不理他，假装看典礼，心里却波澜壮阔得不安生。

"大叶……昨天，对不起啊。"趁着喧闹，罗畅凑到何大叶耳边说。

原本在假装凑热闹为新人鼓掌的何大叶手突然停住了，一秒钟后，又开始卖力地拍，拍得两个手掌心都红了。

她也不知道是为什么，罗畅迟来的道歉让她无所适从，她不可否认地受到了很大的伤害，难道要在一句对不起之后，就能转过脸微笑着对他说句没关系，一笑泯恩仇吗？

这不是江湖，是血淋淋的现实生活。

没办法像电影里演的那样，把你摧残到面目全非，还能一击掌一撞肩说："嗨，兄弟，不打不相识啊，大河向东流啊，天上的星星参北斗哇……"

别幼稚了，那些英雄主义电影都是拍给乐观主义者看的，像何大叶这类持悲观主义的人群，只会咧嘴一笑，心想这是些什么玩意儿。

罗畅，其实没什么对不对得起的，我不怨你，从始至终，我都是最活该的那个人。

何大叶慌张地穿过人群，走到一半，她回过头，看见人海的那一端，罗畅正充满愧疚地看着她。

没错，这才是她想要的眼神。

何大叶使劲抿了抿嘴，想笑，却笑不出来。

算了，他们都需要时间，都会过去的，也都会好起来。

用嘴吹的气球们很争气，一直坚持到婚礼散场才个个瘪了下去，无精打采地挂在彩门上，在几只精神抖擞的气球间显得格外丧气。

何大叶四处忙着跟工人们结账，她从不拖欠工钱，她总希望自己这种优良的美德能感染到每一对新郎新娘，也能迅速在婚礼后把账结了，可这于她，只是一个美好的愿望而已。

转了一圈，转到正在干活的张猛身旁，并从包里点了三千递给他。

"谢谢你啊，这两天辛苦了。"

张猛停下手中的活，瞟了一眼红彤彤的钞票，有些许不高兴。

"干吗啊这是？我来帮忙又不是给你面子，是看我们孩子的面子。我得盯着你，免得你做出错误的选择，就好像今天这样，还好我在，不然你一个跟头摔出个三长两短怎么办？"

"我还没抠到为省几个打胎费就自残身体的地步。"何大叶瞪圆双眼气呼呼地说，随即又恢复平静，"张猛，这孩子的确是你的，但是他来得太突然，要不要这孩子，是计划，不是决定，总要考虑全面一点吧。"

何大叶一边说着，一边把钱往前递了递。

"我出台价还五千呢，这点钱打发谁呢？"

张猛以超模的身子，帅气地转身，继续干活去了，不知道的以为是走台呢。

不过白羊座长脑袋，明显是为了长个，扮酷三秒钟，张猛就被自己的长腿绊了个趔趄。

何大叶把钱装回包里，心里百感交集。

她有多么感激张猛啊，及时地分享她的悲伤，恰到好处地关心她，尊重她的选择。可她又有点讨厌他，因为这个孩子的关系，两人陷入一种扭曲的状态里，让她手足无措，全无掌控力。

她不想谈感情，只想谈钱。

她喜欢谈钱，因为只有钱才是算得清的。

感情和人情，太纠葛太复杂，对从不愿亏欠别人的她来讲，近乎一道无解的算术题。

五

不管发生了些什么，日子总得一天一天过下去。

岁月无头可回，人，只能硬着头皮向前走。

张猛开始利用周末的时间出去找房子，为了找到性价比高的房子，他把网撒得很大，有时候甚至要穿越大半个北京城。

张猛把阳阳托给何大叶照顾，这孩子早熟，六七岁的外表下藏着一颗精于世故的心，所以没给何大叶添太多麻烦，更多的时候，是张阳阳反过来照顾着何大叶。

两人在工作室面对面坐着，张阳阳写作业，何大叶就在电脑上玩纸牌接龙，玩到一半困了，趴桌子上睡过去，醒来身上一定盖着一条贴心小毯子。

任何时候，只要何大叶轻微咳嗽个几声，一定立马有杯温开水递到面前来。

何大叶的孕吐反应反复无常，有时候一天吐好几次，有时候一次都没有。每次吐完，家里没有粥，张阳阳就会冲一碗婴儿米粉端过去，说吃了暖胃。

凡此种种都让何大叶倍感欣慰，心想如果张阳阳跟自己一样大，那她一定二话不说就嫁给他。

转念又觉得自己的这种想法实在太恶心，狠狠斥责了自己一番。

对于张阳阳的照顾，何大叶无以为报。

她给张阳阳做过饭，那几道菜都是她的看家本事，是以前她做给罗畅吃的，还挺有信心的，但明显被嫌弃了，何大叶受到了巨大的打击。

大概是张猛的厨艺太好，张阳阳从小嘴就被喂刁了，就跟小狗似的，吃惯了一块五的火腿肠，谁还吃五毛的。

无奈，只能带张阳阳出去下馆子。

"你带我去吃卤煮火烧吧。"张阳阳倒是客气，净捡便宜的吃。

何大叶说那玩意儿不卫生，小孩吃不好。

张阳阳说就是因为不卫生，所以长这么大他就吃过一回，那个滋味儿太美妙，到现在都忘不掉。他还向何大叶保证就吃这一次，而且绝不会告诉张猛，并且绝对不拉肚子。

三磨两磨，何大叶的心被磨软了，带着阳阳去北新桥吃卤煮。

坐在肮脏油腻的街边，看着热腾腾的一口大锅，呼哧呼哧地流着口水。

"你来北京几年了？"等卤煮的空当，张阳阳问。

"比你活的时间还长。"

"……来了这么久，做饭又那么难吃，真不知道你这些年是怎么熬过来的。"张阳阳摇头感叹着。

何大叶气，但又找不着反驳的话，一口气卡在胸口，憋屈着。

"那时的北京什么样儿？"张阳阳又问。

"跟现在一样，只是人没那么多，空气没那么脏，心也没那么凉。"透过胡同上空裂开的口子，何大叶看着灰蒙蒙的天说。

她来北京时，还是个少女呢，才几年工夫，就被折磨成了这副模样。

虽已是秋天，但这时候的蚊子叮起人来也是毫不含糊。

一碗卤煮的工夫，暴露在空气中的几块皮肤都被叮得体无完肤。

何大叶痒得难受，架着膀子一阵挠，姿势虽丑，但挠出了酣畅淋漓般的舒爽感。

"一个女人，挠痒挠成这样也太不像话了，我妈从没做过这么丑的姿势。"张阳阳看不过去，又开口吐槽。

何大叶停下来，心想我能跟你妈妈比吗？她都嫁四回了，一次比一次嫁得好，我呢？才嫁了一回还分分钟被甩了，你妈是只升不跌的优质股，我是只跌不升的垃圾股，根本没有可比性啊。

"虽然一身蚊子包，但脸上没有啊，你看，光滑的。"何大叶摸着自己粗糙的脸，睁眼说瞎话。

没想到张阳阳连眼皮都没抬，直接说："脸太丑，蚊子都不叮。"

如果此刻的两个人是《街头霸王》游戏里的两个角色，那么你会看见属于何大叶的那根血条，正以光速递减着。

吃完饭，俩人像一对退休老干部一样，背着手溜达着往家走。

何大叶本来还想展示善意，跟张阳阳大手拉小手，但张阳阳觉得幼稚。

刚走几步，张阳阳就被玩具店橱窗里摆着的变形金刚吸引了，趴在玻璃窗上往里看，目光里的柔情似水就跟看见自己心爱的姑娘似的。

"喜欢吗？"何大叶停下来，饱含关切的语气。

张阳阳这时候倒是没那么有骨气了，觉得希望来了，小鹿斑比上身，眼眸清澈如开 APEC（"Asia-Pacific Economic Cooperation"的缩写，亚太经济合作组织）时的北京蓝天，看着何大叶点点头。

何大叶仿佛受到了感动，特别真诚："喜欢？那你就多看一会儿啊，没关系，我陪你。"

"既然我喜欢，你为什么不能给我买呢？你是个大人。"张阳阳气呼呼的，掐着小腰问。

何大叶这人有个好处，就是有恩必还，有仇必报，不管对方是老人还是孩子，在何大叶的世界里，众生都是平等的。

更何况张阳阳这一款的人精，情商比何大叶高，嘴也比何大叶贱，怎么能以孩子的标准衡量他。

见报仇的机会来了，何大叶自然会抓紧，她俯下身，亲昵地摸了摸张阳阳的头，化身 TVB 剧女主角说："呐，爱你的人呢，不一定是愿意为你花钱的人，而是愿意花时间陪你的人。你看我花了一个宝贵的午餐时间陪你，多爱你，岂是一个玩具就能替代的。"

张阳阳一双大眼眨巴了几下，带有悲悯的目光，仿佛关怀弱势群体："嗯，我就喜欢你这样的。没钱，还装。"

说完背着手大摇大摆地走了。

何大叶的血条空了，气疯。

这一天，北京城的很多事都在同一个时空中平行发生着。

在何大叶被张阳阳放大招打败的同时，刘丹正坐在罗畅车上，与他一起去看罗畅在机场附近的房子。

在这之前，刘丹已经费了一番心思，把原本自己住的鼓楼的旧房子随便收拾了一下，打算做婚房用。

罗畅进去转悠了一圈，皱着眉头心想，这姑娘也太不知天高地厚了，结婚是终身大事，怎么能就这么应付过去。

想到这里他觉得有点对不起何大叶，当初他们结婚时，也没这么上心，何大叶出来租了个温情脉脉的房，俩人就这么住进去了。

后来，他走了，何大叶却一住三年，他断断续续地去过夜，时间久了，就把那里当个窝，误以为那就是两人的家了。

罗畅的房子在机场附近，买得早交房晚，装修好之后，他很少过去住，偶尔请钟点工打扫一下，多数时候还是住在何大叶家。

这房子南北通透阳光充足，虽然经常有飞机呼啸而过，但对罗畅来说有一种跟飞机长相守的满足感。

家具很少，连张像样的床都没有，衣服杂物散落在地上，乱成一团，没什么人情味。

人情味都在大叶家里属于他的那个房间呢。

"单身汉的家就长这样啊。"刘丹四处看看，忍不住发出感叹。

"平时不太过来住，偶尔来一趟就睡个觉，哪有时间收拾。"

"那你平时都住哪儿呀？"

这个问题把罗畅问得一愣，他没回答，巧妙地转移了话题。

"装修用的材料都是最好的，就置办点家具，贴个墙纸，拾掇拾掇就行。"罗畅正展现自己英明神武的一面，发现刘丹根本没理他。

刘丹没在意，扭脸已经动手收拾上了，她坐在地上把散落的衣服一件一件叠好，嘴里念叨着关于房子的规划蓝图。

"装修简单，可塑性就强，来个田园风吧，小碎花小蕾丝什么的，飘窗那边我得好好装饰一下，喝个咖啡晒个太阳什么的，多惬意。"

这是一个妻，在念叨。

岁月静好，应该就是这个意思吧。

一转眼，看见刘丹从床垫旁边提过一只登机箱。

正要打开，罗畅一个箭步冲过去，一把抢了过来，抢的力气很大，刘丹坐在原地晃了几下。

"这个不能看，是隐私。"罗畅有些理亏，但依然居高临下地看着她说。

刘丹抬头看着他，眼睛眨巴了几下，点点头，起身换了个地方，继续收拾。

刘丹不是个胡闹的姑娘，每个人都有秘密，她从不会为此费尽心思。

她与罗畅，既不是青梅竹马，也不是两小无猜，藏着掖着的事儿肯定不少，毕竟还没到坦诚相见的时候，也便不再追问，权当是一箱子情趣用品，待到新婚之夜，给她一个惊喜。

罗畅觉得自己有点过分了，都快结婚了，有什么隐私不隐私的。

可这个秘密对他和刘丹现在的情感厚度来说，承受不起。

在卧室，罗畅轻轻打开箱子，他和何大叶的结婚照暴露在阳光下，散发着一股子霉味儿。

照片上何大叶穿着婚纱，和罗畅背对背站着，四十五度角仰望各自那一边的天空，目光哀怨，一点都不喜气。

还有一张他们面对面，作亲嘴状，两人都弓着背，尽量避免身体碰触，看起来十分滑稽。

这套婚纱照是他们离婚之后拍的，是何大叶提出的唯一要求。

她说咱们拍套婚纱照吧，婚都结过一次了，好歹得有套像样的照片。

罗畅一口答应下来，很快就联系好了一家婚纱摄影工作室。

三个月后当他兴高采烈地把照片拿给何大叶时，何大叶又说照片她不要了。

"家里没地儿放了，你瞧我那脸肿的，挂家里瘆得慌。"

何大叶不要，罗畅也没脸光明正大地悬挂起来，连同新领到的离婚证，一起尘封进这个箱子里。

那年何大叶才二十八九岁，脸上却带着跟年纪不符的老成。

罗畅的记忆随着照片里两人的笑容被拉了回去，那间门口有只会叫"欢迎光临"猴子的婚庆公司，还有那场荒谬的舒克贝塔婚礼。

他还记得那天他走到婚庆公司门口时，隔着玻璃看见一手捏着婚纱裙角正在发呆的何大叶，当时他就想，这姑娘的眼睛真带劲儿，一闪一闪跟灯泡似的。后来何大叶说，那是因为刚换了新的隐形眼镜，眼睛干。

大概就是那一刻，他对何大叶动心了吧。

离婚之后，何大叶一直照顾他，她说她想要个孩子，想当妈，但是不想结婚，于是就把罗畅当成儿子照顾。

何大叶做的饭其实挺难吃的，但是她自尊心太强，罗畅不忍心打击她，所以每次都吃得一点不剩，以此激励何大叶继续做着难吃的菜。

放在何大叶家的衣服，下次去时，一定是洗好烫平，棱角分明，跟她这个人一样。

罗畅胃不好，何大叶家就常备胃药，每次从她家离开，箱子里也都会放一些，并在手机里设置了吃药备忘提醒。

她总是无微不至得像个圣母，让罗畅无地自容。

这些牵一发而动全身的往事，回忆起来就像一件开线的毛衣，扯开了头，就会越拉越长。

罗畅回过神，发现自己嘴角微笑着，笑里带着苦味儿。

刘丹把厨房从上到下擦了一遍，走出来嚷嚷累死了。

罗畅听到，忙把箱子推到床底，出了卧室，牵着刘丹的手，与她并肩坐下。

刘丹把头轻靠在罗畅肩膀上，把玩着他的手说："你手长得真好看，鼻梁也高，你鞋穿几码的呀？"

"四三的……你干吗？"

罗畅一头雾水看着刘丹。她坐直身子，脸上柔和的笑晕开来，挂上明显的邪恶，罗畅像个良家妇女似的下意识地护住胸前。

"哟，怎么跟个娘们儿似的。这可是大叶姐教我的，靠手脚目测尺寸，不知道准不准。"

罗畅正内心暗责何大叶这都给人灌输了些什么歪理邪说，整个身体就被刘丹扑倒了。

"目测你尺寸不错，都快结婚了，我要验货。"

刘丹女流氓一样叽歪着，开始在罗畅身上蹭悠。

罗畅把头旁边的箱子往一边推了推，翻身把刘丹压在身下，刘丹乐得咯咯直笑。

窗外一架飞机飞过，带着巨大的轰鸣声。

窗内，一对恋人在凌乱的房间里翻云覆雨着，卧室的床下一只未合拢的箱子，露出了边角，是一本红彤彤的离婚证。

六

刚下过一场酣畅淋漓的雨，北京城迎来了少有的好天气，空气清新干爽，天空蓝得通透，缀上大朵云彩好看极了，抬头看天的工夫晃个神，还以为自己在国外呢。

这样的天气适合与男友约会，与闺蜜八卦喝下午茶，遛狗或者郊游，但一点都不适合工作，尤其是陪事儿多的新娘一起看户外场地。

这位新娘就是那天在何大叶工作室里钟情于张猛的那一位。

新娘长情，一直惦记着张猛。

何大叶真担心那位面容老实的新郎未来的命运。

心不在焉地在场地溜达了几圈，新娘话中带话一直询问张猛为什么没来，一旁的新郎脸色一阵白一阵绿，肉乎乎的油脸眉头紧锁。

户外的太阳把何大叶的妆都晒花了，渐渐晕开，雾蒙蒙的一团。

"你知道吗？我怀孕了耶。"问不到张猛的下落，新娘转移话题，开始秀幸福，一手搭在平坦的小腹上，眯缝着眼说。

"恭喜。"何大叶说着，手不自觉地放在自己的肚子上，厚厚的赘肉让她分不清是怀孕还是胖。

因着这份羁绊，何大叶突然没那么讨厌这位新娘了。

她们肚子里，都有一个小生命在勃勃生长，等到孩子出生长大后，如果再有机会遇见，两位母亲也许都会告诉自己的孩子，你们还是颗受精卵的时候，就在这世界的某个角落见过彼此了，而那时，对于你们的妈妈来讲，都是一个特殊的时刻。

"我公婆说，要这孩子是个男孩儿，就送我辆路虎极光。要是女孩儿，就送宝马320，你说这都什么时代了，还这么重男轻女的。"新娘嘟着嘴抱怨。

何大叶一时半会儿找不到话回应。

真是同人不同命，不管生男生女，都是豪车伺候。

可自己呢，生条龙出来也当不成王母娘娘，顶多就是众多坚强单身母亲中的一枚罢了。

何大叶挺替这个新娘高兴的，她肚子里怀的不仅是个孩子，还是辆车子，生孩子这件事为她带来了价值，也带来了炫耀的资本，挺好。

"你带阳伞了吗？"炫耀完，新娘就恢复了往日的鼠标垫儿脸，斜眼问何大叶。

秋老虎今天晒起来，还挺凶猛的。

"没。"

"哟，作为一个女人，阳伞这么重要的东西怎么能不随身带呢？难怪你皮肤这么差。"

一口恶气堵在何大叶胸口，郁结难疏。

想想也是活该，疼爱自己的女人，总能嫁得更好一些。这位新娘、舒颖还有她何大叶，在差不多的年纪里，过着天差地别的日子，人家靠着人民币呵护出来的脸面，保住后半生的衣食无忧。可她，却还在用仅剩的这点青春赌明天呢。

新娘叽叽歪歪说自己被太阳晒得不舒服，刚才对新娘产生的那点好感，这会儿也散尽了。

一旁半天没说话的刘丹脸色早就阴暗下来，东张西望了一会儿，径直走到户外的一排咖啡座边，直接把巨型遮阳伞给拔了出来。

那股力拔山河的生猛劲儿，让新娘着实对刘丹有点忌惮。

"姑娘力气可真大，咱们女人啊，还是应该娇柔一点，男人才会疼。"

新娘知道这头顶的阴凉绝不只是凉快，但又不甘心主动权被这女张飞压住。

"都娇柔，那不晒死你了姐？"

刘丹脸上挂笑，笑里藏刀，一边说着一边腾出一只手把何大叶往阴凉地里拉了一把。

这个拉扯的动作也扯动了何大叶的心。

刘丹终究是最疼她的那一个，姐妹之情闺蜜之爱，是什么都无所谓，都是何大叶这一生的感情中最难以割舍的其中一段。

何大叶何尝没有在得知婚讯时，些许地恨过刘丹，可睡一觉又想，即便不是她，也会有别人，这幸福本来就不属于何大叶，她命中注定，无福消受。

现在想想，她比刘丹差在哪儿，大概就差在这种无声无息的真心真意吧。

何大叶觉得自己对别人好，总是带着目的性的，她的好太功利，有种施舍的味道。

刘丹就不同了，她就是那种一根筋通到底的傻姑娘，不求回报不给人压力的那一种。

只是，此时此刻，她有点儿担心这个傻妹妹，被罗畅负了。

这么些年，她太了解那个孩子气又想一出是一出的男人了。

真怕他闪婚闪得太常态，到时候再把刘丹的心闪瞎了。

刘丹力大无穷高高举着阳伞，额头冒着汗，俩人寸步不离地跟在瞎转悠的新娘后面，很像是宫女举着华盖，为娘娘挡阴凉。

何大叶贼笑了一下，忍不住调侃：“你这是‘久旱逢甘霖’的架势啊。”

“有那么明显吗？”刘丹作害羞状，腾不出手来，只能把脸勉强藏到胳膊肘子里，“姐，你总结的手脚目测尺寸的理论特别靠谱，姜还是老的辣啊。”

何大叶白她一眼：“多大个人了，说这个也不害臊。”

“有什么好害臊的，就许男人聚集起来，讨论这个女的胸部大那个女人屁股翘的，还不许女人讨论哪个男人的尺寸好？”

刘丹振振有词，何大叶无言以对。

不是不许，只是亲爱的刘丹，我又何尝不知道他的尺寸。

这个身体我曾经日夜相对，即使离婚后，夏天他也大喇喇地只穿个内裤，坐在地板上玩电子游戏。他腰上的黑痣，大腿内侧的胎记我都记得，铭刻于心。

原本何大叶以为自己经过那一场失声痛哭，已经能坦然去面对这些事情，可到头来还是心有余悸满身丧气，指哪打哪，打哪哪疼。

也罢，人总有三灾九难，罗畅就算是她有生之年里的一次浩劫，一切都交给时间吧。

“你真想好了要结婚？你了解罗畅吗？”何大叶沉了沉，问刘丹。

“即便是互相了解的两个人，婚后也不一定幸福美满啊。婚姻本来就是要赌的，没有孤注一掷的勇气，又怎么换得来长相厮守呢？”

"你这婚结得太突然，我一时半会儿有点缓不过神来。"

"不就是闪婚嘛。"刘丹笑得满脸春色，大大咧咧地说，"俩人觉得不错，就别错过，恋爱可以以后慢慢谈。再说闪婚怎么了，明星都闪婚，过得照样挺好，而且罗畅又不是闪婚专业户。"

听着刘丹的话，何大叶一时百感交集。

俩女人，跟着罗畅走了一样的路，前戏相同，只不过何大叶已经沦为受害者，刘丹还是个未知数。她现在只愿罗畅能跟刘丹好好过，能真如刘丹说的，就这么厮守下去。

可如果真是那样，那她何大叶，就真真儿是枚弃妇了。

自卑心理作祟，何大叶突然陷入杂乱的纠结中，她希望刘丹好，但又无法心平气和地望着她跟罗畅长久。

你快乐所以我快乐的戏码，都是唱给别人听演给别人看的。

现实生活中，人人心里有杆秤，这秤砣就是，只要你过得比我好，我就受不了。

两个人各自魔怔似的沉默了一会儿，新娘总算转满意了，找了一张咖啡桌坐下。

新郎迅速递过纸巾和矿泉水，点头哈腰跟个小奴才一样。

"累了吧？擦擦汗，水我揣怀里半天了，焐热了，赶紧喝口吧。"

何大叶和刘丹站在新娘椅子后面，一左一右像一对门神，看完新郎的表现，何大叶鄙视他到咬牙切齿，反倒是刘丹羡慕得很，一个劲地啧啧着。

"啧啧啧……要是罗畅也能这么对我就好了。"

何大叶的听觉系统自动屏蔽了这句话，本来不想搭腔，没想到刘丹不依不饶，扭过脸拽着何大叶问："姐，你觉得罗畅这人怎么样？你看人比我准，给我分析分析呗。"

何大叶不得不看着刘丹，喉咙像被堵住了，说不出话来。

罗畅这人挺好的，风流但不下流，有颗花心但没有花胆花柳病。

罗畅有本恋爱手册，记录着每个星座生肖血型相互搭配的女孩类型，但都是约会过，没什么实质性交往。

罗畅怕黑，睡觉不喜欢关门，害怕鬼压床，半夜爱说梦话，爱磨牙。

罗畅有点孩子气，喜欢撒娇，喜欢叽叽歪歪，但有时候也挺爷们儿的。

罗畅喜欢吃蔬菜，但必须得是绿颜色的，他喜欢吃肉但一点儿肥的都不能有，他喜欢喝牛奶但必须得是当天的，隔一宿的喝了必定闹肚子。

罗畅睡觉的时候喜欢用两个枕头，睡一个，抱一个。他床上有个从幼儿园就开始抱的枕头，表面薄得都能看到荞麦皮了，但依然不换。夏天喜欢盖被子吹冷气，冬天不喜欢穿秋裤，因为腿粗，他想看起来瘦一点，太冷的时候只戴一副护膝而已。

还有，罗畅害怕责任，害怕婚姻，或者，也许只是害怕跟我的婚姻……

罗畅就是这样一个人，几年时间，已经不能简单地用一句好坏就能评判了，所以这个问题，又能从何说起呢？

刘丹还满怀期待地看着何大叶，等着她的答案。北京天气太干燥，何大叶的嘴唇都起皮了，干巴巴地半张着，看着都让人心酸。

这样尴尬的时刻，电话铃就是一场及时雨。

当何大叶的电话响起时，她感激得热泪盈眶，恨不得接起电话就叫对方亲爹。

不过电话不是亲爹打的，何大叶也没命认干爹。

一听电话那头人小鬼大的语气，就知道是张阳阳。

听声音，张阳阳挺急的，这次也出奇地客气，他跟何大叶说他爸可能中邪了，回来就疯疯癫癫的，急需何大叶回去一趟。

反正现场她早就待不下去了，刘丹每一个真诚的眼神都像清朝十大酷刑一样折磨着她，她虽不是玻璃心，但也经不起这么千锤百炼。

跟刘丹打了个招呼，又跟一脸不满她早退的烦人新娘百般道歉后，何大叶从现场落荒而逃。

回家路上，她默默地承诺：阳阳，等姐姐我成了婚庆界一代妖姬时，一定给你买那只变形金刚。

七

飞奔回工作室，打开门，一股活色生香的油烟味儿扑面而来。

何大叶一阵犯恶心，干呕了几下硬生生又咽了回去。

正坐在沙发上愁眉苦脸看电视的张阳阳看见这一幕，宛若看到救兵。

桌子上摆着十几个菜，个个精致好看。

何大叶有点饿了，翘着手指拣了块肉塞进嘴里。

"瞧你那点儿出息，吃饭不能用手。"张阳阳看不过，批评她。

"饿了，吃点儿还不行？你爸干吗呢这是？今晚有客人？"

瞄了一眼紧闭的厨房门，何大叶蹑手蹑脚地走到沙发前坐下，小声问。

"我爸心情不好，以前他一心情不好就闷声不响地做菜。他今天回来，什么都没说，板着脸就进厨房了，从今天做的菜色、食材和数量上看，他这会儿肯定非常不开心。"

"发泄方式真够新鲜的，真希望他每天都心情不好。不过他发疯，你找我干吗？"

何大叶起身，走到桌前又挑了点东西吃。

"你怎么这样？把自己的快乐建立在别人的痛苦之上。我们老师说了，这是很可耻的行为。"张阳阳嘟着嘴，瞪着一对闪亮的小眼睛指责道。

何大叶也觉得挺羞愧的，但又觉得不能在小孩面前认怂，只得挂起一张无赖脸，一块接一块地吃着肉，一边安慰张阳阳说："赶驴上磨还要给驴吃顿好的呢！"何大叶后悔说这句话了，她赶紧转移话题，"你放心吧，一会儿我帮你劝劝，但你得让我吃饱啊，不然哪有力气办事。"

正说着，张猛端着最后一个菜从厨房出来了，看见何大叶，苦笑了一下，从冰箱拿出一罐啤酒打开。易拉罐口冒出一缕清凉的气，这股若有若无的白烟，在深秋季节里显得有些格格不入，却又恰到好处地衬托出张猛那张苦兮兮的脸。

"今天你有口福，坐下一起吃吧。"张猛招呼何大叶。

何大叶拿起酒杯，示意张猛也倒一杯给她，被张猛怒瞪后，想起自己是有身孕的人，才倍感惋惜地放下了杯子。

"说说吧，别老摆臭脸，都吓着孩子了。"何大叶最近跟电视剧学的台词，觉得特管用。

张猛有些愧疚地看了看阳阳，忽然意识到看错孩子了，他看了看何大叶的脸，又看了看何大叶的肚子，又看了看何大叶的脸，脸终于垮了，不装精神了。

"私家厨房开业以后，有不少人打电话约，电话里说得好好的，临了又都说不来了。起初我还挺有自信的，可是你瞧，现在我最大的客户就你一个，热情耗光了，挺失望的。"

何大叶习惯性地想打击几句，想说你看吧，开业那天我就说你干不长。

眼见张猛的丧气都快成精了，于心不忍之余，也觉得自己要真那么做，基本上是在说废话，她不是个讲废话的人。

可世界上真的存在太多废话的哲人，管挖坑，但不管理。

上下嘴唇一张一合，道理倒是讲清楚了，但距离远了。

然而成长如此，谁能不知道正确的路应该怎么走呢？

无非只是希望周围人能给一个态度而已。

然而生怕错过证明自己光明英武的人，总是雨后春笋一般蹦出来。

她想想，也没什么可说的，只是把桌上的菜挨个尝了一遍，何大叶放下筷子，化身女汉子版知心姐姐，拍着大腿说："太好吃了！"

这平地一声吼把张猛和坐在一旁察言观色的张阳阳都吓得一哆嗦。

何大叶不在乎，抹了抹嘴上的油继续夸："他们不来，是他们的损失。你知道吗，今天我去见的那个客户还说念念不忘那顿饭呢，说充满了幸福味儿，特别赞。你看你，长得人模狗样的，不是应该在中老年妇女的宠幸之下变得又矫情又养尊处优吗？可你偏偏不是。今天那客户还夸你帅，你看你，明明可以卖肉，非要卖手艺，明明可以靠脸吃饭，非要靠才华。"

张猛被夸得有点飘忽，挠着头，略有点信心："我是没那么差，是吧？"

何大叶心想这个男人也太单纯了，这把年纪随便夸几句都乐成这样，他的童年过得是有多阴暗多缺爱呀。

"没办法，我是苦出身啊。上过厨艺学校，当模特之前，我干过厨师。那时候没少被欺负，我做菜，做得好主厨领功，做得差我受罚，我就是厨师界的枪手。有一次有个客人说在菜里发现头发，经理就让我去道歉，那头发我看得真真的，跟女顾客的长度颜色一模一样，但最后还是让我赔，我倒是不在乎，穷嘛，混口饭吃就是得忍辱负重，没办法……"

张猛絮絮叨叨地讲着，转眼已经喝了四罐啤酒。

何大叶听着挺心疼的，她想起自己刚到北京时的第一份工作。

那时候的她少不更事，年轻霸道，因为不愿帮上司背黑锅而翻脸暴走，何大叶至今还能想起自己当年的英姿飒爽，辞职路都走得风起云涌。

彼时的大叶不在乎，她天真地给自己留好了后路：如果哪天在北京混不下去了，就回老家，家永远是游子们的避风港，那里有爸有妈，还有门当户对的某男子等着你结婚生娃。

可自从做了婚庆，除了刁钻的客户，"母夜叉"对她的折磨，也可谓是以一敌百。

曾有不止一个客户在跟她接触过后，被她的能力折服。

谈客户的最高标准是什么？不是谈成这个案子，而是谈客户变成被面试，最后客户让她第二天直接上班，要挖她转行。

但她却始终忍气吞声没有走，她也曾经疑惑过自己的坚韧和选择，难道仅仅是因为喜欢这个行业吗？

可经历过同罗畅的那场惨无人道的婚礼，她想清楚了，自己没有离开的原因。

她太清楚婚礼对一个女性的重要性，她渴望的，她失去的，她没有得到的。

让她决心，要像观音送子一样，送给那些可爱的、不可爱的女孩子们一场与众不同的婚礼。

在她们成为女人的路上，带着也许只是她一人认为的慈悲，送她们人生最重要且梦幻的一程。

哪怕，前路艰难漫漫。

哪怕，这只是最短暂华美的幻象，一旦燃烧后，残酷现实就到来。

说到职场上的委屈，她曾经挺瞧不起那些倍受欺负的新人的。

这世上的人就是这样，爱挑软柿子捏，职场就跟男人的生殖器一样，给你个裸女又给你放段 AV，你不硬，自然就得被欺负被嘲笑，怪谁呢？

后来经历得多了，她才渐渐明白，哪儿有那么多的后路啊。

太多离家的人，都抱着一颗视死如归的心，希望在帝都开枝散叶。

她曾以为自己不是，有得选，可现在回头看，自决定留在北京试试的那一刻起，就早已没有退路了。

整个工作室在一桌饭菜味儿的映衬下，弥漫出一层哀伤的气息。

何大叶很应景地一杯杯喝着白开水，真希望自己在喝酒。

张阳阳也不落后，不知从哪儿扒拉出一瓶酸奶，就着自己笨老爸的奋斗史，愁眉苦脸地喝着。

正悲伤着，门铃就响了，这清脆的一声划破了屋里的宁静，几个人同时回过神来，气氛有点尴尬，于是都不好意思地起身，争抢着要去开门。

门口捧着生日蛋糕礼盒的快递员，显然是被这一家三口的热情吓着了，张猛签收，名字最后一笔还没写完，快递员就抽走单子匆匆跑了。

蛋糕是舒颖送来的，夹着的卡片上写着："孩儿他爸，祝你生日快乐。PS：甭感动，这蛋糕就当我给你的二婚份子钱。"

舒颖人美心细，字迹也娟秀，就是嘴臭点，不过那股大方磊落的亲密劲儿力透纸背。

啧啧，瞧人这几句话说的，就是再婚十次也应该啊，这样的女人谁不爱啊。

人精张阳阳在此时很应景地蹦跶着，从屋里拿出一幅画递到张猛手上，画上是扭曲的张猛和张阳阳，手牵着手在微笑着的太阳下散步，旁边有一坨乌漆墨黑屎一样的东西，张阳阳说那是何大叶的变形金刚版。

说完还狠狠地瞪了何大叶一眼，何大叶心说，哎哟，还惦记那个变形金刚呢。

祝福老爸生日快乐后，张阳阳难得展露天真无邪的儿童面貌，抱着张猛的脖子在他脸上亲了一下，这样鲜活的父子煽情大戏，让何大叶看得又感动又尴尬。

这场突如其来的生日宴让何大叶有点措手不及，琢磨了一会儿，想起自己包里有一支前几天刚买的派克钢笔，既然骑虎难下，那就拿来做礼物吧。

还好当时挑了支便宜的，何大叶从包里拿出来递给张猛的时候想。

"你也准备礼物啦，你怎么知道我生日的？我自己都不记得了。"

"我心细如发，什么都知道。"何大叶硬着头皮说。

张猛接过钢笔，眼神里却写满了"多少年不写字了，你送我笔干吗"的疑惑。

大叶心说这礼物送你太合适了，你还认字吗？！

嘴上却生硬地补充，"我这祝福多明显啊，希望你用这支笔，谱写你的大好蓝图！大！好！蓝！图！"

张猛猛点头，瞬间对这笔爱不释手。

何大叶心虚，张阳阳眯着眼睛凑过来："我亲爹是傻，但也不能这么糊弄……你要是给我买那个变形金刚，我就不告诉他……刚刚把你画成了变形金刚，你还没接收到我的暗示吗……"何大叶连忙切了一块蛋糕硬塞到张阳阳嘴里："我看你像变形金刚！"

张猛啥都没觉察出来："啊？不插蜡烛就切啊？也对，都这么大岁数了。"

唉，好在张猛的智商低。

放下礼物，张猛又喝了半罐啤酒，故作轻松地对何大叶说："你知道吗？

今天也是我入行十周年的纪念日。"

"喜上加喜啊。值得喝一杯。"何大叶拿起水杯，干了。

张猛耸耸肩，无所谓地说："就在今天，我收到消息，老东家没有跟我续约，经纪人问了几家别的公司，大家都客气地打着太极。所以，从今天开始，我不再是那个被那个公关公司封杀、闹脾气不工作的模特了，我不用蠢蠢欲动等这个圈子欢迎我了，他们不需要我了，我再也不用做模特啦！"

他的语气，是戏谑而轻松的，但大叶知道，他心里不好受。

十年，像是一场轮回，兜兜转转一圈，最后还是回到了起点。

渐渐模糊的视线里，她仿佛看见十年前的张猛，高高瘦瘦，脸上带着轻微的婴儿肥，肚子上的腹肌还没有那么明显。

寒冬腊月住在阴暗的地下室里，睡前得把啫喱水放在被窝里，要不然这一宿能把啫喱水冻住。

起床时天还没亮，他对着有道裂痕的小镜子把自己打扮整齐，刮过的胡子在下巴上留下一片淡淡的青色，因为个子高，所以穿起衣服来总有小一码的感觉。

他很早出门，赶在上班高峰前骑着自行车去转坐地铁，几经辗转进入面试，然后接到了人生的第一个秀，是那种在商场大厅的服装秀，走一下午，给五百块钱。

接到工作后他笑得春光明媚，那单纯和温暖几乎能抵御整个冬天的寒冷。

何大叶回过神来，张猛还在一边喝酒一边絮叨。

酒精作用下，他的脸上蒙上一层红晕，就像年画里的年娃娃，只是笑容太丧，没那么喜庆。

"其实我觉得自己挺失败的，无论是工作还是生活，无论是作为男人还是作为父亲。我今天三十一岁了，人家都说三十而立，可是我却把生活张罗得一塌糊涂，青春饭终于吃到头了，这样看看，我真是老了。"

"胡说什么？男人四十还一枝花呢。"大叶安慰他。

她不是个会安慰人的人，罗畅以前总说她太丧气，负能量太满，安慰人的精华就是传播正能量，她连及格线都没达到。

那时候的何大叶想，连她自己都没有正能量，拿什么去传播给别人？

虽然不服气，但罗畅的话她都记在心里，如今也总算派上用场了。

被何大叶这么轻轻一安慰，张猛咧嘴笑了笑："是啊，我的花季还没到呢。"

"不要脸。"

"算了，一段结束，另一段就会开始。我还有阳阳，我得加油才行。"

张猛喝光了最后的啤酒，作满血复活状攥了攥拳头。

看着张猛的单纯样，何大叶的眼眶有点酸。

这世上。

最可怕的男人是，穷，还非得嚷嚷尊严。

最心酸又让人感动的男人是，穷，还有着一腔的责任感。

而张猛，就是后者。

何大叶也感觉挺心酸的，不是那种同是天涯沦落人的感觉。

而是张猛喝大了，今晚的碗，好像得她洗！

CHAPTER 07

对世间的离别深信不疑，因此才更珍惜你

一

《红玫瑰与白玫瑰》的最后一段话："第二天起床，振保改过自新，又变成一个好人。"

其实这句话适用于很多时候。

例如：永远不会变成现实的要好好学习的明天；一边疯狂赶作业，一边悔恨之前早干吗了的暑假最后一天；新的一年你写下更美更富更加班，老板及上司喜闻乐见的跨年时的朋友圈文字……以及呢，吹蜡烛前的一分钟内你许下的生日愿望——如果有幸活到一百岁，积累的愿望量，大概能等同于成年男子一次射精时的精子数吧。

但是呢，很遗憾，它们的共同点是，这些希冀，跟中国足球何日出头的答案一样，都不会实现。

张猛的三十一岁，注定是开年不利。

寒夜牛饮冰啤酒之后，他就不出意外地感冒了。

何止自己不能高唱刘欢的《从头再来》，简直可以演唱《黛玉葬花》的越剧台词了。

人感冒的类型有很多，有娇弱型、假坚强型、假绝症型，张猛是属于傲娇型。

他固执地把自己埋在厚厚的被窝里不肯吃药，擤鼻涕的声音震耳欲聋。

他认真地说，感冒只要多喝水捂捂汗就好了，是药三分毒，不能随便吃。

穷了很久，让生病时的省钱，变成现在的省事儿。

当然跟过去相比，他已经过得很好了，然而因为这雪中送冰的感冒，让他有点自虐般只想躺着，喝水喝成了水母，看这感冒能把他蹂躏成什么样。

眼看着他一趟趟浑身哆嗦着出来倒水，何大叶的圣母心终于还是被触发了，用自己拙劣的厨艺，给他煮了一碗姜汤。

小心翼翼地端进屋，还没等开口慰问，张猛就发火了，把快流到嘴边的鼻涕猛地往回一吸，怒瞪何大叶。

"你随便进来干吗？传染了你怎么办？"

何大叶不理他，把热乎乎的姜汤放下，递给他几张纸巾，似笑非笑地看得张猛又一阵寒。

"我初恋男友就特会吸鼻涕，他鼻孔底下常年挂着一条黄鼻涕。一吸，就变成一口痰吐出来，把我给迷得五迷三道的。"

"后来呢？"

"我搬家的时候送他定情信物来着，是我最喜欢的一个玩偶，但是被无情拒绝了，唉……"何大叶假模假式地叹口气，作惋惜状。

昔日的恋情再被摆到台面上来说，早就忘了当年的悲伤，却还是要把戏做足。

"口味儿够重的你，豆蔻少女竟然喜欢这种才艺。"

"还没豆蔻，我五岁。"

张猛一惊，随即一笑："原来你五岁就展开赔钱货生涯了。"

何大叶怒了，没几个女的愿意被人称为"赔钱货"，这词太伤人，听上去没出息到惨绝人寰。

她气，但也无力反驳，几段支离破碎的恋情里，她的确是付出比较多的那一个，无论是在感情还是金钱上。

赔钱货，这顶皇冠戴在她头上，当之无愧。

真惭愧，活了三十多年，没活出精彩人生，倒活出一段可歌可泣的赔钱路。

风头太盛，同行骂她的人不少，也想学阮玲玉写下"人言可畏"然后绝迹人间，但一想到感情上她已经赔成奥运冠军了，心有不甘，只好努力活成"强奸门"后的刘嘉玲。

可输人不输阵，得嘴上过了瘾才行。

何大叶换了个姿势，把腰一掐，眯着眼说："你好啊，你前妻都快凑齐十二星座了，你不还守着半大的孩子和温暖的右手过日子吗？"

"我这叫宁缺毋滥，你知道当初有多少妙龄少女整天跟在我屁股后面求安慰求扑倒吗？"

何大叶此刻特想认识这些瞎眼的妙龄少女，请她们打电话给我好吗？

"得了吧，肯定都是歪瓜裂枣，不然哪个男人把持得住？你不仅把持得住，还巴巴地去给前妻使劲儿塞钱，你的赔钱货生涯也不逊色。"

俩人你来我往地斗了几句嘴，突然就各自陷入了过往的悲伤里。

过往这东西，不经想。

就像一只丑恶版的潘多拉魔盒，一旦打开，就得见血。

心里的伤口从来都不会愈合，时间越久，结的痂越厚，碰一下还是会疼，揭开疤还是会血流成河，这是类似于胎记的东西，是去除不掉的。

被伤害就是被伤害，从未因为时间的流逝而变得不疼一点，只能假装，只能骗自己已经好了。

这些我们被伤害的印记，让我们变成了今天支离破碎的自己，无可辩驳，无法否认。

气氛僵持了一瞬，张猛叹了口气，鼻音浓重地说："算了，咱俩都在各自的领域赔出了一片天，就别五十步笑百步了。"

"我是五十步的那个，你一百步。"何大叶嘟囔着，依然不愿服输。

张猛笑了笑，一条清澈的鼻涕沿着轨迹流下来，他叫了叫何大叶，对她说："其实我也是吸鼻涕高手，完全可以跟你初恋男友 PK。"

"真恶心。"何大叶皱着眉头嫌弃着，转头却看着张猛说，"我看看你实力怎么样。"

张猛猛吸了下鼻子，表演很成功，但刚吸回去的鼻涕还没完全消耗掉，一吐气，在鼻孔外形成一颗圆滚透明的鼻涕泡，要是在阳光下，说不定还挺好看的。

何大叶乐了，咯咯咯笑了半天，笑得牙龈都露出来了。

"我也不是身体不好，以前零下十几二十度的天气里裸上半身拍照，鼻涕一吸，连哆嗦都不带打的，我这个病啊，就是闲出来的。"见何大叶笑得差不多了，张猛说，一来回忆一下已故的模特生涯，二来给自己挽回点面子。

"看你表演得这么卖力，我准备送你份大礼。"没等张猛提问，何大叶就站起身走到门口，回头说，"把姜汤喝了，等电话吧。"

随着门一开一关，屋里的光线忽明忽灭。

张猛端起姜汤喝了一口，烫得上蹿下跳，连姜汤都能熬得这么难喝。

他一边嫌弃着，一边嘴角上扬露出一丝温暖的笑。

这个家里，有多久没出现过女人了？这个世界上，有多久，没人关心过他了。

不过红糖放多了，最后一口有点齁，倒是让张猛后怕起来。

不会打包一个女人给他吧？

二

何大叶的礼物很快就送上了，在张猛感冒痊愈的第二天，他就接到一个保健品广告的面试机会。

机会是大叶从她以前的一个客户那里争取来的。

这位客户的新娘在当时的难搞系数爆表，何大叶几次近乎翻脸，但都在这位新郎官的哀求和"母夜叉"的威胁下把火气压了下来，并拿出幼稚园教师非一般的耐性循循善诱谆谆教导，艰难地换来新娘的点头称赞。

那场婚礼后，这位身处电视圈的"妻管严"客户就把何大叶当成了恩人，化身郭冬临，把"有事儿您说话"成日挂在嘴上。

何大叶极少麻烦别人，但想想其实张猛为自己做了不少事儿，总应该在适当的时候帮他一把，也算是把昔日欠的人情还一还。

人情债是算不清的，不过雪中送炭永远都比锦上添花来得价值连城。

张猛对此一直感激涕零，去往现场的路上，不停地变着法儿感谢何大叶。

起初她听着很顺心，渐渐就烦了，说你怎么总跟个娘们儿似的。

张猛也不高兴了，嘟着嘴一路上没再搭理何大叶。

现场拿到脚本看了几行，俩人才知道原来这是重振男性雄风的保健品广告，广告词一点都没有客气，全是让绿茶婊展开纯情演技的那种词儿，苦于不知道在哪儿下 A 片的发春少女，直接可以就着这台词服下黄瓜啊胡萝卜之类以形补形的食材了。

何大叶在手袋里头塞下一份脚本，以备不时之需。

面试现场也够让何大叶大开眼界了，感觉全中国所有城乡接合部里热衷于参加健美比赛的男人们都聚集此地，面目可憎，横肉加身，纷纷脱离了布料的束缚，面试前的现场也生机勃勃，当场表演伏地挺身，比较作的，干脆表演起举哑铃来，让何大叶直感慨中国真是一个农业社会发迹的强国。

对比一下，张猛穿了一身灰色的宽松运动服，里面依旧套着一件白 T 恤，混迹在一片油腻的里脊肉中，清新得像个长相有点着急的大学生，态度倒是落落大方。

猛男们也没把张猛放在眼里，连挑衅的目光都懒得向他投射，他们从各自的站位延伸开，重合点都是在场的女性们，包括何大叶。

何大叶受宠若惊，不知道自己现场应该及时做什么样的白日春梦，才能回报各位猛男的厚爱。

寂寞少妇偶遇粗犷水电工？家暴豪门贵妇被园丁迅猛推倒？细着嗓子为大家献唱《情哥哥去南方》？还是直接唱陕北的信天游：白花花的大腿，水灵灵的 ×，这么好的地方留不住你？

唉，何大叶看了诸位一直嫌屋子热、光着膀子的猛男们，若有所思，猜测这帮人估计都没读过《王贵与李香香》，可能还以为这句信天游是开黄腔呢。

其实，多有力量啊。

张猛把何大叶呆滞的目光误会成痴迷，痛心疾首道："看不出你还好这口，真三俗。"

"有得看就多看看呗，回家要么对着墙，要么对着你，反胃。"何大叶冲张猛翻个白眼。

"我觉得这广告不太适合我。"张猛用脚本遮住脸，小声对何大叶说，"你看这词儿写的，'吃了皇帝梦，男人似豺狼，一片皇帝梦，一夜七次郎！'还穿得特少，还得展现男性魅力。"

"你当模特那会儿又不是没露过，有什么大不了的。做作地摆弄几下就行，只要你硬件过关，这广告咱们势在必得，有后门的好吗。"

"我可以露，但我不能 low 啊，这是原则。"

"首先你不是女模，其次这里也不是时装周。再说了，男模女模能是一个档次吗？男模就是女模的陪衬好不好。放眼全世界，TOP10 的男模加起来还没一个一线女模赚得多。还有，阳阳马上就要上小学了，三个月后你们还得搬家，哪一样不得烧钱。什么原则不原则的，这个时候不是你挑工作，而是工作挑你，明白吗？"何大叶认真地掰着手指头，一条一条列举给张猛听，一点都不客气。

张猛耷拉着头不说话。

何大叶说的每一点都不可否认，生活的压力已经堆成一座宏伟的山，压在张猛的肩膀上。

是啊，还有什么好挑剔的，青葱岁月里的傲气，早已被窘迫的生活磨成了一块光滑的鹅卵石。别人怎么看他不管，但内心，张猛早已把自己定位成了一枚失败者，还谈什么原则。

张猛嘴上不说，心里想，何大叶也是好心，就是路数有点偏了，别说这个广告拍不拍，总得给她点面子啊。

就像坐在一家感觉不太好吃的馆子：来都来了，试试呗。

这个面试一点都不正规，一群猛男挤在一间教室大的房间里，轮流展示身材，像是一场街道居委会举办的健美比赛，专门为守寡多年的老大妈的晚年生活，带来希望。

导演和广告公司的人就跟嗑了药似的，半眯着眼睛有一搭没一搭地看着。

模特出身的张猛虽在自己圈子里没混出一片艳阳天，但比起这些从臭气熏天的廉价健身房里跳出来的男人们，档次明显高了不止一个段数。

"我可是去米兰走过秀的人。"

张猛常常这样向何大叶炫耀，这也是他职业生涯里最辉煌最能摆上台面的业绩。

穿衣显瘦脱衣有肉这话，用在张猛身上一点也不过分，轮到他时，导演惺忪的双眼明显亮了，嘴角挂上一丝邪恶的笑。

张猛敬业，每个动作都张弛有度。何大叶想如果自己在电视上看见这么一则广告，即便是男性性功能保健品，她也愿意移植前列腺，买一盒表示支持。

"我觉得他的演技太节制了，没有张力，应该雄浑气魄一点。"站在何大叶身旁的肌肉男一对肌肉男二说。

"我觉得也是，最好能加一声吼叫，突显男性魅力。"肌肉男二表示赞同。

男三插嘴："娘们唧唧的，长脑袋是为了显个高吧，一点都不男人。"

何大叶冲着患直男癌的三人翻了个巨型白眼，本想说点什么，又怕万一起争执驳了客户的面子，极不情愿地忍住了。

她又上下打量了这三个直男癌晚期患者，他们大概跟随着失传已久的埃塞尔比亚时尚圈的潮流吧，都穿着紧身裤。

何大叶瞥了瞥他们下身鼓起的令人尴尬的包，这包跟激凸差不多，也算是三等残废吧。

何大叶上大学时获得过关爱残疾人标兵，她一下子就释怀了。

原本就势在必得的广告，加之张猛鹤立鸡群的表演，导演对他满意极了，又提出让张猛穿内裤试一下镜头，他说刚好有一个内裤广告要拍。

张猛自嘲，真是落魄的凤凰不如鸡，一下子混到了模特金字塔的最底端，low 到埋进土里，都能开出一朵花了。

不过他也不多话，转个身就穿个内裤到镜头前。

晚期直男癌三重唱此时变成评委老师，评论张猛腿太细了。

何大叶对比了一下他们三人跟张猛各自的包，护食指数瞬间飙升。

哼，怎么跟我们张猛的比，她可是见过实物的！

不过这一愣神，导演已经开始近身指导张猛摆姿势了，之前几个人试镜不超过五分钟，张猛都快试镜一个小时了，有点不对劲儿。

大叶不傻，在见识了当初那场舒克贝塔的奇葩婚礼后，她的"gay雷达"已升级到了军事水准。

虽然不管是同性恋还是异性恋，都在这个圈子里热火朝天地搞着潜规则，一些导演们理所当然地吃着演员豆腐，一些演员把这当成走向康庄大道的捷径。

其实哪个圈子都一样，即便是在婚庆界，还有准新郎向何大叶暗送过秋波，没什么大不了的。

可问题就在，如果对方是昆汀·塔伦蒂诺，是伍迪·艾伦，是迈克尔·贝，或者是张艺谋冯小刚，随便摸几把都觉得与有荣焉，就像那个跟偶像握手后三十年没洗手的大叔一样，虽然结局挺残忍的，但这段记忆起码支撑了他三十年的人生。

即使张猛这头倔驴不同意，她也会把张猛洗干净，卷进摊子，塞进凤鸾春恩车里，直接拉到安啊刚啊艺谋啊的门口，只要他们吃得下。

但眼前这位，中年谢顶满脸油光的三级片广告导演，实在是没到可以吃演员豆腐的 level（水平）。

张猛不反抗，是因为他还记得何大叶给他一一列举的几条，当模特时拥挤的后台永远都是一片裸体海洋，换个衣服碰着彼此肉体是常有的事，如果硬要归类，那也算是一码事吧。

眼见着导演的手一点点滑过张猛的腰，快要摸到他屁股时，何大叶看了看广告公司和产品方的人，他们都跟没事儿人一样。

嘿，见过拍广告的，没见过光天化日摸人的。

何大叶这臭脾气上来了，一个箭步冲上去，挥着包包打在导演斑秃的脑袋上。

这一挥力道很大，打得他一个趔趄，连张猛也殃及到了。

"你傻 × 啊？"导演急了，怒瞪着何大叶问，一手揉着自己的头。

嗯，这句话说得还挺大义凛然的。

"我的人你丫也敢碰！一把年纪了，三观不正，还这么臭不要脸，真那么饥渴去门口对着树蹭去，安全绿色环保无负担。我们是来工作的，不是来出台的。"

何大叶单手掐腰作泼妇状，这画面张猛见过，挺吓人的。

她就像一颗威猛的地雷，一旦踩上雷区，就是以这个架势爆炸的。

张猛轻轻拽了拽何大叶的衣角，示意她点到为止就好，却被大叶反手一挥给甩开了。

"我指导他，这是行规！说得好听，你叫经纪人，说得不好听，你就是鸡头，跟我装什么？！"导演鄙夷地看着何大叶说。

何大叶摇摇头，觉得这秃顶胖子命真苦，惹谁不好，非惹她！

她是谁？婚庆界第一把吵架好手好吗？

"你是隔三岔五嫖多了是吗？也不掂量自己的分量？你除了体重，哪点配讲规矩？你当然不清高了，又不轻，又不高。你肚脐眼就是跟眼睛长在一条线，你也看一下，他可是给爱马仕走过秀的。你丫除了在杂志上，见过爱马仕吗？拍个广告连条裤腿儿都买不起，跩什么啊？再说你今天什么品位啊，找来一群歪瓜裂枣在这儿拍民工特辑满足你的低俗品位是吗？这'low'到爆的广告我们不接了，留着你回家自己撸去吧。"

何大叶说完，手起刀落，直接抢过相机拔下记忆卡，踩个稀巴烂，拉起张猛的手就往外走。

心也跳，也略后悔，她那个客户朋友是得罪了。

不过她一个搞婚庆的，又没丧心病狂到指望客户都做回头客。

回到车里，何大叶气还没消，阴着一张黑白无常的脸："妈的，真是虎落平阳被犬欺，这杀手包两万多呢，用来杀这头肥猪真是暴殄天物。"

张猛歪着头，夸赞："口才好就不说了，我们何大叶怎么还知道这么多成语呢，我都不知道啥意思。"

何大叶瞪眼睛："有意思吗？"

"我发现你这人言行特别不统一，前一秒还让我忍，后一秒你倒是动上手了。"张猛憨憨地笑着说。虽然他也觉得，自己也不至于沦落到接这种级别的广告，不过快到手的钱就被何大叶这么一包给拍散了，心里还是略有点遗憾。

"有点儿骨气行吗？可以露肉，但不可以卖肉，这是我的原则。"

"哟，你还有这原则呐，有原则是好，但你没肉可露啊。"

何大叶眼睛看着前方，杀气腾腾地提起杀手包在张猛眼前晃了晃，示意他闭嘴。

张猛识趣地耸耸肩，语气平缓地说："别生气啦，其实以前我做模特的时候，吃亏受欺负的事儿多了去了，比起来这件事根本不算什么。即便上次我没被赶出来，这次续约也已经不是计划内了。这么多年，其实都是圈子里的朋友们知道我要养孩子，才帮我一把，帮到现在他们也仁至义尽了。生死有命富贵在天，你瞧瞧这话说得多绝情，就是说没有一件事情是人类能左右的，再努力也白搭。"

"能别这么丧气吗？长得人模狗样，内心怎么这么阴暗啊？"何大叶白他一眼，"我这人，从不信命，我特瞧不起那些把自己的失败和落魄归咎于命运的人。人这一辈子那么长，不可能终生荣耀，更不可能一辈子倒霉。平地上走路还有摔倒的时候呢，站起来继续走就行了，难不成还趴在原地哭哭啼啼等人扶吗？这世界那么扭曲，谁敢去扶？"

"你别说，我还真扶过一位。"张猛认真地说。

"啧啧，敢在路上扶老太太，你还真有钱，早知道这样，我就不帮你接广告了。"

"别把人想得那么不堪，好人还是占多数的。"

"我就是好人，你运气好，遇见我了。放心，我虽然背不靠山面不朝海，但何大叶这个名字也算是个招牌，这个广告黄了不要紧，就算拍了也掉价，我一定能帮你找到新出路。"

何大叶拍着胸脯向张猛保证。

　　她也不知道是从什么时候开始，想要全心全意帮张猛一把的。

　　命运这东西何大叶并非全然不信，不然又怎会那么偶然的一夜，那么偶然地在路上遇见那么多回，那么偶然地共处一室，又那么偶然地怀上了他的孩子。

　　这都是命。

　　张猛太傻太天真，注定命中有个强悍的何大叶出场。

　　任重而道远，何大叶觉得自己真是个责任心满满的好女人。

　　这么好的女人，罗畅却不要，真是不懂欣赏。

　　何大叶甩甩头，不许自己在想念罗畅的道路上越走越远。

　　从罗畅宣布婚讯那天，在这段感情上她算是彻底失败了，如果形容得少女一点，可以说，她失恋了。

　　到了这个年纪，即便失恋，姿态也要漂亮。

　　哭哭啼啼叽叽歪歪的戏码太矫情了，找个新的人来填补空白又显得自己太随便。

　　何大叶干脆把自己的生活填得满满的，根本腾不出时间去胡思乱想。

　　即便不小心想起，甩个头，也就忘了。

　　她相信，不远的某一天，她会发现自己已经很久没想起过那个人。

　　再想起时，也会波澜不惊。

三

人能忘，狗忘不得。

没了罗畅，还有肉弹跟她相依为命。

何大叶没有像很多老人说的那样，怀孕了就得把狗送掉或者安乐死。

她不知道这么不尊重生命的风俗到底是从什么时候开始流传的，想想旧社会那会儿，家家住平房，家家养狗，但家家子孙满堂。

社会越进步，人活得就越金贵，却也变得狠心和残忍了。

一只金毛一个孩子，打着滚一起长大，这是何大叶最希望看到的。

何大叶觉得肉弹白天自己在家可怜，就把它带到工作室，起初偶尔来张猛家做客的贵宾仗着自己年纪大，把憨憨的肉弹一顿欺负，后来不知哪来的责任感，开始当弟弟一样照顾保护着。

"瞧这俩狗，起初咬得跟杀父仇人似的，现在又好得像亲兄弟，就像我跟你爸似的，以前见一回骂一回，现在竟然能和平相处了。"

何大叶一手牵着两只狗，一手牵着张阳阳，发自内心地感叹着。

"哪有人把自己说成狗的？你说你自己就行了，别说他。"张阳阳皮笑肉不笑地说。

何大叶被堵得说不出话来，仔细想想这孩子的话也没错，只能憋着生闷气。

张阳阳是小冤家，可是人人都爱他。

愿意帮张猛，也许很大程度上是因为何大叶心疼张阳阳。

再早熟，他也还只是个六七岁的孩子，虽然是讽刺何大叶的一把好手，但平日里，他还是挺喜欢黏着何大叶的。

两人沉默地走了一会儿，何大叶的电话就响了，是那位电视圈的客户打来的。

大概是听说了面试的事，打电话过来道歉。

何大叶还在因为这件事生气，又想反正婚庆基本都是一锤子买卖，所以就没跟对方太客气，数落了几句变态导演和广告性质，字里行间都透着狗护食般的霸气。

大不了不联系了呗。

但挂了电话，不但情绪发泄得差不多，还得到了对方再帮忙的承诺，心情明媚地占尽便宜，是何大叶最喜欢的结果。

她仔细想想，估计那客户大男子主义，在她面前丢脸这种事儿，他可受不了。

脸上的笑容还没散尽，就发现自己打电话的空当，张阳阳不见了。

焦急地四处张望了一圈，看见不远处张阳阳正被一个男人牵着手，半推半就地被拽着往健身器材区走。

何大叶的脑子里迅速闪过一幕幕拐卖儿童的新闻，如同电影特效一般交替着砸在她的脑海里。

看着张阳阳走得那么勉强，有点逼良为娼的意思，那就没错了。

唉，真是帅哥胚子，连被拐都这么好看。

现在的人贩子越来越抠门了，连块糖都舍不得买就有脸出来拐卖儿童了，这空手套白狼的招数是什么时候盛行起来的？她想。

何大叶小时候学过几天武术，后来何妈听说练武术的跟体操运动员一样长不高，便再也没有送她去学过。

再后来她又去学了一阵子空手道、散打和拳击，甚至还被送去学了一个礼拜举重。

上初中那会儿，何大叶总是无比羡慕地看着学舞蹈的姑娘们穿着花花绿绿的裙子在舞台上翩翩起舞，想要是有一天自己也能穿成那样跳舞多好啊。

回家后她对何妈说自己不想学武功了，想学舞蹈。

何妈冷冷地看她一眼说："学这些娘们儿的东西有什么用，又保护不了自己。"

何大叶依然学着各种武功，也依然羡慕着各种舞蹈，直到她眼见着一批又一批舞蹈系的姑娘在三十岁这条划分"青春饭"界限的年龄线上倒下去。

她的一生从没优雅过，这是让何大叶倍感遗憾的事情，但她却在不同的武场上拼拼凑凑练就了一身半吊子功夫。

华山论剑她是论不了，但徒手擒小偷，手刃露阴癖，飞踢人贩子这些个本事，她还是很自信的。

何大叶急速朝那人走了过去，还没等那人和张阳阳反应过来，空出来的一只手冲着那男人的头狠狠地打了下去。

一巴掌不解恨，又抬脚补踹了一下。

"你干吗啊？！"那男的被打得一头雾水，委屈又恼怒地瞪着何大叶。

"瞪什么瞪啊？谁家的孩子你就随便牵着走？再瞪信不信我把你眼珠子抠出来？"在歹徒面前，何大叶是从来没露过怯的。

"何大叶你别闹了，这是我同学的爸爸。"

何大叶闹 high 了，正要用一套简单粗暴、打起来又不丑的咏春拳，在张阳阳面前重拾一个高龄女性的活力，正想扑上去再打，就被一个冷峻的声音给制止了。

这声音来自迷你霸道总裁张阳阳。

时间凝固在真相爆发后的一刻，何大叶高高举起的手还没来得及落下。

她有点尴尬，刚才下手太狠，现在都没脸收场了。

一个跟张阳阳差不多大的小女孩从不远处跑过来，一把抱住了爸爸的大腿，无比凶狠地瞪着何大叶，又柔情似水地看了一眼张阳阳。

呵呵，现在孩子都吃什么长大的，何大叶上小学才分清楚男女，这小女孩眼神都能一人分饰多角了。

阳阳不屑地把脸扭向一边，耍着幼稚的酷。当然，也是何大叶让他下不来台了。

何大叶看明白了，这闺女大概是迷恋张阳阳到不行了，让她爸冲锋陷阵，为她的幸福路添砖加瓦呢。

"阳阳，这是我爸爸给我买的棒棒糖，给你草莓味的，我最喜欢的就是草莓味。"小女孩从口袋里拿出棒棒糖递到张阳阳面前说。

真是不孝，你爸都被我打了，你还惦记儿女私情呢。

何大叶想，将来生姑娘，可别生这种有异性没人性的赔钱货。

想到这儿，何大叶下意识地摸了摸自己的肚子。

真棒，还"带球"勇斗人贩子呢，全世界有她这样不熟悉进入孕妇模式的女人吗？

"女孩子家的玩意儿，我不吃。"张阳阳小手一挥，义正词严地拒绝道。

那可是棒棒糖啊！换算成人世界的同类交流品，那就是钻戒、豪宅钥匙、名车钥匙，你是有多不待见这姑娘，连棒棒糖你都抗拒得了，就你这个性，注定得孤独终老吧。

何大叶心里念叨，又想起自己的初恋，也如这般惨烈悲壮，不禁心疼起这姑娘来。

"不好意思啊刚才，我还以为您是人贩子呢，所以下手重了点。"何大叶顺着孩子们无心铺好的台阶走下来，点头哈腰地给人家道歉。

"没事儿，着急是应该的，"这位爹倒是大度，他也打量一下何大叶，"您……是阳阳的妈妈？"

"不可能！"还没等何大叶回答，小姑娘就抢先说，"年纪这么大，不可能是阳阳妈妈，阳阳那么帅，她长成这样……"

男人有点不好意思，但又觉得闺女为他报了刚才的仇，幸灾乐祸的表情都快藏不住了，只得拉着女儿匆匆走了。

何大叶站在那儿，心凉了一半还没缓过神儿，张阳阳拽拽她的衣角，安慰说："你别难过，她说话就是那样，不是所有小孩，都像我这么照顾你这长相的。"说完牵着狗走了。

何大叶的心彻底凉了，谁说孩子是贴心小棉袄，根本就是凉席啊。

恼羞成怒，她指着张阳阳的背影："张阳阳，以后你被人拐，我要是出手救你，我跟你姓！"

四

回到家，两人的兴致都不高。

张阳阳还保持着刚才拒绝小姑娘的酷劲儿，一时半会儿出不了戏。

被小屁孩儿讽刺又老又丑的何大叶，再好的心理素质这会儿也是笑不出来的。

她四十五度角仰头看天花板，老泪纵横，不解自己的情绪为何被张阳阳牵着鼻子走。

自己受了委屈，张猛的好消息却来了。

已经跳槽去电视购物公司的张猛的前经纪人佳佳，找他去做电视购物的模特。

这份工作虽然不像以前走 T 台那样光鲜亮丽，但对于快要弹尽粮绝的张猛来说，无疑是雪中送炭。

何大叶替他高兴的，她牵强地想，也许被小屁孩儿侮辱几句，就当给张猛挡煞了，反过来想想自己这奉献还真是挺无私的。

在哄自己开心这件事情上，大叶是航空母舰级别的。

宣布完好消息的张猛在屋里欢快地蹿来蹿去，像个孩童一样哼着歌，一边把自己打扮得一丝不苟，连张阳阳都忍不住为他爸这种假儿童的行径翻起了白眼。

"听说电视购物都是直播的，好紧张哦。"张猛双手摸着胸口，作娘炮状。何大叶顺手捡起拖鞋扔了过去，被他灵巧地躲开。

何大叶心里不是不清楚，从 T 台到电视购物，虽说都是模特，但明显不是同一个档次。所谓的高兴，是故意遗忘自尊吧。

不过张猛不在乎，傻乎乎地高兴着。

大概就是这种没头脑的傻乐呵，才让张猛格外招人心疼。

这场直播刻不容缓，收拾妥当后，张猛在地上做了几个俯卧撑就风风火火地出门了。

他都记不清自己已经有多久没以模特的身份接工作了，兴奋之余，感伤也是有的。

现场的环境挺陌生的，前经纪人忙着直播前最后的准备工作，顾不上张猛，他小心翼翼地试探着，尽可能地恪守本分。

主持人板着脸正在化妆，整张脸都写着"我是梁朝伟"一般的优越感，并透着一股子刻薄，化妆师也跟着傲娇，脸上写着与主持人一样的话。

张猛礼貌地朝两个"梁朝伟"点点头。

"模特啊？"主持人微昂着头，拿鼻孔看着张猛问。

"嗯，请多指教。"张猛谦虚地回答。

"这是主持人的专用化妆室，虽说是新人，但这点规矩不懂吗？""梁朝伟"化妆师开了腔。

张猛没说话，笑了笑转身走了。

说是化妆室，其实不过是一片狼藉中堆砌出来的一个梳妆台，在满屋凌乱中，也算得上是一片净土。

这圈子不如模特圈友好，张猛想，并顺手提起服装师交给他的连体泳装，默默走到角落换上。

没错，连体泳装，就是今天要卖的东西。

衣服有点小，紧紧地卡住张猛健壮的身体，让他有点透不过气来，好看的线条在光滑的衣服下面展露无遗，像一条滑溜溜的鱼。

他羞涩地蜷着身子，缩在角落一边玩手机一边等，连体泳衣实在是太尴尬了，虽说以前当模特时也走过泳装秀，但基本都是好看的三角或平角裤。

也好，总比拍保健品广告要强多了，别的不说，只求认出他的人少一点就行。

直播时间逼近，果然出了问题。

由于沟通问题，台里给"梁朝伟"主持人的钱没有把化妆费加进去，主持人不干了，说要加钱，可台里的预算就那么多，根本满足不了这要求。

当了主管的前经纪人佳佳气场也明显高了几个段数，板着脸跟主持人僵持着，原本以为只要咬牙坚持着，录影时迫于无奈他还是会上场主持。

可哪想到这主持人今天注定是要将大牌耍到底，骑虎难下的他竟然收拾东西走出电视台，手机关机，一去不回头了。

现场一下就炸开了，作为一档电视购物节目，主持人撂挑子走人不是小事，就跟春晚临开始前董卿和朱军突然决定要飞去四川吃火锅一样。

觉得整个世界都正在崩塌的佳佳，突然看到了在一片鸡飞狗跳中一脸状况外的连体泳装男张猛，一道霹雳火从她脑中迅速划过，她一把把张猛扯到台里导演面前，说："我们猛哥可是去米兰走过秀的名模，穿泳装穿了十几年，整个泳装史他都烂熟于心。他站在那儿介绍泳装，不比一万个主持人顶用？"

导演看一眼张猛，满眼的不确定，可眼下这个当口，不用他还能用谁呢？

正在犹豫间，突然看到连体泳衣下面掩饰不住的肌肉线条，他点头，但条件是穿这个主持。

见导演点了头，佳佳又把张猛拖到一边，先给他灌了一通迷魂汤，又打出了友情卡，最终使出了把三千块主持费加给他的大杀招。

啊，还得说话啊？这钱也赚得太不容易了。

张猛本来还连连说"不"，但听到钱，又想想佳佳曾经待他的好，救场如救火，在确定了佳佳会在场外给他举大字报之后，最终毅然决定上了场。

直播倒数计时，五四三二一，灯光打在张猛身上，全场瞬间安静，导演喊：开始！

张猛脑子清空了……

先熟悉环境吧。

录影棚，被布置成水清沙白的海滩，一个不大不小的充气游泳池就摆在中间。

他站在前方，身穿令人尴尬、下身鼓包的山寨鲨鱼皮泳衣，身后站了泳装女模特若干。

她们的体重和身材都在两个极端，腋毛生机勃勃地掩藏不住，化妆师大概也预知了镜头前略有暴露无遗的可能性，在每个模特脸上都涂了半斤粉，以至于每个人的头，都像是移植的。而二十世纪八十年代改革开放第一批挂历女郎的妆容风格，更让整个现场摇曳着一种毕加索的印象派风格。

环肥燕瘦之中，张猛突然觉得自己这个热爱女性的笔直男中年，面对如此姿色的女人们，还是对上次参加广告试镜的健美小伙伴们更有性欲。

张猛安慰自己，还好整个画面上，他还像个人。

他甚至想挺身而出，干脆脱掉这鲨鱼装，裸个上身拯救一下观众被闪瞎的双眼算了。

正要"割肉救国"时，灯光亮起，先闪瞎了自己的狗眼，只好用肚脐眼勉强辨认前面的大字报。

张猛知道，自己只需要坚持十分钟，然后导播就会切入十五分钟量的广告片，循环播放，作为有台词的模特兼代班主持，张猛只需要开口对着大字报念就行了。

但张猛的汗却流了下来，说实话，他不紧张，只觉得自己真够失败的，无论如何也不能再把自己混到这个份儿上了。

他目光犀利地看了一下前经纪人佳佳，这胖丫头心虚地笑。

唉，她到底是给自己灌了什么迷魂汤，参加这种不入流的电视购物台的节目。

他思索一下，要不然再给熟悉的时尚杂志编辑打打电话，先做做野模，然后找个离职的模特经纪人，介绍点资源，去外地走走秀，瘦死的骆驼比马大，自己也应该很好推吧。

"他可是去过米兰走过秀的。"听听，派头多大，也能唬住人吧。

可是你都走过米兰的，怎么混到去外地走山寨 T 台呢？不行不行，都这么大岁数了，得要点脸吧。再说去外地走一场，也就能赚个变形金刚什么的，再不给张阳阳买，万一舒颖知道，肯定又知道自己状况不好，肯定还要塞钱……有钱了不起啊。

就这样心旷神怡地走着神念着大字报，他却一不小心撞上了充气泳池边的某个塑胶模特。

等张猛回过神来，他发现身边的女模特们已经犹如多米诺骨牌一样，纷纷掉进水里。

镜头外的工作人员已经乱成一锅粥，张猛突然发现自己还挺镇定的，一边继续无意识地念大字报的提示词，一边挪了挪步伐。

这几个女模特真够胖的，集体落入充气泳池后，水大概溅出一吨来。

呵呵，还好自己初中物理，质量、体积及密度学得还挺扎实的。

张猛像是自我保护一样，任由着场内场外一团乱，而自己，还跟没事儿人一样，在那儿对着大字报朗读课文。

嗯，这一切应该都是噩梦。

五

结束噩梦的二十四个小时后，张猛开始准备交代后事，觉得自己生无可恋。

还想走进人生新的轨道？甭逗了，能恢复穷且平静的生活就不错了。

张猛的欢乐就像昙花，一夜之间开了又败，花期过了，凋谢得一塌糊涂。

昨晚的直播历历在目，每次他闭上眼睛，都能看见自己把塑胶模特推进水池时溅起的水花，还能听见自己慌张走过去时衣服的撕裂声。

那画面，惨绝人寰。那声音，震耳欲聋。

魔怔似的让张猛整夜失眠，沉浸在一片虚无的唉声叹气中。

他仿佛被脱光了衣服，被丢在世界中心呼唤爱。

太丢脸了。

人生经历过这么丢脸的时刻，是不是就该去死了？张猛躲在黑漆漆的房间里，沮丧地想。

手机屏幕一刻不停地闪着，在昏暗的房间里打出一束微弱但却刺眼的光，张猛不看也知道那都是几百年没联系的朋友打来的，假装祝贺，实则嘲笑。

从昨晚回家路上到现在，这样的电话已经有几十通了。

大家都不睡的吗？大家有这么爱看深夜购物节目吗？！

家里的电话线昨天回来就被他拔了，网络也切断了。

这会儿，他把手机默默调成了飞行模式，从物理上把自己家跟这个世界隔绝开。

再丢人，直播都不能让张阳阳看见，他是这样想的。

这些年来，张猛一直在儿子的生命里，吃力地扮演着蜘蛛侠的角色，虽然穷，但好歹是个超级英雄，带着一身的肝胆相照味儿。

细算下来，张阳阳是他生命中最后的坚持。

这场灾难性的直播来得太突然，突然到几乎撼动了张猛的人生。

可对其他人来说，不过是生活中的一剂调味罢了，酸甜爽口让人精神振奋，但这味道一旦过去，回忆是会有的，却也会转眼就被人忘掉。

迅速接收到这个讯息的人，大致分为两种，一种是狂热地追逐电视购物的家庭妇女们，她们总会被主持人天花乱坠的解说词洗脑，魔怔似的拿起电话购买，明知买过之后一定会后悔，但也绝不肯放过主持人嘴里说着的"最后五组"。

另一种是闲得冒烟的人，他们整天要做的事情就是在互联网这个空虚的世界里，寻找快乐的源泉，他们像潜伏在网络背后的狗一样，能准确嗅到今日最欢乐的新闻或者视频，然后非常雷锋精神地散播给大家。

而张猛昨夜惊天地泣鬼神的表现，已经被后一类同学放上了网络，成了今日的热门话题。

其实现实世界里，还有一类人，是像何大叶这种，使用电脑就是工作和玩纸牌，很少看电视，也很少在网上闲逛，接受新鲜事物总比别人慢个半拍。

虽是如此，但因为何大叶雌雄同体的时间久了，就拥有了超强的动手能力：18L 一桶的纯净水往肩上一扛，一口气上五楼不费劲儿；家里的抽油烟机坏了，没关系，亲自动手拆成百儿八十个小零件，再亲自动手装回去，一个零件都不落下。同理，虽然网上冲浪的能力差了点，但修理网络，她却是一把好手。

这天，一大早来到工作室的何大叶，在发现网络断了后，立马开始检测，排查，修理，做得行云流水。

躲在房间发呆的张猛被手机微信的提示声吓了一跳，手机顶端扇形的Wi-Fi符号重新出现，正安然地躺在屏幕上。

慌张地从房间出来，看见何大叶正满意地拍拍手上的尘土在检查电脑。

"断网了你也没发现吗？"一边点着鼠标，一边对从楼上下来的张猛说，"昨晚直播怎么样啊？本来想看看，太累就给睡过去了。"

张猛站在最后一级台阶上，支支吾吾地不说话，脸像一碗没加盐的白菜汤，寡淡而丧气。

何大叶抬头看他一眼，笑了笑，继续说："不顺利？没事儿，实在不行就来我公司干，专门色诱麻烦的新娘，这是个看肉的世界，有肌肉好办事儿。"

"拉倒吧，我是个父亲，我得给阳阳树立吃苦耐劳的好榜样，以色示人，成何体统。"

"你不一直都干着靠脸和肉体吃饭的行当吗？这会儿还害上羞了。"

"我做的那叫时尚，是一种产业，是潮流！"张猛虎着脸嚷嚷了几句，又上下打量了一下何大叶的穿着，斜着眼说，"看你打扮的，也应该是……"

"我这身怎么了？！"

"广场舞大妈应该最爱你的品味。"

自从俩人变熟之后，不接待客户时，何大叶的穿着已经越来越随便了。

今天穿了一身不知从哪个地摊上划拉来的假三叶草运动套装，马尾扎得也挺糊弄，不过虽然有点不修边幅，但装扮得很年轻的，张猛想，大概看上去也就四十多岁呢。

何大叶刚想回嘴，一旁坐在电脑前的张阳阳"咯咯咯"就笑开了，一边笑还一边招呼她。

"何大叶，你快来看我爸，哈哈哈哈哈……"

大叶闻声过去，张猛想拦都拦不住。

屏幕上正循环播放着张猛结结巴巴介绍到最后的画面：因为朗读课文式的介绍，让朗读课文的肌肉男模特张猛也觉得有些干巴，他下意识地叉了一下腰，却不小心碰到了旁边的塑胶模特。

而紧靠着塑胶模特的是觉得自己美爆了的女模特灾害——为了方便记忆，张猛根据几位真人泳装女模的长相特点，分别命名为人祸、天灾、自然和灾害……

长相粗俗壮硕的女模特灾害小姐，此时的姿态介于创意无限和惨无人寰之间，重心完全靠在假模特身上。张猛碰倒了塑胶模特，灾害小姐头一个掉到游泳池里，而极有专业精神的灾害小姐在落水前，还不忘摆姿态，小腰一挺，手一伸，拉住了女模特天灾妹妹一同玉石俱焚。而此时专心解救灾害小姐的张猛又一个不小心，撞倒了人祸美眉……身上的衣服也随即被撑爆了，泳衣上装饰用的一颗银扣顺势被弹了出去。

这颗扣子被眼尖的网友用红圈圈出来，还用了慢动作处理，张猛惊慌失措的表情也被做成重复播放，截取下来，就是一个很棒的 QQ 表情。

因为场上太过精彩，导播室的八秒延迟没派上用场，而张猛的嘴一直都没停，再配合上他的上半身裸体，果真是一台寓教于乐的喜剧节目呢。

何大叶和张阳阳笑得前仰后合，一老一小完全没打算给张猛留面子，铆足了劲儿笑得山崩地裂。

"太有才华了，网友太有才华了。"

何大叶一边笑，一边忍不住竖起大拇指，隔空为网友点赞。

张阳阳也完全没有客气，笑得小脸都憋红了。

"我怎么会有这么笨的老爸。哈哈哈哈……"

"你是故意把网络切断的吧？就是为了躲这个？"何大叶擦了一把笑出来的眼泪问。

因为好奇，张猛已经忍不住破罐子破摔提前看了一下视频内容，接受了自己丢脸丢到大兴的状况。虽说脾气好，但男性尊严受到如此挑战，还是有点受不了。本来今天早晨连去死的心都有了，现在还被自己儿子说笨，人生多坎坷，并不是每个坎儿都能过得去的。

他站在一旁，表情有点尴尬，又有点委屈。

还是默默退下吧，就跟人间蒸发了似的，谁也找不到自己，也就听不见这些不友好的笑声了。张猛想。

女人和孩子的笑声都很清脆，混在一起其实好听极了。

他却寂然地转了个身，默默地回了房。

笑声随着门缓缓关上而越来越小，最后缥缈地消失于不存在的远方。

客厅里，两人翻来覆去把视频看了好几遍，直到再也笑不动了，才作罢。

何大叶抽了两张面纸，递给张阳阳一张，刚才笑得太用力，眼泪鼻涕笑得满脸都是。

等他们缓过神来，这才发现张猛早已经不在客厅了。

"咱们是不是有点过分了？"何大叶小心翼翼地蹭了蹭眼角花掉的睫毛膏，问张阳阳。

"哪里过分？"张阳阳不以为耻反以为荣的架势，一本正经地问。

"笑得太猛，伤着你爸自尊了。"

"唉……"张阳阳人模人样地叹口气，作惋惜状，"你说至于吗？老张这人啊，脑子笨还脸皮薄，我见过他丢脸的事情也不是一回两回了，他怎么还这么不坦然呀。"

看着张阳阳说话时扼腕叹息的那张脸，何大叶有那么一瞬间的蒙。

这哪儿像个六七岁的孩子，分明就是娘胎里出来时就带着满腹经纶的文科哪吒。

可同时她又有点心疼阳阳，早熟的孩子如果不是天才，那大概就是看了太多悲欢离合。

看多了，心也就宽了，宽了，自然明白得就多了。

而张阳阳应该就是前后两者的结合体吧，可他本该是一个天真烂漫会在田野里傻笑的臭小孩啊。

想到这里，大叶不自觉地把阳阳拖到了自己怀里。

"干吗啊？"张阳阳可不习惯身体接触了。

"你以为我喜欢抱你啊，我是让你帮我听听肚子里的孩子，现在的状况怎么样。"

张阳阳挣扎了一下，特别乖地把头贴在何大叶的肚子上，听了半天。

何大叶感受这个温暖的小身体带来的种种情绪，内心柔软得仿佛一片海，不知道是心疼阳阳太早消逝的童年，还是惋惜依然躲在青春期里不出来的张猛。

望着何大叶，阳阳狐疑地说："你吃早饭了吗？怎么肚子一直咕咕叫？"

张阳阳和何大叶，两个人用二重唱，也唤不回张猛下楼做饭。

张阳阳只好熟练地从冰箱里拿出张猛之前做好的装在保鲜盒里的咖喱、粥、汤及各类用微波炉一热就能吃的食物，满满地铺了一大桌，两个人极有默契地拿起筷子，开始消灭这些味道还不错的食物。

何大叶感慨，上帝是公平的，饭做得这么好吃，间歇性地丢脸，也是可以理解的。

张阳阳便开始掰着手指头数一数他亲爹的丢脸史："我爸以前还是模特的时候，有一回带我去看他走台，结果偏偏就是那一场，他摔倒了，我在台下使劲儿乐，他在后台使劲儿难过。他说那是他职业生涯里第一次摔倒，就让我给赶上了，本来想让我看他有多帅，结果看了个狗吃屎……"阳阳兀自回忆着过去，嘴角还贱贱地上扬，硬憋着笑快要憋出内伤的样子。

"还有一回，"他继续说，"他带我去吃麦当劳，那是我第一次吃麦当劳。结果餐都点好了，老张发现自己没带钱包，浑身掏了一遍凑了一堆毛票还是不够，最后只能带着我灰溜溜地走了。最丢脸的是，那天我俩穿得都特邋遢，一点都不上档次，就这么活生生给人鄙视了一回……"

何大叶听得有些伤感，养儿千日不容易，更何况是张猛这种少根筋的爸爸。

其实她挺佩服张猛的，一个人当爹当妈，把孩子拉扯得这么乖巧懂事。她突然就懂了张猛的沮丧和坚强，相依为命换个意思其实就是敏感，特别地敏感。

就像当初她与罗畅，如今她与肉弹那样，相依为命，却都有太多不可碰触的点，一旦触及，整颗心都容易支离破碎。

因为，身边最近的这个人，也是全世界，最小心翼翼最在乎的唯一的那个人啊。

何大叶蹲下身子，面对着张阳阳，轻轻摸了摸他的头。

"去哄哄你爸吧，他真挺脆弱的。"

张阳阳沉思了片刻，点点头，站起身晃晃悠悠地上了楼。

看着楼上的门打开又关上，何大叶急忙冲上去，贴在门外仔细听着。

她挺瞧不起自己这行为的，但又有什么办法，她现在是"安慰张猛小分队"的主力队员啊。

张阳阳进屋没说话，径直走向窗边，哗啦一声把遮光窗帘拉开。

刺眼的阳光瞬间洒满整个房间，仿佛照散了聚集在各个角落里的沮丧和阴郁。

张猛抬手挡着光，半眯着眼睛看看儿子，又躲开，不敢跟他有太多眼神交流。

细想自己在儿子面前丢脸太多次，父亲的形象大概也早已不再伟岸了。

如果做不成巨人，那干脆就做只鸵鸟吧，把头往沙里一埋，世界就清净了。

他承认自己现在太极端，可生命本来就应该极端一点不是吗？

或生或死，或贫或富……

那些站在中间地带的人们，燃烧得不充分，绽放得不美丽，连死都死得那么中庸和不甘。

他难道不是个活生生的例子吗？

"你对爸爸特失望吧？觉得我什么都做不好。"张猛轻声问站在一片阳光里的阳阳，语气中夹带着满满的难过。

"老张你这人就是这样，把面子看得比天重，真幼稚。"张阳阳跐了跐脚坐上床，"我一点都不失望，我从没对你失望过。我的同学朋友们都羡慕我有一个这么帅的老爸，我觉得特有面子。"

"真的？"张猛复活了一点点。

"当然，上次我们班有个男孩听说你是模特，回去哭着喊着让他爸也去当模特，为了这事儿还离家出走了呢，不过也太逗了，他爸那么胖，怎么当模特？"

说完，张阳阳从兜里拿出一张照片，晃了晃："我跟我们班同学说，你们的爸爸得像我爸爸这样才能当模特。"

照片是张猛面试时的秀卡，他裸着半身，肌肉并现的样子。

张猛疯了，对于祖国的花朵来说，这样的照片是不是太不健康了。

他开始追问起阳阳给谁看过照片，张阳阳掰着手指头开始说班上小朋友的名字，最后还说到了自己的班主任："每次你接我的时候，刘老师总是对你笑得特别多，每次还都问我，你爸最近又在干什么……很喜欢你嘛，看你多好，我们班老师和同学，都喜欢你。"

"可爸爸总是做错事情。"张猛又复活了一点点。

"谁不会做错事情呢？你不是跟我说过，每个人都会犯错，改掉了，就值得被原谅的吗？而且啊，我不觉得你做错了啊，我觉得你很可爱，老张你知道吗？我特别爱你，就像你爱我一样，这几年你为我付出了特别多，连个女朋友都不肯找，我知道不是没人喜欢你，而是你怕照顾不好我……"

单细胞生物张猛满血复活了，想说些什么，可感动来得太汹涌，他一句话都说不出来，生怕一出声，眼泪会随之喷薄而出。

他起身移到儿子身边，把张阳阳紧紧搂住，并悄悄拭去眼角的老泪，有这样的儿子还要啥自行车呢？张猛想。

鬼灵精怪的阳阳知道老爸哭了，嘿嘿笑了两声从怀里钻出来，帮张猛擦了擦脸上残留的泪痕。

"哎，你别哭了，这些话都是何大叶让我说的……我可说不出肉麻的话。"

张猛不好意思地笑了一下，心里带着满满的感激。

上天待他其实不薄，有个懂他的儿子，还有一个懂他的女人。人们总要找出几个对残酷世界微笑的理由，张阳阳和何大叶，此时此刻，便是张猛快乐的理由。

扒着门偷听的何大叶，听到了最完美的结局，欣慰着舒了一口气。

看看表，已近午饭时间。

今天没有约客户，手上的工作也处理得差不多了，她想不如回家补个眠，也留点空间给这对父子过二人世界。

怀孕之后，何大叶变得异常贪睡，没事的时候常常早退，溜回家舒坦地睡上一觉。

她虽没把自己当个孕妇来对待，但身体却挺诚实的。

蹑手蹑脚地下楼准备离开，一开门，还没反应过来的工夫，一只手就被门口站着的人握住了，一边握一边嘴里念念有词："刚要敲门你就开了，心有灵犀啊，真是心有灵犀。"

何大叶愣住，脑子里飞快盘算着是要尖叫还是飞踢。

还没采取措施前，对方终于抬起头，看见何大叶也愣了一秒，便把手慢慢松开，尴尬的空气就这么在两人之间凝固了。

六

　　何大叶这小半辈子，体验过不少份工作，以前上学那会儿，她就利用暑期在饭店端过盘子，在精品店卖过饰品，在夜市摆过地摊。

　　虽没生在金牛月，但她却有一颗视金钱为生命的心啊，啥时候都是"拔凉"的反方向。

　　大学毕业后，她干一行叱咤一行，走到哪儿都是以最闪亮的"明日之星"的架势威震江湖。

　　当然，这"明日之星"是何大叶自己封的，要是真是，她干吗不在一行一路做到天山童姥呢？

　　表面上，大叶的战绩傲人，可背后辛酸却不是谁都能体会的。

　　在别人眼里，她是披荆斩棘一路杀向光明的女战士，随即又慢慢晋升到自带背光头顶桂冠手持权杖的女王。

　　可如果平心静气地仔细想想，这些年她做的所有工作，其实都是伺候人看人脸色的差事。

　　尤其是在公关公司的那几年，她没日没夜地辗转在各种饭局和娱乐场所间，靠一张热乎乎的笑脸和无数杯酒精拿下一个又一个案子，醉醺醺地回家卸妆才发现，眼角的皱纹已经随着假笑越来越深了。

　　她已经算不清有多少个夜不能寐的晚上，背着满身委屈，躲在被窝里想大哭一场。

可是哭又有什么用，空荡荡的公寓里一个人哭完，一个人睡去，第二天醒来，还是要一个人堆满笑容去工作。

职场如欢场，客户是恩客，她下个月大姨妈来时的卫生巾，都靠这宾主尽欢的钱。

哭一场？只会把这种悲壮的寂寞无限放大罢了，何必呢。

不干了？怪谁呢？怪社会？怪自己不是这个那个的二代？

何大叶不敢怨，只能声情并茂自配 MV："谁让我是一个舞女……"

舞女不干了，还有美貌，还可以从良。

何大叶不干了，还剩下什么？还能干什么呢？何况她现在就是在从良呢——哦，真正的从良是找个男人嫁了，关于这点，何大叶只能呵呵。

当然支撑这拼死拼活生涯的动力，除了图财，她还有一个不为人知的阴暗愿望，也算是安慰吧：希望有一天，自己也能甩起那张半老徐娘脸，煞有介事地装一回。

所以，当大叶听完门外握手狂的来意时，她便知道，自己翘首以待的机会来了。

门外站着的那位，正是张猛的前经纪人，购物台的现任主管，佳佳。

张猛不经意的喜剧主持模式，无心插柳地为一成不变的电视购物界开启了一扇新的大门。丑到不堪入目堪比杀伤性武器的一件男式连体泳衣，经昨夜一役，竟摇身一变成了淘宝热销款。购物台也跟着沾光，在一圈面目模糊的购物小台之中，竟然也逐渐被人关注起来。

而后，有同行大骂这是一次有预谋的炒作，张猛的身家背景也被人肉出来。因为去米兰走过秀的经历，被外行人误认为是超模，"超模怎么可能会去购物台卖泳装，不是炒作是什么"。

这个消息，对于昨天还因为现场失控而晕倒的佳佳来说，简直就是一剂救命的猛药，被送去医院躺了一夜的她连点滴都没打完，就自己拔了针头，生龙活虎地驾车来找张猛了。

张猛闻声从楼上下来，被儿子贴心安慰过后，他又恢复了往日英姿，下楼时活像一只求偶期的开屏孔雀，眯着眼，带着笑，跟之前的寡淡丧气判若两人。

还没等何大叶反应过来，佳佳已经一个箭步冲上去，紧紧握住张猛的手，反复揉搓着，嘴里像刚才一样絮絮叨叨着："火了，有救了，你太棒了！"

张猛愣愣地被佳佳搓了半天手，搓得手心都热乎了才反应过来，把手一抽问："什么情况这是？"

佳佳感激涕零地重新讲了一遍事情的原委，这次她加了一些华丽丽的辞藻进去，听起来比刚才讲给何大叶的更精彩更动人。

"再去录一次吧，算我求你了，成吗？"佳佳睁圆一双含情目，眨巴眨巴地看着张猛。

这招是美人计，佳佳的长相佳不佳先不说，只可惜目光太功利，连呼吸都带着人民币的味道，不够诚恳，没我专业，何大叶站在一边默默想。

"我不去！已经丢过一次人了，我绝不能在同一个地方跌倒两次。"张猛挥手拒绝。

"猛哥啊，念在咱们以前的旧情，你就帮帮我吧，我牛都吹出去了，让我怎么下台啊？"佳佳知道张猛的倔驴脾气，但凡他开口说"不"的事儿，十有八九是谈不成的，只能试试苦肉计。

她的确是跟购物台的人吹了牛的，信誓旦旦拍着胸口对大家说，昨夜的成果是她的战术，再加之张猛的好演技，才促成了现在的皆大欢喜。

刚入购物台，威信就树立起来，轻轻松松就站住脚了，当然要一鼓作气。

她已经想过了，今天无论如何都要跟张猛死磕到底，前往购物台的路无论有多艰辛，这条路，她也一定要拖着张猛一同凯旋。

张猛还是把头摇成了拨浪鼓。

美人计不管用，谈交情谈处境的苦肉计也黄了，佳佳干脆死拽住张猛的胳膊，开始死缠烂打。

张猛挺无奈的，耷拉着一张脸时轻时重地推着佳佳，场面陷入死皮赖脸的僵局。

何大叶看出这样下去不是个办法，都是倔脾气，都是骑虎难下的主儿，除非有一个人松口，不然这样的拉扯大概能持续一晚上。

她想上去劝几句，刚迈开腿走了两步，佳佳不知哪来的一股神力，用力一拉，把张猛拉得一个趔趄，两人同时往后退了几步，正好撞在何大叶身上，佳佳的手肘不偏不倚地撞向了她的肚子。

这突然的一击，把张猛给击火了，他用力甩开佳佳的手，冲过去把差点摔倒的何大叶一把搂进怀里。

"你凑什么热闹？小心孩子。"

何大叶脸红了一阵，兼回味了一下这酸爽。

像这样饱含情谊的肌肤之亲，已经太久没好好享受一回了。

她晃晃肩膀，把张猛的手从身上抖搂下来，心里桃花朵朵开，但面子上还是要摆出咄咄逼人的架势。

张猛这句"小心孩子"来得恰到好处，如同春日里一场唤醒大地的及时雨。

佳佳眼珠子转悠了两圈，再看看何大叶满脸的不卑不亢，一下就明白了，敢情这家里说了算的另有其人，自己从一开始就放错了重点啊。

"哟，嫂子没事儿吧？你看我这个不小心啊，你身材保持得这么好，我真是一点儿都没看出来你怀孕，赶紧坐下说话，咱们坐下说话。"

佳佳别过头，没再搭理张猛，小心翼翼地扶着何大叶在沙发上坐好，自己也觍着脸在一旁坐下。

对，就是这酸爽！继续，不要停。

何大叶暗自兴奋地想，这张堆满假笑的脸，跟当初的自己一模一样，带着些许讨好和诚惶诚恐，还混杂着少许把自己低到尘埃里的卑微。

现实就像一面镜子，照出一帧帧心酸的过往。

"嫂子，几个月了？"佳佳嘘寒问暖。

"行了，来点实际的吧，直接说主题吧。"何大叶不喜欢这种假模假式的关心，她一直都是业界的音速小子，面对问题解决问题，有话说话有酒喝酒。

好听的话说得太多，她就容易跟人家掏心掏肺。

她情商虽不高，但不高有不高的解决办法。几年的社会经验，让她总结出一套完善的防御模式：少说话多做事，以及谈话直奔主题。

"还是嫂子爽快！帮我劝劝猛哥吧，我们需要他，其实换个角度，他现在也挺需要我们这份工作的，对不？"

"这话我可不爱听。"何大叶莞尔，笑眼朦胧中射出杀气，"他现在确实处在事业的瓶颈期，不过你也看见了，做不了模特，他还能做很多事儿，而且我手上现在正有几个广告在谈，不愁没有出路。"

"是，是，猛哥多才多艺，难不倒他。"

"我就开天窗说亮话，让他再去录一期也行，不过酬劳方面不可能再用模特的价。"

"当然，是正经八百的主持人，就拿主持人的价。"

"之前的主持人拿多少，张猛每期再加一千。而且，他的主持风格你也看见了，他根本不需要一个配合他的厂商代表，一个人就可以撑满全场，厂商代表的钱，我们也一并拿了。"

佳佳不说话了，低着头作思考状。何大叶也不着急，微侧着身子，笑盈盈地看着她。这个姿势表面上看充满了亲切感，但其实写满了"不二价，没得商量"的潜台词。

在一旁站了半天的张猛这才反应过来，问："你什么时候开始替我的事儿做主了？"

何大叶却没理他，依然笑着。

张猛这话问得太是时候，跟刚才歪打正着讲出孩子的话一样，知道的是张猛傻，不知道的，还以为夫妻俩一唱一和施计抬价呢。

佳佳以张猛衣食父母的身份在他身旁混迹多年，自然知道他现在还憋着劲儿不愿意去，现在唯一的突破口就只有何大叶了，条件已开得清清楚楚，她也再找不出拒绝的理由，索性决绝地点了点头，从牙缝挤出个"好"字。

反正购物台现在需要张猛这个花瓶，与其用一些十八线的无名主持人，还不如用他这个网络红人呢。只求张猛能尽快进入主持状态，别再弄出那么多的幺蛾子了。

何大叶满意了，身子舒展开来，仰躺在沙发上，跟佳佳谈起了细节。

张猛原本还想说"不"，却被何大叶回了一个凶狠的白眼。

而在楼上默默蹲着的张阳阳，除了默默为老爸得到了新工作撒花以外，还将何大叶有孩子的事情记在了心上。

他不傻，他知道，或许有一天，大叶就会顶替舒颖的位子变成他的新妈妈。

后妈这个角色，从古至今都没有荣耀过。

张阳阳认字不多，但也听来不少小孩被后妈虐待的故事，就连童话里也是这样讲的。

但大叶应该不会欺负我吧，她憨笨憨笨的，张阳阳想。

他想起张猛喜欢的一首歌里是这样唱的："你哭着对我说，童话里都是骗人的……"

嗯，童话肯定是骗人的！我相信大叶。

眼看着舒颖嫁了一次又一次，对于后妈后爸闯入他人生这件事，张阳阳早已做好了充足的准备。其实他不图别的，他将来毕竟要为这个世界排忧解难的，那时候，如果有何大叶在，张猛也能让他少操点心。

张阳阳捂住头，为自己身上的重担头疼不已。

CHAPTER 08

情愿获得你的尊敬，获得太高傲的罪名

一

　　至于为何要接这份工作，何大叶给的理由很具体：既然已经落入火坑、流落风尘了，那还不如一不做二不休，干脆在这一个行业里做出名堂来。

　　即使你不做，但由于那个视频流传久远，很长一段时间内，好事者都会把你当成电视购物圈子里的。不做，就等着饿死吧。

　　张猛的第二次录影是在何大叶的陪同下去的，就为这，两人你来我往地拌了很久的嘴。

　　张猛觉得工作是何大叶接的，何大叶应该以经纪人的身份一起出席，并对自己的现场表现做出综合的考量和测评。

　　而何大叶觉得工作是张猛自己的事，自己帮忙把价钱和细节谈好，算是对上次色情广告黄了的补偿，已是仁至义尽。

　　别别扭扭辩了半天，何大叶输了。

　　确切地说，她不是输了，是累了，人生不应该浪费那么多口舌在这些无谓的事情上，她对自己说。然后蔫儿蔫儿地起身，拉着张猛出了门。

　　这天他俩穿的都是黑色衣服，何大叶说黑色最能镇得住场，是最适合在这种场合耍大牌的颜色。

　　进场时，何大叶架势十足，步伐硬生生走出了黑社会大哥范儿，张猛迈的是熟练的模特步，挺拔到现场各个年龄层妇女都向他行着注目礼。

　　张猛觉得自己是一回生二回熟，所以直播前已经懒得紧张，自信满满地背着稿子。

可一上直播台，镜头灯光一打，一声响亮的"action（开始）"，就把他彻底打回了原形。

站在台上哆嗦了半天，看着满桌晶莹闪亮的高级厨具发呆，脑子里更是一片洁净的空白。

那帮主持人真牛啊，面对着摄像机，怎么有那么多话？

张猛只觉得整个世界都不好了，长期的职业习惯，让他在镜头前，不用大脑，只想摆姿势。

等会儿，我不是模特啊，我是主持人啊，我是不是该说点什么？

说什么呢，张猛四处看看，所有人都做着口型。

哦，我该介绍产品了，张猛拿起一个菜刀，对着镜头，以下腰的狠劲儿咧开自己的嘴角，笑了一下，张了一下口，嘴巴的"好基友"声带此时下意识出来帮忙："……那什么……"

张猛拿着菜刀，只想抹脖子自尽。完了，一紧张就结巴，一结巴就说"那什么"。

张猛再看周围的人，所有人都跟默剧一样手舞足蹈。

哦，他看到了何大叶，何大叶倒是一张镇定的寡妇脸。

张猛低下头，心想，完蛋了，在其他人面前丢人也就算了，怎么在何大叶面前丢人，他真不想活了。

再抬头，发现何大叶不管不顾地推开一边的导播，从导播手里夺过白板笔，用袖子直接蹭掉白板上的提示词，然后大笔一挥写上：做自己。

张猛第一反应是，何大叶的字真丑。不对，何大叶说的"做自己"是啥意思。

他是谁呢？

哦，他是个不红、没有工作的老模，现在不知天高地厚地要赚电视购物这份钱。

对，他还是个父亲。

虽然不完美，但竭尽自己所能去爱儿子的父亲。

其他方面不敢说，但起码张阳阳特别爱吃他做的菜。

张猛突然好受起来了：在这个世界上，他应该是天天给儿子做饭，而且做饭最好吃的父亲吧。

耳边突然响起了一群无名氏的呼喊：做饭第一名！

片刻的沉默后，他手上菜刀手起刀落，开始切案板上的道具蔬菜，有模有样地做起饭来，一边做一边还把自己的家底儿介绍了一遍，说自己离婚四年了，作为单身父亲，含辛茹苦把儿子养得白白胖胖，多亏了自己的好手艺。

"要想抓住儿子的心，要先抓住儿子的胃。"

在这句诡异的 slogan（口号）的映衬下，一档电视购物，瞬间变成了亲子美食节目。

导播台一阵混乱，连何大叶都傻眼了，这么剑走偏锋的主持方式，如果不是亲眼所见，她都不敢相信是真的。

台上的人安心做着菜，台下的人却都炸锅了，电视购物图什么呀，不就图"卖"嘛。

眼见着张猛做得行云流水，估摸着此刻不少家庭主妇也已经钻进厨房，把电视声音调到最大，正学习得有模有样。

站在不远处的佳佳，好想晕过去。身子都软了，又一想，晕过去更有利于同事踩死她，于是干脆腰一硬，又身残志坚地继续欣赏她指导的惨祸。

是，怪谁呢？上次的直播还能说是出奇招，这次只能承认是寻死路，只见何大叶还在那儿蹦跶。唉，这个孕妇蹦跶什么啊？还能怎么挽回这局面啊？

何大叶哪管其他人怎么想，她不顾蹭得满是油墨的袖子，在白板上又简要地写了几个卖点高高举起来。

佳佳这才反应过来，又说了几个更准确的卖点，何大叶迅速又写在白板上。

张猛看见后愣了一下，一脸恍然大悟的样子，可菜已经做了一半，也不能停，按着何大叶给的提示，他在做菜的空当，生硬地把卖点给加了进去。

菜做完了，时间还剩下很多，张猛过往的那点儿遭遇早在做菜过程中被他叨叨完了。不过别担心，我们的张猛虽然迟钝，但是啰唆，他还有满肚子的话无处诉说。

比如他那已经被摧毁的模特路，再比如他傲人的育儿经。

大概是知道在这样的节目上揭自己事业的老底不合适，于是正经八百地上起了育儿课程，张阳阳那点喜好全被他抖出来了，喜欢吃什么，喜欢什么运动，以及喜欢什么类型的小姑娘。

根据张猛讲话的脉络，何大叶对照厂商的文案，不停写好各种卖点的提示，在镜头外举着提示板上蹿下跳，让他好顺着故事生硬地添加软广告。

这场影录得何大叶心力交瘁，白板写得手都快残废了。

一来二去时间总算凑够了，何大叶在白板上写下的最后几个字是"还剩三分钟"，此时的张猛还沉浸在追忆儿子成长之路的幸福中，不知如何收场。

一偏头看到白板上的几个字，张猛有些伤感，他想原来一点一滴堆砌起来的回忆这么短，这么经不起推敲，才不过一个小时，他就从过去来到了现在。

事实上，现场伤感的不只张猛，还有佳佳和所有工作人员。

张猛叨叨的过程中也许感动了一些人，但产品却一套也没有卖出去。

就好像开个妓院，恩客们只是远观小姐的美貌，却没人愿意花钱去嫖。

从时间的齿轮中转出来的张猛，也知道自己的这次直播黄了，他自觉挺对不起何大叶的，费心为他争取的机会，最后还是生生砸在自己手里。

他调整了一下站姿，褪掉眼里的感伤，换上一脸诚恳，娓娓地说："其实我一点都不擅长贩卖产品，现在我说我在这之前花了很长的时间做准备，估计都没人相信我。长这么大，我从来都只有花钱消费的份……"被自己的冷幽默打动，他忍不住笑笑，"这可能不是一次成功的电视购物，你们甚至都没来得及了解产品到底怎么样。不过不论是怎样的产品，只要能为孩子、为爱的人做出一桌带着满满爱心的菜，就是一个成功的好爸爸好妈妈好丈夫好妻子！"

说到最后，张猛像演讲比赛选手那样，做了个展翅高飞的姿势。不知道是因为感动还是因为没卖出产品的沮丧，还是被他的这一举动给吓坏了，现场陷入一片空虚的静默里。

很多事情发生转机前，都会发生一件与众不同的诡异事件。

突兀的展翅高飞，也许就是这个命中注定的转折点。

在张猛激情演讲结束后的最后一分钟里，电话被打爆了，产品的订购率从零套一下攀升到了上千套。

直播间里一片尖锐的欢呼声，佳佳面如死灰的脸上，瞬间绽放出春风吹又生的喜悦。

　　隔着人群，张猛站在直播台上比着口型问何大叶："行吗？"

　　何大叶笑了，用快要残废的那只手，高高竖起了大拇指。

　　从那以后，张猛在购物台喜剧主持人的位置算是彻底坐稳了。

　　他会在卖奶粉套装时，找个舒服的地方坐下来，摆出"我们坐在高高的土堆上面，听妈妈讲那过去的故事"的架势，开始毫不留情地讲述张阳阳以前发生过的糗事，讲到 high 处，自己会先狂笑一阵。

　　他会在卖烤箱模具时，搜罗好材料到现场边卖边做蛋糕，说是利用工作时间做好甜点，带回去给儿子吃。做完他咬了一口，在电视上毫无顾忌地大喊难吃，非要重新做，还厚着脸皮把难吃的蛋糕分给了在场的工作人员。

　　他还会在卖清洁套装时，现场示范，结果喷到眼睛里，满场转悠着找纸巾，擦完后大言不惭地对大家说，自己只是为了证明这产品真的绿色无害，即使喷到眼睛里，用纸一擦用水一洗，照样明亮。

　　……

　　每场的节奏大致相同，前半场是灾难，后半场是庆典。

　　起初，工作人员都还担心这次的产品会卖不出去，但到后来，他们也就心安理得地当情景喜剧看。

　　一方面，他们也厌倦了主持人在镜头前一秒钟都不闲着的风格，张猛这么一点目的性都不带的主持，倒是也能留住观众继续往下看。

　　因为他们知道，临近结束时，订购率一定会猛增。

　　就这样，张猛在喜剧购物专家的路上越走越远，身后还尾随了一票吃这套的粉丝，他们像看综艺节目一样乐在其中，事后还会讨论，百度贴吧的人数一路激增。

某一次，何大叶刷微博，忽然发现张猛的粉丝们在内部吵架。

哎哟，估计他的粉丝也就二十人，有什么好吵的啊，大叶这样想。

一派粉丝是老粉，喜欢张猛当模特时暖男的形象，觉得现在做购物台比较 low。

但另一派粉丝则说：爱"高大上"的猛哥，更爱逗趣的猛哥，要爱就爱他全部。

何大叶翻了个白眼，数了数粉丝群的人数，默默地把眼睛翻了回来。

这是要火的节奏吗？

如果用一人得道鸡犬升天这句话来形容，虽然有不妥当的地方，但张猛出人意料的走红，的确捧红了神秘儿子张阳阳，而何大叶，也正经八百地成了他的金牌经纪人。

张猛的主持风格随性，但经常失控，他就像乔伊斯写《尤利西斯》时候的意识流状态，讲着讲着就突然偏离了轨道。

制作团队每次都被搞得焦头烂额，听说佳佳最近连偏头疼的老毛病都犯了。

可他还好有大叶，每次失控，大叶都会站出来救场，英勇如烈士，一个手势或者几个字，就能把他重新拉回来，他们俩就像电视购物界的凤凰传奇，少了谁都不行。

时间长了，整个团队也熟悉了张猛的语言习惯，干脆雇用了网上的几个段子手，专门根据产品，给张猛写段子，效果突然皆大欢喜。

何大叶提出来要不然做公众号，微博和微信两边都同时发布"猛哥语录"，让张猛继续凭借逗趣的形象一条道走到黑吧。

还别说，由段子手创造出来的语录，经过张猛的口，在直播中说出来，再在网上整理出来发布，有人说，这哪是电视购物啊，这根本就是一个单口相声，不，更准确的说法应该是脱口秀。

购物台捧着张猛，也小心翼翼地伺候着何大叶，原因始于一次谈判。

何大叶为了张猛的薪酬和合同据理力争，直接奋起跟老板拍了桌子，老板一边安抚一边继续跟她打马虎眼，眼见拍桌不好使，她开始倚在座位上，哼哼唧唧说自己是孕妇，身体不舒服，受不了这些。

软硬兼施下，老板没办法，缴械服软。

何大叶一战成名，购物台的人知道她才是垂帘听政的真正老佛爷，是个不好糊弄的主儿，因此照顾她比照顾张猛还要体贴入微。

何大叶渐渐喜欢上了购物台，生活不如意时，被客户刁难一肚子火无处发泄时，她就跟着张猛去购物台走走，作威作福一番，争取一点基本的心理平衡。

张猛也喜欢何大叶跟他一起，每次直播时，只要穿过众人看见镜头外何大叶的脸，他就有种莫名的安全感和自信心。

何大叶忙于陪张猛录影，工作室的一些无关紧要的跑腿工作，她一水儿地交给了忙着谈恋爱消失很久的刘丹。

"白吃白喝养你那么久，是该你发挥余热的时候了。"何大叶说。

起初刘丹还哼哼唧唧不情愿，说自己结婚的打算本来就决定得仓促，应该多拿出时间来经营和维护感情。

何大叶狠狠地翻了个白眼说："我跟张猛出去直播时，你来照顾张阳阳。"

刘丹叫苦："啊，你们一家三口过得好好的，找我做电灯泡干吗啊？再说了，人家不懂得照顾孩子。"

"你都要成为一个妻了，现在演练怎么做一个妈，很有必要。"

刘丹一听兴趣就来了，搂着何大叶说："姐，我肯定好好做妈，不辜负组织对我的信任。"

其实她心里想，照看张阳阳时，把罗畅也带来，顺便观察他有没有做爹的潜质。

就这样，何大叶也开始享受巧妙丢下工作的同时，也丢下了孩子，一门心思投身于购物台，享受呼风唤雨的新生活。

在一场场电视购物的录影中，张猛和何大叶从一开始微妙的依赖，渐渐变成一种雷打不动的连带关系，尤其是张猛对大叶。

有一回何大叶待在工作室伺候客户，没时间陪他去录影。

录影前张猛拿着电话，絮叨而焦虑地一直询问她的意见，起初何大叶还认认真真地安抚，到后来就开始"嗯嗯啊啊"地敷衍。

面对大叶如此明显的心不在焉，张猛却不在乎，一点挂电话的意思都没有，几个问题翻来覆去问了好几遍，一直熬到手机没电了。

在听见一阵忙音的同时，何大叶觉得自己的世界从来没像现在这样清净过，风和日丽，鸟语花香，幸福感激增。认识张猛后，她才知道原来啰唆也是一种人生折磨。

美好的时光总短暂，还没美够呢，大叶的手机就又响了，竟是张猛用别人的电话打来的。

魔音灌耳，何大叶忍不住噇的一声，仰天长啸。

"怎么样？我已经把你的电话号码背下来了。"电话那头张猛得意地炫耀，很快又严肃地说，"为防万一，你也要把我的号码熟练背好啊。"

"你那么笨，要真有紧急情况我才不打给你，还不够给自己添堵的呢。"

张猛也不在乎，嘻嘻哈哈说了几句无关紧要的，绕了个弯继续回到了录影的问题上。

俩人在电话两头你来我往地叨叨了半天，直到要直播了，张猛才恋恋不舍地挂了电话。

莫名走红的张阳阳把一切都看在眼里，他最近除了困扰于自己的老底被爸爸揭了以外，另一件主要的事情就是观察何大叶。

明里暗里，张阳阳就像一个高清摄像头，把她的一举一动全都看在眼里记在心上。

"你爸真够絮叨的。"挂了电话，何大叶对张阳阳抱怨。

"你多大了？"张阳阳不理她，言简意赅。

何大叶先是一愣，接着换上一脸娇羞，不好意思地说："阳阳，你要记住，女人的年龄是不可以随便问的哦。"

"哦，记住了，其实四十岁有什么好害羞的，看起来年轻就行了。"

"我才三十二岁好吗？"何大叶急了，瞪着灯泡似的俩眼说。

张阳阳痛心疾首地看着她，心想自己不过使了个激将法，她就中计了，已然不是多机智的人，张猛傻，何大叶也没到足够聪明的地步，俩人要真这么结合了，那自己以后的人生岂不是更累了。

何大叶意识到自己中计了，可是碍于面子不好发作，于是张开双手作拥抱生活状，在工作室中间原地旋转了一圈说："你看，我这么年轻就已经开了间这么大的公司，多厉害啊。要搁在古代，我的智慧和能力跟武则天差不多的，武则天，你认识吗……就是范冰冰演的那个大头剧。"

何大叶本想说刘晓庆那版，后来想想贾静雯更近一点，殷桃啊之类的也行，一系列版本排下来，何大叶觉得这是一个坑，自己挖完自己跳，一下子就显现她年龄大了，还是范冰冰好！

但张阳阳点点头："武则天是唐朝人吧？你俩体重挺像的，都挺胖的。"

何大叶再次落败，开始跳着高证明自己身轻如燕，还勉为其难地卷起老胳膊老腿，要做高难瑜伽动作，最终肌肉拉伤，卧倒在沙发上装尸体。

张阳阳觉得，认识不认识的都不是重点，重点是注定自己要有一个磕磕绊绊替别人操心的人生，以前有个蠢爹操心就足够了，何大叶怎么也跟纸老虎一样，每次都有一种智商不够用的感觉。

想到这些，他只觉得头好沉啊。

客户临时有事，何大叶只能主动上门服务。待她出门，刘丹和罗畅随后就来了。

为了不跟罗畅碰到面，每次何大叶都会掐着时间提前走几分钟。

与其见面尴尬，并且撩拨着过往，不如学鸵鸟，一头扎进沙子里，掩耳盗铃，以为这就是莫大的安全。

陈奕迅那首歌唱得太扣人心弦：

> 我想见的笑脸，只有怀念，不懂怎去再聊天。
>
> 像我在往日还未抽烟，不知你怎么变迁。
>
> 似等了一百年，忽已明白，即使再见面，成熟的表演。
>
> 不如不见。

她和罗畅，虽然时间上还没有隔上十年，但也是咫尺天涯。

何必呢。何大叶想。

自己不能给他的，别人会给，而自己对他的念念不忘，别人也同样能做到，那就都让别人去做吧。

人本来就应该让自己活得轻松一点，在回忆里百转千回，最后落一身伤痕累累，还得不到同情和待见，要真活成这样，这人的命得有多贱啊。

与何大叶相比，罗畅倒是坦然很多。

自打上次气球婚礼一别，两人一直都没再见过面，原本罗畅还精心准备了一肚子道歉词，可随着时间消逝，却也忘得差不多了。

你瞧，一段感情里，付出少的人遗忘得也快，就像一根鞭子轻轻抽打了一下，留下一道淡淡的红印，也算疼过了，但很快就会消失不见。

他知道何大叶是躲着他，他也不刻意去找，他总觉得所有问题都会随着时间治愈，跟所有男人的想法一样。

不用飞的日子里，他就跟刘丹在工作室里混日子，刘丹工作，他陪张阳阳。

一来二去，两个人混熟了，罗畅本来也没有什么成年人的架子，张阳阳除了自己的亲爹之外，也没接触过其他成年男子。

而出现在他生命里的大人，都爱装大人，亲爹张猛外加何大叶刘丹啊，动不动就跟他摆架子，好像他自己不会长成那样的大人一样。

但罗畅见张阳阳第一面，就把张阳阳当成大人看，不刻意讨好，也不故意拉近距离，这种无所谓的态度，让张阳阳十分受用，防御性的天才儿童的外壳，有时候会卸下，时间久了俩人竟混成了兄弟，无话不谈。

这天大叶走后，张阳阳苦着一张脸找罗畅谈心。

说他对日后生活的担忧，说他看得出何大叶傻乎乎的，张猛也傻，两人要是一凑合，这日子可怎么过？

罗畅假装一个敬业称职的倾听者，却把张阳阳的话都暗暗记在心里，还不失时机地打探着何大叶和张猛的关系。

罗畅并非不好奇。

跟何大叶朝夕相处了三年，他从不知道，她强悍的外表下，还有这么一颗温柔傻气的心。

这么多年了，他与她相处得太理所当然，被照顾得也太理所当然，竟在这一日日的理所当然中，忘记了她也是个需要被照顾和保护的女人。

有那么一瞬间，罗畅挺内疚的，不过很快，他就在跟张阳阳的嘻嘻哈哈中复原了。

旧爱本来就是感情中最脆弱的一环，随便几下，就被新欢击得溃不成军，更何况何大叶连旧爱都算不上。

何大叶常想，其实无须责怪罗畅，他没爱过，何必要强迫他刻骨铭心呢。

她却不知，罗畅也在某个瞬间心酸地想，何大叶没真心爱过我，为什么这般柔情的你，只有张猛及他的孩子看到过呢？为什么我从来没享受到。

有时候，一转身，真是一辈子。

何大叶和罗畅，在某个人生路口分别后，即使肉身相遇，但心里的想法愈来愈南辕北辙，终究是一步错，步步错。

本来一句话就能说明白的事情，本来两个人都怀着相同的愿景。

但错过了，终究是错过了，不知何时才让人知道。

二

意气风发时，何大叶会佩服自己，竟然能在三十二岁之时，开了一间小小的还不赔本的公司，真厉害啊哇哈哈哈哈……

不过反过来，当难缠的客户和怎么都谈不下来的活儿，让何大叶头发猛掉，何大叶就会想：这是什么公司啊？常驻人口只有俩人，员工只有一个，但看上去更像是老板！

刘丹自从开始谈恋爱之后，消极怠工的态度有目共睹，在爱情这剂猛药的催化下，她从最初振臂高呼的职场小霸王，渐渐走向全职家庭妇女的队伍，并且越走越近。

又是一个在长城公社的婚礼 case（案子），刘丹以生病为借口，不出所料地放了何大叶鸽子。

"你哪儿不舒服啊？前列腺疼？连谎话都不愿意编了！刘丹你有点儿出息行吗？为了谈个恋爱就把自己往死里咒，这个月你浑身上下都疼遍了，大姨妈来三回了都。"新娘走红毯的空隙，忙得焦头烂额的何大叶终于空出时间，在电话里数落刘丹。

"姐你别生气嘛。"刘丹吊着嗓子，用娃娃音撒娇，"我身体虽然在谈恋爱，但我的心陪伴着你和你肚子里的孩子呢。"

"用不着你陪，明天我就去把孩子搞掉。"何大叶的嘴一嘟老高，大概觉得这动作不符合自己的身份，急忙伸手把嘴唇捋平。

"我知道你怕阵容不够豪华，还专门给你请了外援呢，估计这会儿应该到了。"

刘丹话音刚落，门口就一阵窸窸窣窣的小骚动，何大叶循着声音看过去，就跟电影一样，电话这头刚介绍完，另一边就闪亮登场了。

不远处，张猛穿着剪裁合身的西装风姿绰约不急不缓地朝何大叶走来，每走一步都是一帧漂亮的影像，还是自动添加了柔光滤镜和花朵桃心特效的那种。

何大叶这个人，从出生那一天起，就缺少了一颗坚挺的小脑。

从小到大，悲伤或者喜悦，紧张或者放松，但凡是情绪极端的时候，她的小脑就会像风中一颗摇摇欲坠的核桃，左摇右摆地助她摔倒。

比如这一刻，她看着张猛朝她走来，自己仿佛化身韩剧女主角，张开双臂等着长腿欧巴拥入怀中。

她在自己编造的故事中意乱情迷着，往后一退，脚跟碰到花盆上，身子摇摆了几下，险些摔倒。

平时她不这样，也可能是怀孕会让女人变成周迅，时刻感觉都是爱着的状态。

上一秒还在《苏州河》中爱得死去活来呢，下一秒就在《李米的猜想》里作到天翻地覆，然后随时化身小唯，哑着嗓子再来一次《画皮》，假装自己倾国倾城倾社会呢。

张猛冲过来要扶，没想到何大叶身子一个摇摆律动，竟站稳了。

"好灵巧的孕妇。"张猛夸她。

何大叶还惊魂未定，刚才一场韩剧白日梦破灭了。

不过韩剧的白日梦，她老把自己想成周迅干吗啊？她心情略差，情绪有点着急了。

"你来干吗？出台价不是五千块吗？我可付不起。"嘴上指责张猛，心里却痛骂刘丹，你个小蹄子总算找着替补的了。

"就许你帮我，还不许我帮你啊。免费的，甭担心钱的事儿。"

"帮我也用不着穿成这样啊。"何大叶上下打量了一眼说，"是帮我还是出来卖啊。"

"刚下直播，衣服都没来得及换。"张猛不好意思地挠挠头，看看周围人递来的爱慕艳羡或者嫉妒仇恨的目光，也觉得自己有点抢风头。

"你这个点儿才来，今天又多录了一期吧？他们又给你打包价？"

"嗨，都是小事儿。"

"你这人怎么这么好说话？你是去工作，不是做慈善。"何大叶不高兴，"阳阳呢？"

"刘丹和罗畅接去照顾了。"

"这小蹄子，她把偷懒的心思，用在工作上一半，我早就不用这么累了。"何大叶低骂。

当然，虽然她不想承认，但这事儿令她更不爽的是：刘丹这样制造跟罗畅的相处机会。

哼，把我们家张阳阳当什么了？恋爱养成道具吗？！

等等……怎么是我们家的……何大叶脑子有点儿乱。

俩人正你一言我一语地絮叨着，现场就骚乱了。

回过神，才知道原来婚礼视频里，新郎把他和前女友的故事安在新娘身上了。

新娘一听认识的过程就感觉不对劲，起初还硬着头皮黑着脸看，看到后来终于忍不住崩溃了，抢过司仪的话筒冲着新郎大吼："你丫用情够深的啊，敢情你把我当你完美版前女友了吧？平时自己心里念叨也就算了，今天还放出来了，你想给我们全家添堵是吧？！"

眼见新娘是急眼了，对着话筒喊得震耳欲聋，外扬家丑也就罢了，一点余地都没给新郎留。

何大叶台下听着，忍不住赞叹，这新娘心机真重，发火时都不忘诋毁新郎前女友顺便往自己脸上贴金。

新娘骂完，说这婚不结了，还很有礼貌地感谢了到场的亲朋好友，一摔话筒就提着婚纱裙摆往外跑。

何大叶从看热闹的人群里钻出来，箭步扑过去拦新娘，说尽了估计新郎都没对她说过的甜言蜜语，不为别的，就为了礼成后那点红艳艳的人民币。

新娘完全把扑过来的何大叶当闺蜜，一边挣扎一边跟何大叶嚷："太过分了，这说明什么？说明跟他前女友那点破事儿他一直惦记着，那跟我结什么婚啊？他前女友我又不是没见过，长得跟煤矿工人似的，跟他特别般配，正好我走了，把她叫过来，换个名字婚礼照样办，一点儿都不冲突……"

"别生气，别生气，他肯定是被幸福冲昏了头脑，一时大意弄错了。你长得这么珠圆玉润的，哪是前女友能比得了的？"没挡住新娘，何大叶像个太监似的一溜小跑跟在新娘身后安抚着。

听见"珠圆玉润"四个字，新娘更不高兴了，停下脚步歪着头看着何大叶："你是在讽刺我胖吗？"

"我是夸你丰腴。"

"哼……反正这婚我是不结了，我丢脸丢得还不够吗？他爱娶谁娶谁吧。"新娘说完，摘下婚戒用力扔出去，铆足了劲儿要往外蹿。

何大叶想：还不是你自己嘴贱把问题给抖搂出来的，还对着话筒，恨不得让全北京城的人都知道，怨谁啊傻 × ？

新娘确实胖，准确地说是壮，一使劲儿胳膊都粗壮一圈，分外孔武有力。

何大叶拦不住，两边亲戚也掐起来了，现场逐渐陷入一片失控的混乱。

而不远处的张猛，却以一副置身事外的姿态，手里捏着刚才新娘扔掉的钻戒，看得出神。

整个世界仿佛瞬间调成了静音模式，以夸张的慢动作在他身边张牙舞爪，他陷入了一个人的空间里，只听见自己因为紧张而加速的心跳声。

"张猛你愣着干吗？叫你来是帮忙的，不是当人形立牌。"大叶的声音遥遥远远地传过来。

他脑袋嗡嗡地响，不由自主地捏着戒指走过去，凝视何大叶因为着急而扭曲变形的脸，突然扑通一声，跪下了！

现场的兵荒马乱随着这一跪，全然安静下来。

"干吗啊这是？疯了吧你？拜我有屁用，把我当观音啊！"何大叶先是一愣，接着皱起眉头，看着双膝跪在她面前的张猛。

张猛这才意识到自己跪得不对，急忙曲起一条腿，改成单膝，并把手里捏着的戒指高高举起在她面前。

"你知道吗？刚才我来的时候，现场那么多人，可只需要一眼，我就能从人群中找到你。在任何地方都是一样，我总能越过人山人海看见你的脸，这里是咱们最初认识的地方，对你怎么样我不敢说，但对我来讲，意义非凡。"

他咽了口唾沫，深吸一口气，"大叶，我嘴笨，可是，在这里，我想说，嫁给我吧！不是因为你肚子里的孩子，也不是因为你喜欢阳阳，只是因为我想一辈子对你好。我想组织一个完整的家庭，有孩子，有我，剩下一个位置，我觉得必须是你。我想跟你在一起，永远。"

一瞬间，何大叶觉察出来，身体分泌的某种激素，让她眩晕起来。

与此同时，她相信，在世界的任何一个角落，都不约而同地发生了很多奇妙的现象。

新年夜上海外滩拥挤踩踏的人群突然被一个又一个拉起来，大家只出现了一点擦碰，站起来又是个好汉或是好娘们儿，可以高呼新年的倒数；哈尔滨因着火而塌陷的房子还是没摆脱扭捏般倒地的命运，然而人们哭泣时，四个"90 后"的消防小伙子一脸灰地走了出来，围观群众中最漂亮的四个少女会成为他们的女朋友，他们照常可以享受年轻美好的身体所带来的健康、长寿及美妙的性；大理着火的南诏古城似乎要重蹈香格里拉古城的覆辙，然而火势蔓延之际，一场大雨结束了这场灾祸。周杰伦突然发表声明，爱昆凌是假象，他一直深爱那个叫何大叶的女人，他透过媒体深深呼唤："其实张猛是我雇来的假象，那一夜是我跟你一夜春光，我是孩子的父亲，让我们一起生一个小眼睛的孩子吧。"

然后呢，海洋的鲸鱼喷出欢乐的水柱，峻岭的老虎变成黄油摇摆地化掉，冰川的北极熊开始面朝大海，做着祈福的瑜伽。

你若问我，有人跪地跟你求婚，更准确地说，是如张猛这样美好的男子，长腿如折叠伞一样合上跪下，跟你说上面这些粗糙至死一点都不华丽的话，你是什么感觉。

就是上面那些感觉。

世界如此骨感，他的话，让一切性感。

何大叶还没反应过来该说什么话，旁边的新娘已经抽抽搭搭感动得哭了起来，新郎借机走到她身边，一把把新娘搂进怀里，轻轻抚摸着她宽阔的脊背。

现场一片欢呼声，拍手嚷嚷着让何大叶嫁给他。

何大叶被这不知真假的求婚给搞傻了，情绪上来，她的身子随风摇晃了两下，然后点了点头。

为什么不点头呢？何大叶想。

哪个女人不爱浪漫的求婚呢？不管是真是假，蓝天白云绿草地，鸽子蛋大小的钻戒，在阳光下闪烁着耀眼的光辉，午夜梦回，她曾无数次构思过自己被求婚的场景，不需要太复杂，天朗气清钻石够大，就已经足够梦幻了。

最重要的是，向她求婚的人，还拥有一枚含有众人艳羡的优质长腿基因的精子。

韩剧里那些浪漫到坑爹的剧情，也不过如此吧。

这一刻，她就是来自星星的何大叶。

何大叶微微闭了一下眼睛，希望时间，过得慢一点。

生活多累啊，让我多享受一下这几秒钟的眩晕，我不贪心。

虽说无意间，婚礼的风头被两人抢光了，但因为前女友事件站在风口浪尖上的新郎新娘，这一刻应该也希望越低调越好。

新娘被感动得一把鼻涕一把泪，新郎殷勤地又递纸巾又递粉饼，一点儿也不敢怠慢。

就坡下驴，生气归生气，婚还是要结的，新娘接过纸巾豪迈地擦了把脸，拉着新郎说："走吧，把婚礼进行完，人家份子钱都给了，演了这么一出，他们也算值回票价了，回家咱俩再算账。"

中断了十几分钟的婚礼继续，新娘新郎都跟没事儿人一样继续进行各个环节。

何大叶挺佩服新娘也挺替她心寒的，心宽体胖的好姑娘，人生大事上竟这么忍辱负重。

张猛还沉浸在刚才求婚的喜悦和紧张中，一只手紧紧握着何大叶的手，都出汗了。她手上还戴着新娘的鸽子蛋钻戒，凸起的钻石嵌进张猛宽大的手掌中，印下一枚好看的痕。

何大叶挺享受这种被男人紧握着手的感觉，仿佛他们就是彼此的全世界一样，站在旷野中央，小心翼翼地守护着这份珍贵的幸福。

上次被人这么握着手，好像还是在三年前，跟罗畅逃婚的时候。

何大叶是个很爱护自己手的人，从初中开始，她就每晚往手上涂护手霜，再戴上纯棉手套睡觉。她说她希望第一个牵她手的男人，能因为滑嫩而爱上她，对她不离不弃。

另外，都是看亦舒小说的后遗症，师太说，女人的手，最能反映出真实的年龄。

所以，她在护手这方面，希望自己做一个"手婊"。

生活再怎么不易，身上总要有样值得炫耀的东西。

何大叶生得太干瘪，胸部平坦得像两颗被榨干的柳丁，荏苒的时光又飞速追杀着她的胶原蛋白细胞，对镜贴花黄的日子眼看着就这么过去了，唯独她的手，在日复一日的辛勤呵护下，依然光滑柔嫩。

婚礼散场，宾客入席，何大叶总算松了口气。

她把手从张猛掌心里抽出来，为了缓解尴尬，她猛拍了一下他的肩膀说："行啊你，够机灵的，竟然想到用这种怪招来稳住新娘。"

说完这话，何大叶真想自扇耳光，这话说得一点余地都没留，万一是戏假情真……

想到这儿，她却又释怀了，怎么可能，不能给自己惯出这些自恋的毛病。

张猛闪出来的那只手在笔挺的西装上蹭了蹭汗，挠挠头刚想说些什么，新郎新娘就在一群人的簇拥下过来敬酒了。

按说平时，婚礼策划是没这种待遇的，不过仗义的新娘觉得自己能再有勇气站到台上，他俩功不可没，总要喝一杯喜酒，也当是给两人添点喜气。

"多亏了你，这杯我干了。"新娘说完，满满一杯五粮液一仰脖子干了，喉头骨碌滚了几下，连眉头都不皱。

"她怀孕了，我替她喝吧。"张猛借机再次搂住何大叶的肩膀，干了两杯。

接下来，"感谢"这俩字在接下来的对话中冒出了三十二次，新郎新娘还没想走。

啊？钻戒！

何大叶心说真是许久没跟男人牵手了，这一牵，脑袋还不好使了，人家是要钻戒的。

何大叶摘下手上的戒指，依依不舍地递还给新娘，中指上被戒指勒出一道淡淡的戒痕。

"物归原主，祝你们幸福。"

本来还想说以后请多照顾生意，再一想这不是咒人家吗？于是把话硬生生给咽了下去。

新人走后，何大叶摩挲着手上的戒痕，意犹未尽地回味着。

"没戴过瘾啊？还不太习惯戴钻戒是吗？"张猛说。

何大叶白了他一眼没说话，四处张罗着等散场后要干的活儿。

前一秒钟还是公主，戒指一摘原形就露出来，跟灰姑娘似的。

午夜钟声迟早都会响起，该干活干活，该打扫打扫，终究摆脱不了自己这贱命。

不过，她以前也戴过钻戒，只是今天跟以前那次不一样。

也许是给她戴钻戒的人不一样，也许是自己想要的不一样。

张猛面对硕大的婚宴厅，只觉得自己是站在喜马拉雅山上，稀薄的氧气只能维持他想一个问题：他是什么时候开始发现，何大叶这个人，对他来讲，是"有点儿意思"的呢？

三

宾客散尽，天色也暗了，按照惯例，今晚他们是回不去了，明天还有一大堆收尾的工作要做。

留给何大叶的房间，原本是为她和刘丹准备的大床房，这下只能她跟张猛同住。

其实俩人能分开住，不过何大叶一是不想多掏房费，二是，她也不想张口说咱们分两个房间住吧。

舍不得吗？不知道，反正到了这种情况，傻子也不会让张猛搬到另外一个房间去住。

回房的路上，两人都因着今天的求婚场面而尴尬着，一路无语。

各自的脑子里，像一场同时播放的电影，自动回转调拨到几个月前的那一夜春宵。

张猛几次欲言又止，喉头紧张地蠕动。

他觉得，晚上一起住，这也是何大叶有所暗示吧，他一番发自肺腑的表白不会就此灰飞烟灭。

刚刚那段话是救场吗？当然是救场。

可是张猛没那么机灵。

啊，要解释自己没那么聪明想救场吗？可是万一何大叶其实明白呢？

张猛双手插着兜，连脚步声都走得轻，生怕任何细微的动静打破这种尴尬的平衡，然后事情再倾向他不愿意看到的那个局面。

　　房间，竟还是上次那间，大叶拿出房卡开了门。

　　进了门之后，何大叶说，咱们睡觉吧。

　　张猛终于开始后悔，今天穿的内裤太丑了。

　　如果此刻播放的是一出暧昧期微电影，那么下一个镜头你就会看见这样
一幕：何大叶四仰八叉地躺在床上，而张猛缩着身子躺在床边的地毯上。

　　嗯，还真是一起睡觉呢，这话说得一点儿语病都没有。

　　这时一定会有不少观众跳出来指着荧幕抱怨："都是成年人了，用得着
这么矫情吗？"

　　"同处一室不就是为了'打炮'吗？做出这些腔调给谁看啊？"

　　可是亲爱的观众朋友们，别忘了我们的小张猛和小何大叶，虽然都是
三十出头，但在感情这回事儿上，他们还都是大龄儿童呐。

　　长这么大，两人情路不约而同地磕磕绊绊，都离过婚，都跟前任剪不断
理还乱，最可悲的是，他们还都相信爱情。

　　如果硬要给他们俩归个类别，那应该算是，思想上的婊子，行动上的处女。

　　窗外月光如水，窗内一片令人心跳加速的宁静，连呼吸声都格外小心
翼翼。

　　他们睡不着，瞪大双眼看着宽阔的天花板，白日里的求婚还历历在目，
在两人眼前循环播放了一遍又一遍。

　　总得说点什么才行。他俩都这么想。

　　然而刚要开口，就听见隔壁发出此起彼伏的"嗯嗯啊啊"的叫床声。

何大叶觉得好尴尬，脑子却不由开始回忆，自己那一晚有没有叫出声来，好歹是高级酒店，隔音效果怎么这么差。

张猛在地上也躺不住了，假情假意地咳嗽了几声。

婚礼上送的伴手礼正好在他身边，翻个身就够着了。

于是索性从地上爬起来，拆开伴手礼看看。

漂亮的粉色包装盒里，放着一台老式卡带游戏机，还随机赠送了一盘九十九合一的卡带，月光透进来，照在黄澄澄的卡带上，带着一种迂回的时代感。

柔美月光下，何大叶也从床上坐起来了，两个大儿童盯着游戏机，无端有点感伤。

微博上经常有这种讨人厌的帖子：认识这些东西，就说明你老了。

然后附着一张图片，放着一连串 20 世纪 80 年代的玩具和零食，不管图片怎么换，红白机永远都在其中。

"婚礼送这个，够敞亮的，一点都不知道隐瞒一下年龄和年代。"张猛说。

"新娘新郎小时候是邻居，两人就是玩红白机玩出的感情，后来各自搬家上学谈恋爱，兜兜转转数十年，最后还是走到一起了。"

"还送了卡带呢，反正都睡不着，玩一局吧。"张猛举起小黄卡在何大叶面前晃了晃。

"坦克大战吧，上面有吗？"何大叶没拒绝，伸长脖子瞅了瞅，伸手开了灯。

"巧了，我也想玩这个。"张猛低着头一边找一边说，并把这种起源于童年的默契视为一个好的开端。

"我从小就孤零零的，从来没人陪我一起玩，所以我从来没见过最后一关长啥样。"

"我小时候跟我哥一起玩……"张猛说着，把游戏机从盒子里取出来准备安装，想在不经意间展示自己在组装电器上的卓越造诣，"我哥总嫌我笨，每次一上来就先打死我，再去打坦克，几次下来我就生气了，嘟着嘴往外跑，最后一关我也没见过……"

磨磨叽叽半天，话絮叨完了，但是缠在一起的电线还没解开。

老旧的玩意儿就是难缠，连个电线都那么难解，张猛咬牙想。

早已经跃跃欲试等待通关的何大叶在床上坐半天了，看笨拙的张猛连电线头都还没找着，实在看不过眼，飞身一跃跳下床，抢过他手里的红白机，三下五除二就干净利落地连接好了。

末了还拍了拍手上不存在的尘土，作握拳胜利状，姿态如硬汉，故作鄙夷地瞄一眼张猛。

"何大哥，好一条汉子。"张猛赞叹。

"过奖了，张妹子。"何大叶没好气地回嘴。

两人像孩子一样席地而坐，一人握着一个手柄，脸上闪耀着光彩。

"合作通关吧！"张猛说。

何大叶重重地点了下头表示赞成。

俩人很快进入备战状态，按得按键咔咔直响，身子还随着坦克的去向来回摆动着。

刚上手还挺生疏，输了几遍后就上道了，一路披荆斩棘，在游戏的世界里所向披靡，一边玩还一边有一搭没一搭地聊几句。

"今天的婚礼，花了不少钱吧？"张猛没话找话。

"挺贵的，比舒颖的还贵。"

张猛不太相信："贵在哪儿啊？我觉得舒颖的挺大气的。"

"自助餐比较省事儿，还好看，这场都是吃大圆桌，又贵又难吃，反正要是我选，我肯定觉得舒颖那个比较好。"

"你选？你什么时候选啊？你不是一直说不婚吗？"张猛试探何大叶，心里却怦怦跳。

早些时候，他从舒颖嘴里听说过何大叶的不婚理论，这理论如同一个让人恐慌的梦魇。

怎么会有人不想结婚呢？

张猛觉得，爱一个人，就是要跟对方结婚啊。

日子那么长，早晚都要混成亲情，没有点爱情调剂，人生得有多无聊。

那什么是爱情呢？

张猛觉得自己在感情上没那么醒目，否则也不会把自己混成舒颖的亲人，是那种亲人，藕断丝连，除了不是夫妻，不是伴侣，什么都会为对方想。

也许其他人都会觉得这俩人还有在一起的可能，但是舒颖和张猛都知道，不太可能了。

舒颖爱他，他也爱舒颖，但已无关爱情。

张猛给的爱情的定义，是那种，我只想对你一个人好。

可是现阶段看，他还挺想对挺多人好的，何大叶是其中一个。

至于别的人是谁……他不想承认没有，反正就是有那么几个人吧。

张猛犹豫地看着何大叶那张认真在玩游戏的脸，在肯定目前的局面，他要不要再分给何大叶一点好呢？全给她？

他只希望自己再敏感一点，或是何大叶能再表示出点什么，让他能发现，何大叶的更多的"有点意思"。

"这话你从哪儿听来的？"何大叶斜了斜眼问。

张猛没说话，哼哼唧唧了两声，拇指使劲一按，打爆一辆坦克。

何大叶满不在乎地撇撇嘴，继续说："我觉得周围的人都误会了，像我这样一个相貌普通、家世一般、身材平平的女人，这么拼死拼活地工作，以一种傲娇的姿态活了这么久，为的什么啊？不就为了找一个真心相爱条件匹配的优秀男人嘛。如果现在认命，为了移开别人的眼光，为了结婚而结婚，随便找个差不离的，想想多可悲啊。"

"这么多年，除了罗畅，你就没再碰见合适的？"

"合适的人哪有那么容易遇见，要真那么容易，这会儿我孩子都得上小学了。"

张猛听着有点沮丧，对号入座觉得何大叶这话是说给自己听的，只好把怨气发泄在坦克上，噼里啪啦一阵猛打。

是，条件得匹配。

他除了个子高，会做饭，会做家务，条件跟何大叶相比差远了，手里又拖着一个孩子。这么多年，其实不少小姑娘都很喜欢他，大叔、暖男、模特、肌肉男，似乎哪点他都沾着边，可是谁乐意一嫁过去就当后妈呢？

因为怀疑自己可能是会一辈子跟右手相依为命的天煞孤星命，张猛也曾试着让对他有意思的姑娘，跟张阳阳相处一下。

但张阳阳怎么可能是好相处的主儿。

被气哭气走的有之；初见阳阳时落落大方，分别时默默无语两眼没泪，只幽幽地靠在肩膀上待一会儿，然后感慨造化弄人的有之；有他就没我，有我就没他的亦有之……

综上所述，这么多年他不是不厌烦自己孤枕难眠，但是很多感情还没发芽呢，就被现实扼杀了，何况他除了一身肉及这一双手外，也没什么可以挡住现实中的风雨了。

所以，眼瞅着奔四十了，他的感情生活依旧还是停留在原点：只余留那温暖的右手。

何大叶不理他，一边专心玩游戏一边继续说着："我做了很多婚礼，有听说是因为那人靠谱结婚的，因为对方条件不错而结婚的，因为两个人在一起很多年而不得不结婚的，可是我已经很久没听过俩人因为相爱而结婚了。没有爱情打底，婚姻能幸福到哪儿去？你说，这跟旧社会的包办婚姻有什么区别？"

"嗯，这话我同意，先相爱再相守，这跟先开花后结果是一个道理，不遵守自然规律的婚姻，只能算转基因婚姻。"张猛心里好受点，两个人终于有个共同点了。

"不光这个，好多人还助纣为虐，说爱情是爱情，结婚是结婚，什么玩意儿呀？全社会都以一种居委会老大妈的心态去洗脑每个人，好像女人过了三十不结婚，甭管她有多出色，都是瘟疫，都是害群之马了，这简直成一种邪教了。所以，综上所述，我的不婚主义不是不结婚，而是不将就，有错吗？"

说着说着，何大叶就激昂了，她真想现在跑到窗口大喊，问问全世界的居委会大妈，自己不想将就，有错吗？有吗？

"你年纪不小了，别这么挑剔，找个靠谱的嫁了吧！"

这是什么屁话，这算得上是世界上最不合理的病句了，该载入吉尼斯世界纪录的。

年纪大跟挑剔，有关联吗？

七八十岁丧偶的老头老太太们都还有选择自己伴侣的权利，她才三十多岁，怎么就不能挑剔了？而且，何为挑剔？不委屈自己就是挑剔？

"日子是自己过的，不是别人替你过。生活是否如意，无关他人，无关婚姻，只关乎自己。大家来这世上一遭，怎么才算够本？反正搁我这儿，够本就是，为了爱，我敢跟天争。可以孤身等到白头，可以无悔等到下一世。"

何大叶的这套理论把张猛说得一愣一愣的，钦佩之余他也看出何大叶有点着急上火，紧皱着眉头打坦克出气，手柄都快被她捏弯了，于是急忙安抚："没错，你说得一点都没错，其实我一直都挺佩服你的，特别有主意，特别知道自己想要什么。"

"那你呢？你想要什么啊？"何大叶歪头问。

"我就想照顾好阳阳，看着他健康成长。"说到儿子，张猛眼神闪过一丝温柔。

"还真准备守着儿子和右手过一辈子啊？"

"今天不是说了嘛，我想要组织一个家庭。"张猛急了，冲着何大叶的不解风情嚷嚷。

何大叶笑了笑，没再说话。

气氛挺融洽的，一双大儿童蜷着腿坐在地板上玩复古游戏机，画面看起来和谐又温馨。

一番征战，在两人一阵沮丧一阵愤怒的作用下，总算合力通关，也算是弥补了来自童年的遗憾，了却心愿。

这算得上历史性的时刻吧。

两人兴奋地站起来，蹦跶了几下，最后干脆来了个胜利的拥抱。

而这一抱，就把时间给抱停了，欢乐的气氛渐渐 down（沉静）下来，随即笼上一层薄薄的暧昧。

何大叶想挣脱，却被张猛紧紧圈住，他轻声说："再抱一会儿吧。"

她停在他怀里，不是特别习惯。

张猛真够讨厌的，拥抱时的那种零距离，更突显她的平胸和小肚子。

咦，两个人不是有身高差吗？

何大叶才注意到张猛的身体是有点前倾的，腿弯着，何大叶小肚子凸起来，顶着张猛的肚子。

抱着的这个男人，是肚子里孩子的父亲。

除此之外呢？何大叶觉得自己有点蒙，也害怕继续往下想。

"大叶，其实只要孩子，不结婚，我觉得不对，我挺传统的。"

"我理解。"

"那……如果今天我说的……"

"我知道……"何大叶拦住张猛要继续说下去的话，从他怀里拱出来。

一切也就止于此了吧，张猛想要更多回应，不过何大叶看上去根本没打算给。

"不早了，咱们睡吧。"两人四目相对了一会儿，何大叶扭过脸，背对着张猛说。

这状况倒是张猛意料之外的，他想一直矜持的何大叶原来留了个大招。

嘴上说不要，身体倒是很诚实嘛……

他想让何大叶给点意思，但这意思也炸得过猛了。

又惊喜又紧张的张猛刚往床边一坐，屁股都还没坐实，何大叶就从床上扔下一条被子。

"我用不了这么多被子，你垫一床在地上吧，别着凉。"

张猛悻悻的，顺着床沿滑到地板上，耷拉着头把地铺张罗好，闷声不响地躺下。

房间里重新宁静下来，只剩下微弱的银白色月光照出的一片清冷。

哦，窗帘没拉，张猛闹脾气，不想起身拉窗帘。

两个人各自在自己的领地躺好，沉默半晌。

"张猛……"何大叶轻声叫他，在安静的夜里显得格外突兀。

"嗯？"

"晚安。"她说。

"晚安。"他回。

又过了空荡而漫长的几秒钟，大叶的声音再次微弱地传来。

"张猛……"

张猛沉默了一会儿，像再三确认一样，慎重地"嗯"了一下。

"慢慢来……一切……慢慢来……"何大叶话说得很轻。

"好……"

张猛翻了个身，脸朝着窗户那边，本想站起身拉窗帘了，但他舍不得打破这宁静。

他恍惚记得，几年前，他也有过好时候，日本模特公司看上他那张蒙古脸，说服他去日本发展，后来都快动身了，结果知道他离婚有小孩，模特公司犹豫了一阵子，正巧他签证也没办下来，这事儿也就不了了之了。

不过那阵子，他跟着北外的一个日语外教，上了好长时间的日语课。

平假名什么的他都忘光了，他只记得，那个扎着小辫、毛发浓密得恨不得眉心也是胡子的日语老师，讲日本文化很像是中国古人，特别含蓄，他说了这样一个故事：小说家夏目漱石在当英语老师时，学生把"I love you"翻译成"我爱你"，夏目漱石说，日本人不会说那种话，如果我爱你，我会沉静看着这良辰美景，幽幽地说一句：今晚的月亮真圆啊。

今晚的月亮真圆。

张猛看着窗外的夜色，这样想。

四

有一首歌，叫《每一天都是新的练习》。

这首歌是陈绮贞的，鉴于她比张猛和何大叶的年纪都大，这首歌倒是也可以送给他俩。

每一天都是新的练习，用过去换回失去的。

一对三十岁开外的"郎不才""女无貌"，在过完纯情又矫情的一夜后，暧昧返程。忽然发现，旧的相处模式已经失去，两个人还没寻找到新的相处方式，来符合这种"你懂我懂"的默契感，接下来的日子，都是练习。

如果是平时，这一路上，何大叶会想起这辈子张猛惹她不舒服的所有细节，然后变着花样拿语言化成的刀放血。

你要是攻，那我就守吧。张猛也会习惯性地运用他半辈子的经验，转个圈最终把这刀头转向何大叶。

两个加在一起快一百岁的人，就会这么不亦乐乎地斗着，然后特有快感地称赞对方驻颜有术，您老得有五十了吧。

现在呢，时不时地偷看彼此一眼，又像初恋一样迅速避开对方眼神。

几轮羞涩偷窥后，何大叶不小心从照后镜里看见自己那有种老黄瓜刷绿漆的感觉。

真是为难自己了，三十二岁时的情窦初开感，换谁都硌硬。

但还好，只要自己觉得开心就行。

不过是一夜之间，很多事情就都变了，一对冤家互掐的日子，从长城公社开始，到昨夜在长城公社结束，转而笼上一层轻薄暧昧的纱。

回城路上，他们一路无话，心中却都有种久违的安定感。

张阳阳那边，倒比张猛这边热闹不少。

在罗畅家住了一夜，第二天一大早被罗畅和刘丹带回工作室。

刚回到工作室没多久，张阳阳就发现自己的变形金刚玩具落在罗畅家了，叽叽歪歪非得要，刘丹没办法，又开车回去取。

工作室就剩下一大一小俩男人，心爱的玩具不在，张阳阳觉得无聊，只好和罗畅一同并排躺在沙发上看网上张猛昨天录的节目。

对着电脑，张阳阳一会儿被张猛的傻乎乎的行为逗得花枝乱颤，一会儿又为张猛的傻劲儿作惋惜状低头忧虑。

罗畅也乐在其中，不过每次笑得太开时，都会被张阳阳猛瞪一眼。

"你爸还真笨。"罗畅笑着说。

"这叫风格，你聪明你怎么主持不了？何大叶教过我一个词，叫大智若愚，就是说我爸。看你念书也不是很多的样子，这个成语你一定不懂，要不要我解释给你听？"

虽然这样说一个小孩子不好，但张阳阳的小嘴儿确实挺贱的。

长这么大，知识还没学进多少，刻薄话倒是已经熟能生巧。

"哟，小小年纪就学会护食了还。"罗畅听是何大叶教的，心里有点不是滋味。

她都已经开始夸赞张猛了啊，以前她是不是也私底下这么夸过我呢？这女人，当面总是要骂我的，罗畅想。

"你爸跟你大叶阿姨关系好吗？你不是说以前俩人见面就掐吗？"

"早不掐了，现在关系好着呢，我觉得他俩有戏，说不定能结婚。"张阳阳看都不看罗畅一眼，淡定地说。

这话听得罗畅挺不得劲儿的，碍于面子，又不好表现出来，只好沉默着。

张阳阳双手托腮，又陷入思国思民思社稷的沉重负担当中："所以我最近过得很辛苦，你说他俩这么笨，不会谈恋爱怎么办？他俩不会笨到我都有女朋友了，还没结婚呢吧？"

罗畅真有点生气了："你个小兔崽子，说话能不能别转着弯说，显示你智商高啊。"

北京这个城市，说小不小，说大也不大。这个城市的讨厌之处在于，无论你多么费尽心思地躲着一个人，它却总有办法让你们相遇，而且是以你最不希望的方式。

中国有句俗话，眼不见心不烦。

话糙理不糙是中国俗语最大的魅力所在。

何大叶躲罗畅有一段日子了，不见面的时候，她心情不坏。

有时偶尔想起他，她才会发现，咦，原来我已经有三四天都没想起过这个人了。

大叶总是这样安慰自己：每个人都是生命中的过客，只是有些人停留的时间久一些，所以你们就熟络一些罢了。

人走茶凉，该忘的总是会忘。你觉得刻骨铭心的那些事情那些人，某天蓦然回首，也许你就会发现，原来一切并没有深刻成你想象的模样。

这个定律就如同人的真实长相其实比镜子里要丑 30% 一样，往事的分量也比你臆想的要轻 30% 甚至更多。

这世上最令人哭笑不得的事情就是：原本以为有些伤永远好不了，直到某天狭路相逢，才发现心里早已波澜不惊，那个伤过你的人，再也撩不起你心中的浪。

仔细想想其实挺可悲的，那些口中的永远，就仿佛一个笑话。

就连起初以为永远都愈合不了的伤痕，亦终究无法永远。

不过大叶对罗畅，明显还没进化到这种程度。

她刚打开工作室的门，就看见罗畅正板着一张脸坐在沙发上，心脏不由得紧紧一缩，呼吸都急促了几分。

张阳阳对着电脑已经笑傻了，弯着腰蜷在沙发上都快背过气去了。

"张猛呢？"张阳阳擦着眼泪问。

"停车呢。"

"昨晚你跟我爸睡得好吗？"

何大叶一愣，觉得这问题有玄机，但转念一想，一个孩子能问出多不单纯的问题，他现在应该还处在男女牵手才会怀孕的知识系统中吧，于是立刻责怪自己思想太过下流。

"挺好，睡得特别香甜，那边儿空气好。"

张阳阳再人精，毕竟道行也还浅，听不出这话是说给罗畅听的，只撇了撇嘴没再说话。

罗畅看着何大叶，何大叶也看着他，心如止水。

新欢是遗弃旧爱的一剂猛药，这话没错。

在罗畅身上试验过一次，现在也轮到何大叶了。

"能聊几句吗？"罗畅起身，径直走向她。

大叶稳如泰山，一脸的"兵来将挡水来土掩"的气势。

要搁以前，罗畅这么朝她走来，何大叶总会有种想要伸手拥抱他的冲动，不过新欢威力无穷，才能让她这么不卑不亢啊。

"想说什么就说，摆一碗白菜汤脸给谁看啊？"

两人走到楼梯间，罗畅皱着一张寡淡幽怨的脸，扭捏着不说话，何大叶挺烦这种带着审判意味的原告脸的，就好像受委屈的人是他一样，极不要脸。

"你跟张猛在一起多久了？"罗畅不太懂迂回，更不懂什么语言艺术，很直接地问。

"跟你有关系吗？"

"何大叶你地下恋情玩儿得挺拿手啊，在一起那么久，连孩子都有了，有什么好藏着掖着的？"

"就许你放火燎原，不许我给自己点盏明灯吗？口口声声跟我这边摇旗呐喊说自己不结婚，扭脸儿就跟刘丹闪婚，比起她，我除了年纪大了点，我差在哪儿啊？怎么就那么不招你待见呢？"

"……"罗畅顿了顿，接着说，"你点你的灯，用得着瞒我吗？"

何大叶的眼神突然哀怨下来，她冷冷地笑了一下，说："你又何尝不是瞒着我？如果那天刘丹的上司不是我，你是不是打算直接瞒我到发喜帖的时候啊？不过世上的事儿就是这么不巧，你凭什么指望一切都按你的意愿顺利进行？你又不是上帝，你也不是月老，刘丹上司是谁你控制不了，我跟谁在一起你也管不着！"

"你跟他在一起，是不是为了气我？如果真是这样，你实在用不着连孩子都怀上了，气我归气我，用不着连自己一起搭进去。"

"就算搭进我自己，我也要赢得漂亮！再说了，要点儿脸吧你，我怎么样，你管得着吗？！有意思吗？！"何大叶盯着罗畅，一字一句咬牙切齿地对他说，她的眼神里写满了"你真可怜，你真傻×"的字样。

罗畅讨厌这样的眼神，带着点怜悯又添加了少许憎恨，像苍蝇一样嗡嗡围绕着他。

何大叶头顶上，那顶耀眼的女王光环亮闪闪的，弥漫在一层缭绕的黑雾中。

罗畅的脸色暗下来，相处了这么多年，他从不懂何大叶。

准确地说，他从未试图去懂过她。

不懂她笑的时候其实带着悲伤，也不懂她恨的时候其实早已经原谅。

他从来没有站在视野开阔的高度观察过她，他以为她就是自己心中的那个样子：贱、毒舌、女王，却又善良无比。

而此时此刻，他试着去懂她，却越来越不懂。

那个他心中永远的大叶去哪儿了呢？

是他把她逼成今天这样子的吗？

两个人站在空洞的楼梯间久久对峙着，楼道间仿佛还荡漾着刚才字字伤人的回声，声声入耳，特别让人心疼。

而这些回音，也一字不落地传进，停好车刚好上来的张猛的耳朵里。

他沮丧地缩在墙角，把玩着何大叶的话，好像自己是活在电视剧里的男主角，正经历着一场以爱为手段的阴谋，狗血极了。

　　如果你以为，这就是狗血故事的高潮，那你当真错了。

　　另一边，主动请缨回去给阳阳取变形金刚的刘丹，这个时候正坐在一地的脏衣服里放空呢，而她面前敞开的箱子里，罗畅和何大叶的甜蜜婚纱照赫然摆在外面，那笑容真刺眼，还有那本红艳艳的离婚证，更加讨人厌。

　　窗外一架飞机呼啸而过，贴着罗畅家的落地玻璃窗，像要撞上来似的。

　　刘丹看着飞机，笑了。

　　不如就这么撞过来吧，然后就可以焚烧掉一切的过往和此刻绵延不绝的悲凉，她想。

五

这天的北京城风起云涌，雨来得很快，也下得很应景，一个雷的工夫，就噼里啪啦落了起来。

罗畅觉得今天自己倒霉透了，车被刘丹开走，跟何大叶吵完架死皮赖脸地留在那儿，等刘丹回来接他也未免显得太没脸没皮了，只好打车回家。

车子停在小区附近的便利店门口，他买了瓶饮料，刚出便利店门，雨就下起来了。

这场雨下得不小，他一会儿就湿透了。

冰凉的雨水里夹着刺骨的寒气，都说一场秋雨一场寒，临近冬天的雨是最让人厌烦的。

罗畅哭丧着脸回到家，头发上沾着的雨水顺着脸颊流下来，落在大理石地板上，变成一小块斑驳的水痕。

客厅里，刘丹依旧以刚才的姿势坐着，面前他和何大叶的婚纱照整齐铺开，像在举办一场盛大的摄影展。

看着照片里何大叶温暖从容的笑，罗畅心里一阵发紧。

他记得照这组照片的时候，大约也是这个季节，街上已经有人穿棉衣了，可何大叶还是心甘情愿地袒胸露乳穿着好看的婚纱，冻得直打哆嗦。

每拍完一个场景，罗畅就赶紧给她披上外套，每次都会被她直接打掉，说："不要给本王披这么丑的衣服。"

然后她继续晃着肩膀打着哆嗦，大摇大摆地走在秋末的阳光下，试图以要风度不要温度的决心，拉近自己与闭月羞花之间的距离。

往事经不起推敲，稍一怀念，就会沉浸其中。

罗畅从回忆中把自己用力拔出来，看着眼前的场景，看着照片上何大叶那熟悉的笑，却觉得一切突然变得无比陌生。

刘丹转头看了一眼罗畅，嘴角上挑，转过身若无其事地把照片重新收纳到箱子里。

装作没事儿人一样，然后事情过去八百年了，再翻出来一个细节一个细节控诉……女人怎么都这样，不能当时就把话说明白吗？

罗畅无名火冒起，几步冲上去，从刘丹手里夺过箱子，重重地摔在地上。

箱子里的照片散了一地，几个相框的边角磕碎了，散出一地晶莹的渣子。

"有什么想知道的你就一次性问清楚，别摆个白菜汤脸给我看。"罗畅学着何大叶的话，冲着刘丹吼道。

"有意思吗？"刘丹冷静地问。

有意思吗？是啊，有意思吗？

一天中，已经有两个女人这样问他了。

人生在世不称意，哪来那么多意思？

爱或者不爱，有或者没有，不过就是些简单到点头摇头的选择题而已。

罗畅想着，突然就笑了，笑得诡异又破罐子破摔。

"有意思！可有意思了！我的人生一直都这么有意思！没错，你的女神你的偶像你的榜样是我前妻，我跟何大叶认识俩月就结婚了，就跟我和你一样！我其实不是职业开飞机的，我是职业闪婚的！我跟她在婚礼上都尿了，手牵手逃婚了！离婚之后我改行集齐了十二星座的女的，现在就差你这个处女座，我就能召唤神兽了！有意思吗？是不是特别有意思？！"罗畅有点恼羞成怒了，话越说越赶，一步步朝刘丹逼近，最后几乎脸贴脸地问她。

刘丹的心一点一点碎了，碎得又小心又完整，她看着罗畅涨红的脸，目光充满怜悯和怅然。

可她一时也说不出话来，罗畅说得很完整，短短几句话，轻描淡写，就把他的两段感情总结得清清楚楚，还有什么可问的？

她于他，不过就是十二颗龙珠里的一颗，并列排开，她甚至都不知道自己是不是最闪亮的那一颗，真是可悲。

看着刘丹与何大叶如出一辙的眼神，罗畅更火大了，俯下身子继续吼："更有意思的是我前妻和我未婚妻都觉得我不靠谱不负责任，都悲天悯人地看着我！我是有多可怜，用得着你们来同情？你是不是怕了？是不是觉得我藏着掖着特窝囊？反正咱俩还没领证，你现在走还来得及！"

罗畅倒退两步，鞋底踩在相框的碎片上，擦过地板发出尖锐的声响。

他把地上的东西胡乱一收，连同箱子一起从楼上甩了下去，随着满箱物体的坠落，发出一声闷响。

刘丹回过神，穿着拖鞋头也不回地冲了出去。

罗畅觉得自己的人生从来没有像现在这么糟糕过，从小到大他都是养尊处优，走到哪儿都有女人把他当孩子一样呵护着。

他任性且骄傲，但隐隐的，他一直觉得正是因为这样，所以才有那么多女人心甘情愿地对他好。

我就真的那么可怜吗？罗畅问自己。

活了小半辈子，他都做了些什么？仔细想来除了开飞机，他的人生记录板上再无辉煌。

何大叶离开了，刘丹也走了，一天之间他弄丢了两个对他来说无比重要的女人，长这么大他最怕的就是孤单，可他现在终于变成一个人了。

罗畅坐在地板上安静地难过着，脑子一片空茫。过了一会儿，他站起身，开始满屋子踢东西泄恨，散落满地的衣服、鞋，最后一脚踢在茶几腿上，紧接着就是嗷嗷的惨叫声。

真好，小脚趾踢桌腿上了。

还能再惨烈一点吗？罗畅坐在地上捂着脚，疼得龇牙咧嘴地想。

可是心如果也跟脚一样多好，如果疼，就马上疼，但过一会儿就好了。

他的心还在记忆的海洋里四处闲逛，深海里波涛滚滚，地震，海啸，一波又一波地翻涌来，许久不能平静。

脚渐渐不疼了，他的气也消得差不多了，脑中的空茫变为愧疚。

窗外的雨越下越大，玻璃窗上蒙上一层蜿蜒的水帘。

罗畅开始担心起穿着拖鞋跑出去的刘丹来，这么大的雨，可别淋病了。

再一看，她钱包还在桌上放着呢。

我一个错了的人，有什么脸这样对人家鬼吼鬼叫呢？

悔意汹涌地泛上心头。

他从一屋子的凌乱中扒拉出把伞，快步跑出去找她。

刚气喘吁吁地跑下楼，往小区门口跑了几步，还没来得及撑伞，便觉着不对劲，停下来转过头去，竟就看到了刘丹。

她正猫着腰，在雨里一点一点搜罗散开的东西，将它们整齐地重新收纳到箱子里去。

罗畅走到她身边，把伞遮在她头顶，自己淋着，刘丹抬头看他一眼，当没事人一样，继续找。

"你有病吧？有什么可捡的？"跟着她走了一会儿，罗畅有点急了。

"箱子里还有一千块钱呢。"刘丹头也没抬，好像在说一个特别重大的事儿。

"钱不要了，淋出病来这一千还不够打针呢。"

刘丹没说话，继续找。

雨越下越大，打在伞上噼啪响着，罗畅看着她瘦小的背影，没脾气了，他想这姑娘是不是金牛座啊，又爱钱又固执。

他跟个孩子似的拽了拽刘丹的衣角，轻声说："别找了，这箱子里的东西已经与我无关了。从此以后，我只带跟你我有关的东西回家，行吗？"

"干吗不找？这里面有钱，照片上还有你，有你的东西不就是跟我有关的东西？"

罗畅听得心头一暖，伞一丢，从后面把刘丹紧紧地抱住了，脸埋进她被雨水打湿的头发里，放肆地感动着。

就这么抱了一会儿，刘丹甩甩肩膀，从罗畅的怀里挣脱出来，重新蹲下，一边说："闹够了吧？不恶人先告状乱说气话了吧？不憋火了吧？"

罗畅贼笑一下，过去一把把刘丹横着抱起来，哼哼唧唧地说："没有！下面还憋着火呢。"

刘丹轻盈地从他身上跳下来，拍了一下他的脑袋，在他面前挥舞了几下拳头。

"少废话，还有五百块没找着呢，找不到我就打死你。"

罗畅悻悻的，开始蹲下找钱。

刘丹看着他认真的背影，微笑着。

她重新翻看箱子里找回的东西，被淋湿的婚纱照上，何大叶的笑容还是那么灿烂。

刘丹愣神了片刻，又看了一眼雨中的罗畅，这个大孩子。

还好她懂得他，所以才没转身就逃。

还好她爱他，还好，她相信他也爱她。

默默地，她把照片从相框里取出来折了几下，悄然丢进了身旁的垃圾桶。

一声幽幽而不为人知的叹息，从她心头，倏忽而过。

即便罗畅刚刚讲出那么多伤人的话，她都没有如此冷。

她为自己理所当然的妒忌，心寒涌动。

但，她身不由己，她只能如此。

此时此刻，她终于承认，她多努力，都做不了像大叶那样的女王。

她只是一名普通女子。而且，她很愿意这样。

六

这样一个阴雨连绵的日子里，注定谁都不得安生。

电视剧里有这么一个定律，但凡是下雨天，就肯定有不愉快的事情发生。

跟罗畅吵完架后，何大叶就失踪了，手机放在工作室的桌子上也没带走。

工作室里阴暗暗的，如同张猛的脸。

他臭着脸坐在何大叶平时办公的位子上，摆出何大叶常有的姿势，一手托腮，另一只手百无聊赖地左右乱摆。

别误会，张猛不是变态，他正在扮演何大叶呢。他想，如果坐她的位子，摆她的姿势，会不会就能懂她的心里到底在想些什么。

张猛还记得小时候看《地球超人》，他无比羡慕带着"心灵"戒指的战士，他那时的理想，是想当一名心理学家或者动物行为研究专家。

班会上，当大多数小朋友站起来说自己的理想是成为科学家、医生或者画家时，只有他的，显得那么格格不入又高端大气。

只是现实很残忍，他的辉煌就闪耀了那么一阵，渐渐长大的路上，张猛发现自己不但做不了心理学家，而且有时候连最基本的眼色都看不懂。

张猛这辈子，在感情上一直都是弱势群体，虽说长大当了好一阵子的模特。

但上学那会儿，就他那张蒙古脸，在浓眉大眼花美男横行的校园里很不吃香的。

再加上他嘴笨，校园的姑娘们一水儿地喜欢坏男孩。

所以上学那会儿，他从未成功撷取过任何雌性生物的芳心。

形单影只了很多年，直到遇见舒颖。

舒颖就像一缕温暖的春风，吹进他单调落寞的生活里，然后就是结婚，生子，离婚。

张猛其实特别想安定下来，组建个家庭，过上老婆孩子热炕头的生活。

至此为止，孩子有了，热炕头还在努力，老婆呢？

坐在这个位子的女人，说慢慢来，很好，他觉得也应该慢慢来。

只是张猛怀疑自己是会错意了。

坐在那里半天，虽然完全没有头绪，但也利用这点时间，匆匆总结了一下自己的有生之年，结果却氤氤氲氲的，总体归结为两个字：伤感！

特别地伤感。

开门声打断了他的忧伤，何大叶拿着张猛干洗好的衣服回来了。

黑暗中，她看见自己位子上坐着个硕大的物体，着实吓了一跳。

"干吗呢？吓死我了。"何大叶下意识地捂着自己的肚子说。

也是半路碰上下雨，所以浑身都淋透了。

"下雨天你瞎跑什么？就不顾肚子里的孩子吗？"张猛找不着她，心里正气，看她淋成那样又心疼。早说了张猛迟钝不会表达，原本好好一句关心的话，非得说得跟要吵架一样。

这语气惹得何大叶一阵不爽，把手里的衣服往沙发上一丢，一边弯腰换鞋一边抱怨："我冒雨去给你取衣服，回来你先关心孩子，我是生育机器吗？我就那么贱啊？"张猛没说话，何大叶继续叨叨，"你可别变成罗畅那样，就心疼自己和自己的那点儿家当。孩子是你的，也是我的，我难道不知道心疼？"

"你今天见着罗畅了？"张猛试探地问。

何大叶无防备地点点头，"嗯"了一声没再说别的。

"你们没说点什么？"

"有什么好说的，离婚的夫妻就像馊了的饭菜，也就你这么多年还把舒颖当块宝。"

外面的雷一声比一声响亮，像是某种悲壮的哀号。

张猛心里难过极了，他多想对何大叶坦诚交代，刚才她跟罗畅的谈话自己都听到了。

他想问问她，这孩子留到现在，到底是因为爱还是因为恨。

他还想问问，他到底算什么？

嘴却笨，一肚子话说不出来。张猛憋屈，呼啦一下从凳子上站起来。

椅子摇摆了几下恢复原状，何大叶再次被吓着了，瞪圆了眼睛看着他："你干吗啊今天？老是一惊一乍的，有病吧？"

张猛耸耸肩，俨然一副耷毛老母鸡的架势。接着，他转身回房，从屋里拿出一沓钱扔在桌上说："我想了想，电视台的片酬咱俩还是三七开吧，你三我七。要觉得少就你四我六，五五也成。"这话说着的工夫，张猛的脸色就黯淡下来，原本准备干架的腾腾杀气，渐渐消散在阴湿的空气里。

"你今天是不是吃错药了？好好的分什么钱？"何大叶看了看桌上的一沓钱问。

"我很正常，我只是觉得以咱俩现在的关系，应该公事公办。"

公事公办你个头啊，咱俩床都上了，孩子都有了，婚都半真半假求了，恋爱也准备谈了，你丫现在跟我说公事公办是不是太衣冠禽兽了点。

何大叶暗自大骂，但也知道也许两人之间有误会，遂面子上还是保持着波澜不惊状，拿起钱在张猛面前晃了晃，又塞回他手里，尽可能压着火说："听说男人每月也有生理期？你有事儿说事儿，我不想跟你闹，也不想计较。我累了。"

"我没跟你闹，这事儿我琢磨半天了。"

何大叶终于还是没忍住，怒了："你琢磨半天就琢磨出这么个玩意儿？公事公办？想想我还真是贱到不行，要是能公事公办，我他妈这么上赶着帮你，我吃拧了啊这是？"

张猛也不激动，慢慢悠悠从牙缝里蹦出几个字，问："那你为什么要帮我？"

你瞧，一场精彩的吵架场面中，最讨厌的就是碰上这种人。

不紧不慢不温不火，不管对方面红耳赤成啥样，他都能蔫儿巴唧地看着你，然后问出一句能把人堵成内伤的话。

细数历届何大叶遇见的吵架对手，都是愿意身体力行跟她密切互动的那一种，在你来我往的找碴抠字眼的过程里，她总能出奇制胜。

她想如果世界上的战争都用吵架来代替，那么她一定是无往不利堪比核武器的女战士，足够载入史册的那一种。

而张猛这类人，就是她的弱点和软肋。

何大叶被这句话问得语塞，一时说不出话来。

早说了张猛是个不太会看眼色的人，所以别指望此时的他能看出何大叶眼中的愤怒，那种写满"你再叨叨一句，老子就撕烂你的嘴"的愤怒。

"三个月的找房期限快到了，房子我也已经找到了，很快就会搬走。"张猛继续说，"你给肚子里孩子的期限也快到了，你到底是怎么想的？"

何大叶一时摸不清张猛的路数，想他是不是因为求婚受挫，这会儿非得求个结果？

可转念一想，今早他不是还好好的吗。

时间过得竟这么快，一转眼，身上多出来的这团肉已经跟着她有三个月了。

仔细想想，她和张猛从认识到现在也不过三个月的时间，婚都求了，如果昨晚她头脑一热让他把话说下去，这事儿说不准也就这么定了。

那她跟罗畅，又有什么区别。

同样都是过着职业闪婚的日子，算起来谁又比谁差了多少呢？

跟罗畅分手之后的日子，她永远是脚踏实地的，从未想过一步登天。

她觉得如此，最大的好处就是，就算摔倒，也有气力再爬起来继续前行。

可此时此刻，她的脑子乱极了，想起罗畅，又面对神经兮兮的张猛，才两个男人，就把她搞成这个熊样，她突然很羡慕那些能周旋在多个男人之间的女人，看来这年头，当婊子也不容易，得有多高的情商才能驾轻就熟成那样。

心塞的何大叶忍不住在心中发出一声绝望的呐喊：我不想当女王了，好想当婊子！

张猛见何大叶一直愣愣的，没表态，苦笑了一下："你瞧瞧咱俩，感觉你像男的我像女的，我求着你留下咱们的孩子。"

何大叶刚想说些什么，可张猛压根儿就没打算给她机会，准备了一肚子的话总算找到了突破口，得一次性说完才痛快。

"我给你讲个故事吧。"张猛截住何大叶的跃跃欲试，把视线移到一旁，埋头说。

"我小时候跟发小去游泳，刚下水没多久，他扑腾了几下，就淹死了。他的葬礼我都没敢去，听说他爸妈白发人送黑发人，哭昏过去好几次。后来他们想再要个孩子，结果高龄产妇大出血，一尸两命……

你看命运多残酷，想要的，拿命都换不到，不想要的，却那么轻而易举便得到了。

当时舒颖怀阳阳的时候，我其实挺纠结的，我这张脸在国内不算好看，但在国外还挺吃得开的。当时去国外时装周走了个秀，眼看着就有机会了，可最终我还是决定要孩子，赌上所谓的未来。可结果是，舒颖走了，我也错失了事业上升的最好时机。我的前半生，事业、感情都一塌糊涂，就连阳阳，也没照顾得很好。

我时常在想，如果当初我不结婚，不在事业的转折点要孩子，会怎样？

可也只是想想，我一点儿都不觉得后悔，因为我跟阳阳的缘分就只有一次，如果当时不生他，我或许还会有别的孩子，可那个孩子，再也不会是阳阳。所以，我很珍惜，我特别感恩我现在拥有的一切。

所以啊，大叶，我希望你不管把我、把肚子里的孩子当成什么，都要好好做选择。

因为机会就这么一次，你之后的人生可能会因为这个选择而发生巨大的变化，是好是坏，谁也不知道。

要孩子，你也许会成为一个幸福的妈妈，也可能会过得很辛苦。

不要孩子，你也可以继续做你的不婚女王，也挺好的，不是吗？"

张猛叨叨完了，像一个唠叨而毫无逻辑的中年妇女，终于闭上了那张聒噪的嘴。

何大叶觉得世界从来没像现在这么清静过。

她的嘴角抖动了两下，渐渐咧开了，弯成一个最完美的弧度。

她忽然什么都不想说了。千秋万古名，寂寞身后事。

她只想豪迈地对着天空大笑几声，笑张猛，也笑笑自己的人生。

说得多好啊，不要孩子，她还可以继续做女王。

当妈的，有几个不是奴才命，为了孩子奔波劳碌一生。

我是女王啊！

何大叶对自己说。我头上还有王冠，我周遭还有光环。

想到这里，她转身走出工作室，把门在身后狠狠甩上。

外面雨依然大，天依然冷，她裹紧了衣服，在雨天里，矫情地迈着电视剧女主角那种凄美的步伐，也只有这样，才能衬托出她那深刻的心灰意冷。

可她没忘了，给自己撑起一把伞。

还好她依旧记得，如果这个世界没有人爱自己，那就自己爱自己。

然而何大叶关门后，张猛坐在桌子上捂住了自己的脸。

他想到何大叶说的那句"慢慢来"。

只是好像没有机会了，张猛试探性地迈着长腿，在何大叶的心房外面怯怯地敲了敲门，却依然换不来她对自己的袒露心扉。

张猛原以为自己即将成为哥伦布，登陆后才发现，何大叶不是北美洲陆地，她只是鲸鱼停歇后露出的一片岛屿，她休息够了下沉回到海里，张猛依然只能垂着头回到船上。

寻找下一片陆地吗？

他拒绝思考。

CHAPTER 09

缘分皆有尽，情戏总有终，可否还是朋友

一

人的悲伤，是一种杀人于无形的生化武器，隐藏在巨大的错综复杂的情感背后，形成一道坚固的屏障。

在这屏障的作用下，有人胖了，有人颓了，也有人死了。

而还有一类人，像我们的何大叶这样，依然若无其事地生活着。

何大叶很想告诉别人，别以为这样的人就是没心没肺，其实我们比谁都心疼，比谁都难过，只是太爱面子，不想让人看笑话罢了。

这种情绪很难描述，比较形象且著名的典故是：你看，那个人好像一条狗啊。

跟张猛吵完架后，何大叶仿佛看到有条狗在雨中走了好久，等一抬头，才发现正站在医院门口。

嗯，何大叶觉得此刻自己看起来也挺像条狗的。

她怕自己太沉溺于这种情绪，假装自己是条价值连城的贵宾犬。

她想进去避个雨，不知不觉就走到人流手术室附近，在摆放着的长椅上坐着，看着一个又一个年轻女孩儿黯淡地进去，又耷拉着脑袋被人搀扶出来。

一条条生命就在这个地方被断送了，何大叶想。

她突然想起第一次见到张猛的情景，长城公社的中西合璧的婚礼上，他姗姗来迟，迈着专业的台步，走路时撩起一阵温暖的春风。

从一开始，她不就是奔着一颗精子去的吗？为什么还要半途而废呢？

三个月的时间虽说不长，但她也曾为这孩子，戒过烟、戒过酒、早睡过、早起过，每走一步，都小心谨慎过。

《老友记》里乔伊未婚先孕的妹妹问瑞秋：你有没有担心过走路时孩子从你胯下掉出来？大家都觉得好笑，但何大叶不觉得，因为她也真真切切地担心过这一点。

有个孩子。

这不就是自己一直都想要的结果吗？何大叶你想做什么？因为一点小事，你就要被击垮了吗？你就要推翻自己之前的人生吗？

在手术室门口坐了很久，直到第五个少女面色苍白地出来，外面的雨彻底停了。

何大叶站起身，拍拍屁股，她想今天就算医院半日游吧。

回到家的第二天，何大叶就感冒了。

不敢吃药，就一个劲儿地喝水，上厕所，然后缩在被子里瑟瑟发抖。

这几天她都没去工作室，手机一直关着。这倒没什么奇怪的，对于何大叶来说，每年总有这么几天，是属于她自己的，关了手机也不开电脑，以最原始的姿态一个人安静地待着。只要这几天一过，她就满血复活，又能生龙活虎地去战斗。

想想自己做人有多失败，连个关心她去向的朋友都没有，要是这几天就这么死在公寓里，兴许要等到房租日才能被房东发现自己横尸在床，然后第二天，报纸巴掌大的角落登了一则新闻：一单身孕妇死于家中，死于心碎。

哼哼，最好新闻能这么写。

内疚地打开手机，离群索居了十多个小时，在这期间，世界一定因为她的消失，而天下大乱了吧——怎么可能呢？

打开微信，只有一条未读，是张猛发的：我跟阳阳今天搬了，你好好的。

最后四个字说得轻松，却看着沉重。

你好好的。要怎样才算好好的？

"我当然会好好的，一个人没心没肺活了这么多年，什么大风大浪没见过？离了谁也会好好的。"何大叶自言自语叨叨着，心头涌上一阵莫名的酸楚。

穿好衣服来到工作室，已然人去楼空。

客厅里原本属于张猛的东西不多，可他这一走，却觉得空旷了不少。

她习惯性地拍了拍沙发，上面什么也没有，然后黯然坐下。

这个动作是被张阳阳训练出来的，张阳阳有一些组装玩具，一两百个小零件，大人看着都头疼，可他就喜欢干这些手艺活。他经常会落下几个小零件在沙发上，何大叶好几次坐下时，被小刀小枪戳过屁股。

后来她就学聪明了，坐下时要先拍拍，然后每次都能拍出几个迷你凶器来。

客厅的窗帘打开着，阳光照进来反射在地板上，很刺眼。

何大叶起身走过去，把窗帘拉得严丝合缝。她不喜欢工作的时候有阳光照进来，平时张猛起床后都会先通风，然后再帮她把窗帘遮好。来这里工作之后，她从来都不知道原来这间房子的采光这么好，照射得那么通透。

也不知在沙发上坐了多久，何大叶觉得腰酸肚子饿，她找来平时收集的外卖单，已经被张猛一张张按照大小订好，看起来很方便。

大多数时候，外卖单是用不到的，张猛说外面的东西不干净，所以只要他在家时，就会亲自下厨做饭。

翻了几页，何大叶想想还是算了，打开冰箱想找点东西自己随便做点，虽然难吃但是起码健康，肚子里还有孩子呢，还没出生就给他吃地沟油，这孩子也太没福气了。

冰箱一打开，何大叶就傻了，里面整整齐齐摆放着一排又一排的保鲜盒，每一盒里都装着何大叶爱吃的菜，盒子上贴着暖黄色的便利贴，是张猛留下的。

一张上写：知道你懒，不爱做菜，给你做好了，热一下就可以吃。

另一张上写：你嘴巴刁，想吃什么可以随时给我打电话。

还有一张上写：上次说让你把我电话号码背下来，不知道你背了没有，再写一遍 18652090616，别再忘了。

……

每读一张，何大叶的心就皱一下，最后整个缩成渺小的一团，栖息在她身体的某个角落里瑟瑟发抖。

热了一桌子菜，她习惯性摆好三套碗筷，仿佛张猛和阳阳还在，三个人围着餐桌抖着腿，一团和气地吃饭。

她总是习惯性地先吃一口，然后开始挑刺儿："今儿这菜咸了啊。"

"不吃拉倒，那么多废话。"

张猛也总会翻着白眼，习惯性地把菜调换一下位置，把何大叶爱吃的摆到她面前，低头继续若无其事地吃饭。

何大叶从幻境中跳出来，凄凉地咧嘴笑笑。

她轻声说了句"我开动咯"，接着低头怅然若失地吃着饭。

"今儿这菜还是有点咸啊。"她自言自语地说。

没有一个好听的声音再回应她了，也没人再帮她把不咸的菜换到面前了。

真好，从此以后，一切都是我说了算了，何大叶想。

我说咸，再也没有人敢顶撞我了，这是件多美好的事情啊。

她慢慢闭上眼，再睁开，还是一个人。

没关系。

都已经一个人过了这么多年了，哪有那么柔弱娇气？

身边的人就像码头的船，有来有往有进有出，如果太认真，那就输了。

如果没菜，那就点外卖；如果不想吃外卖，那就自己做；如果一个人怕你饿着，给你准备了满满一冰箱热一热就能吃的食物，那你就别怕咸；如果你觉得咸，那就多喝点水，反正你也正闲。

人走了，钱还得挣，命还得拼。

何大叶根本没多少时间去缅怀这种人去楼空的落寞，女娲用泥巴捏出了人类，却忘了捏出大把的钞票装进小泥人的口袋里，大家赤裸裸地生又赤裸裸地死，但生命的过程却容不得半点赤裸。

大叶在家心如止水地躲了三天，躲出了一堆刻不容缓的工作。

户外婚礼现场，何大叶还没到，刘丹就已经跟三个穿着制服的姑娘打起来了，旁边准备拆台的工人拿工具顶着下巴，看得津津有味，满脸都是"要是再有袋瓜子儿就完美了"的美中不足的遗憾感。

女人打起架来都是生猛型的，刘丹虽然身手矫健，但寡不敌众，几轮下来，头发散了，衣服乱了，脸上还带着几道红艳艳的抓痕。

何大叶到了，看见这情景车都还没停稳，就开了车门跳下来，脱下高跟鞋就往其中一个姑娘头上砸，边砸还边骂骂咧咧："我看你丫是不想活了，敢打我妹。"

"姐，这仨老娘们儿要拆咱们的台子。"刘丹还理智尚存，赶紧说明打架缘由。

婚庆界有个不成文的规定，也算是同行之间的互相帮衬，早晨婚礼搭好的台子，如果还有下午场，一般都会留下来给人行个方便。

虽然都是竞争关系，但天地良心，虽不算赠人玫瑰手有余香，但都知道这口饭难吃，也就不互相为难了。

何大叶一听说要拆台，心里纳闷儿，手上动作也没停下，奋力撕扯其中一个姑娘的头发。刚才何大叶下车的时候看得真真儿的，这位受害者对刘丹下手最重。

但对方到底是几个二十出头的姑娘，孔武有力身手灵活，何大叶再怎么身经百战，都还要顾及肚子里的孩子，几番下来，俩人吃了不少亏。

一边被打一边默默感叹岁月不饶人的空当，一转头，就看见阔别已久的前上司"母夜叉"，正双手抱胸，站在一旁眉开眼笑地看热闹。

"这仨娘们儿是你的人吧？"何大叶冲着"夜叉"喊的空当，头又挨了一下敲。

"你这个老处女，叫谁娘们儿呐？"打人的姑娘嚷嚷着。

"对，是我的人。""母夜叉"脸上横肉一颤，妩媚地一笑。

"赶尽杀绝成这样，你有意思吗？"何大叶问。

"母夜叉"不理她，双手环胸继续说："台子是我搭的，我要拆是我的自由。你不是抢我单吗？你不是牛吗？活该你被打，活该拆你台。何大叶你不是逞能吗？觉得你自己就是顶天立地只手遮天的活女娲，觉得自己不靠男人也能徒手捏出个新天地来，可是你看看你自己这个样子，有多好笑。说实话我挺同情你的，找不着男人就找个要做不婚女王拯救全世界女性的借口，可事实上你连你自己都拯救不了！听说刘丹也要结婚了，瞧，你最得意最骄傲的作品，不还是背叛你了？"

说完，三步并两步走上台子，伸手要拆背景板。

何大叶突生一股蛮力，从地上跳起来冲上去，试图阻止。

几个有眼力见儿的姑娘上前一把就拽住了她，按在地上一顿撕扯。

眼看着背景板被拆了，一种撕心裂肺的绝望从何大叶心里像股青烟一样飘出来，渐渐弥漫了整个身体。

接着，是一阵刺骨的冰凉。

等到何大叶回过神的工夫，才发现这股冰凉来自一团泡沫。

刘丹不知从哪儿找来一只灭火器，冲着人堆一阵猛喷，几个姑娘被喷得落荒而逃，她力道没把握好，剩下的全喷何大叶身上了。

坐在一堆虚无的泡沫里，何大叶咬着牙，倔强地看着站在台上的"母夜叉"，正午的阳光明媚又刺眼，照得她双眼酸胀。

她重新戴上被泡沫覆盖的王冠，擦了擦以便露出光芒。

"就因为这个，所以你明里暗里地给我使绊子？"

"什么叫使绊子？这叫竞争。你在职场待了这么多年，能别这么天真吗？"

"想拆你拆就是，少他妈啰唆。我不怕你拆，拆了我可以再搭。我只是希望你想一想，我在公司那么多年，创造了多少业绩，睡得比狗晚，起得比鸡早，每个案子我都兢兢业业，当自己的婚礼一样认真操办，一个人干十个人的活儿，可公司里谁拿的钱都比我多，你扣下了多少提成你自己心里有数。人家一辈子就结一次婚，当然选择更好的婚庆公司，我比你有能耐比你认真，选择我有什么错？要是你再结一次婚，肯定也会选择我的公司！"何大叶傲娇地昂着头说，"我现在拥有的一切，都是我靠自己一点一点堆出来的，你有男人又怎么样？顶着张小白脸能当饭吃吗？能为你的事业推波助澜吗？别把这种拖后腿的行为说得那么心甘情愿，你有那么伟大吗？"

"何大叶，你还是那么自以为是。""母夜叉"冷冷地笑了一下，走到台下蹲下来，以一种胜利者的姿态俯视着何大叶，说，"如果当初不是我给你机会和平台，你会有今天？今天这个台，我不拆是情分，我拆是本分，咱俩不是朋友，连叫个竞争对手都是勉强的。咱们是敌人，所以我凭什么帮你？你有什么资格要求全世界都帮你都照顾你都拿你当女儿一样呵护啊？"

"别往你那张老黄瓜脸上贴金了，你什么时候帮过我照顾过我？钱我要赚，而且我赚得理直气壮。还有，男人我也会找，但我一定会找到最好的那一个。"

"是，我知道你一直觉得我人生特别失败，可是何大叶，你不允许别人臆测你的人生，那你又凭什么断定别人跟你一样过得不幸福？我老公是没本事，我有本事就行了，你瞧不上他没关系，我瞧得上就行了。谁说一个男人有本事就是要有事业？我不需要你们这些连资格都不具备的人来对我的人生指手画脚，我稀罕他，他就是我的全世界，他对我好，他就是全世界最有本事的男人。他能在我下班回家时给我做一桌子热乎乎的饭，能在我加班回家时在楼下缩着脖子打着哆嗦等我，能在我说身体不舒服时给我煮一锅粥亲自喂到我嘴边来……你呢？一个没人要的！你觉得我辛苦，但我再辛苦，倒下来的时候有人接着，我不怕！可是你呢？"谈及众人口中不成器的老公，"母夜叉"的眼睛里含着满满的幸福，同时夹杂着坚定和挑衅。

何大叶久久无言，"母夜叉"第一次，字字句句打在了她的心上。

她忽然发现，自己的人生竟出现了软肋。

是谁带来的呢？那一双大长腿的主人微笑着的面庞在她脑海中若隐若现。

"母夜叉"起身，挥手在空中一晃，牙缝中蹦出淡淡的一个字："拆！"

何大叶这次没去阻拦，眼见着高高的舞台在她面前轰然倒下，砸起纷纷扬扬的尘土。

"母夜叉"说的话那么讨厌，却又那么对。

她何大叶，一路跌跌撞撞自以为是地走到今天，回头看看身后，什么都没有，除了头上那顶闪光的冠。

若尝这味苦，是人生必修课，应该怎么办？

刘丹是一入口，便吐掉，然后漱口，吃一枚话梅，继续品尝下一味。

"母夜叉"是嚼啊嚼啊，够苦的，她知道是苦难，但她会哄自己，这味苦还是味中药的，尽管药不对症，她也会安慰自己，良药苦口嘛。看，治气血两虚，看，治手足冰冷，还有还有，还治脾胃失调呢，这苦真好。

而何大叶，是越王勾践的后人，既不吞，又不吐，每天都在苦中品味这苦，然后用每一块的味蕾记忆，将这苦，最终转化为宝藏。

三种女人，三类反应，实在无法判断哪种最好。

但前两种，总是现实世界里最省力气的做法，要不然就改变，要不然就拒绝接受。

所以，选择前两种生存法则的女人，总能生活得稍微轻松热闹一点。

只有她，孤孤单单一个人，站在空荡荡的城堡里挥斥方遒。

二

台拆完了，"夜叉"带着生猛姑娘们也走了，走时器宇轩昂，像是刚打完一场胜仗。

何大叶求着工人把台子重新搭起来，工人们不干，说刚拆了又搭，这不是耍着兄弟们玩儿吗？何况今天都很晚了，他们现在重新弄，还得熬夜。言外之意何大叶听出来了，无非就是让她加钱。

迫在眉睫的时候，她也顾不上讨价还价，主动提出加钱，这才把工人们稳住。

监工的刘丹一直心不在焉的，何大叶总以为她是刚才被人打傻了，上前去帮她整理凌乱的头发。

刘丹轻轻地躲开何大叶伸过来的手，一副欲言又止的样子。

"怎么了？是不是有话要跟我说？"何大叶问。

刘丹不说，何大叶却没放过她。

她懂刘丹，上次要宣布结婚的事儿时，她也是这副德行。

刘丹这人心里藏不住话，只要有事儿就全往脸上写，"我心里有话要说，你赶紧过来问"的表情，谁都瞒不住。

几经追问之下，刘丹终于还是憋不住开口了。

她说自己已经认真考虑过，做完这个 case，就辞职不干了。

听完何大叶有点愣，跟刘丹一起工作这么久，早就有了种血脉相连的感觉，开公司以来，各种坏的情况她都提前想过，可是她辞职这一点，却从来没有。

"丹儿，结婚之后女人更要有自己的事业，这样才不至于被男人瞧不起，以前姐是怎么教你的？怎么这要结婚的人了，全忘了？"

"你别跟我说这些行吗？其实咱们俩的价值观本来就不一样。"刘丹皱了皱眉头，有点烦。

"姑娘真是长大了，都有自己的价值观啦。"何大叶硬着头皮嬉皮笑脸，想缓解一点此刻的尴尬。

刘丹不笑，也不买账，一盘腿在草坪上坐下来。

临近冬天，草地挺凉的，何大叶坐了一下，又屈腿换成蹲着。

"姐，你还记得咱们当年是怎么认识的吗？"

"当然记得，你刚进公司，都看中你一张万人欺的脸，谁都欺负你。我看不过，就帮你挡着。说实在的，职场欺负新人这套我特反感，谁不是娘生父母养的？谁没当过新人？仗着点儿经验欺负人也太不要脸了。如果人人都献出一点爱，职场将变成美好的人间啊，他们就是不懂这个道理。"

"是啊，当时全公司就你对我好，你又能干，又有自己的主意，所以我觉得自己特别幸运能遇见你，我一直认定你就是我的偶像、榜样和人生导师。"

"干吗呀这是？嘴突然变这么甜。"何大叶不好意思地挠挠头说。

刘丹不理她，继续说："我一直特崇拜你的不婚理论，虽然我也有我的理论，但是我一直觉得不如你的好。可是到今天我才发现，其实不是这样的。你的确很能干，可是你瞧你现在，把自己的感情搞得一塌糊涂的。姐，能干和谈恋爱结婚其实并不冲突，可是你非得那么极端地把它们对立起来，搞成鱼和熊掌不可兼得的哲理化生活方式，多没劲啊。"

何大叶语塞。

想想几天前，她傲人的理论还被张猛崇拜得泪眼婆娑的，不过眨眼间，她就被两个她一直认为不如自己成熟的人给鄙视了。

她觉得羞愧极了，就是那种人家都用上电脑了，她还在纸上打草稿算数的感觉。

孙燕姿有首歌里有这么一句歌词：爱能让人一夜长大。

就像刘丹似的，往日没头没脑没心没肺的，几天的时光，就被爱情催熟了。

"我也爱过。"何大叶说，声音细微，谁也没听见。

"姐，我觉得你变了，变得特教条。你老是装得特明白的样子，其实你根本不知道自己想要的到底是什么。"刘丹静了静，又说，"我第一次见罗畅，是在你家公寓楼下。"

何大叶浑身一颤。

刘丹果然还是知道了，何大叶想，她刚想开口解释什么，刘丹就打断她，接着说："其实罗畅以前经常在你那儿住吧？可我想了好几天，都想不明白为什么。你们都离婚那么久了，为什么还要假装和平友爱？我记得那个时候你一直跟我说你有多不待见自己的前夫，你明明跟我说离了婚的夫妻就像馊了的饭菜啊。"

两人坐在草地上，晒着太阳，吃着扬起的尘土，看着越搭越高的台子，很久没有说话。

何大叶的脑子就像午夜电影院一样，循环播放着曾经跟罗畅的一夜春宵。

她晃晃头，觉得现在想起这些实在太过分太猥琐了，怀孕让她的荷尔蒙分泌有些紊乱，总是能想起一些血脉偾张的场面。

她很想告诉刘丹，有什么想不明白的？就是因为离婚之后我还爱他，我在原地等着他回来，可谁知道你偏偏在这个时候出现了，把他越拉越远，再也回不来了。我在你面前说我不待见他，不过是给自己留点尊严罢了，馊了的饭菜也是饭菜，只要吃不死人，吃几口有什么关系呢？

何大叶这才发现，原来自己的不婚理论这么脆弱，连她自己都能轻易推翻，又有什么资格责怪那些嫌弃的人，这个理论从建造初期，就注定了是豆腐渣工程，千疮百孔漏洞百出，所以坍塌的那一刻，连她自己都不觉得惊讶。

"你肯定也知道我跟罗畅是手牵手一起逃婚的吧？"沉默半晌，何大叶自嘲地笑笑说，"其实先跑的是他，我跟上，不过是想给自己个台阶下。丹儿，我活得太骄傲，所以只能摆出面朝大海春暖花开的样儿，里子碎了，面子总得保存好，别让人看出来。拼事业的女人就是这点不好，不敢随便脆弱，所以也就不招人疼。"

何大叶说得云淡风轻，就像在说别人的事。

她就是这样，从不以悲伤示人，云淡风轻地爱，然后云淡风轻地疼和遗忘。

她时常劝自己说，做人不能太矫情，一个不小心就会被别人看了笑话。

这世上哪有那么多人会真正在乎你伤得多重心有多疼，你的声泪俱下撕心裂肺于他们来说，不过是茶余饭后的消遣罢了。

何大叶习惯了，这层保护壳就像老茧，越磨越厚，最后变成身体上最坚固的一部分。

"我一直以为你是个活得很明白的人，现在看看，其实你比谁都得过且过。"

"我也以为我活得明白，可是很多事情都来得太快太意外了。比如你跟罗畅，比如这个孩子。"何大叶把手轻轻放在小腹上说。

"姐，今天我第一次觉得，我比你强，我知道我想要的是什么，该来的我就双手接着，从不为明天担心，'明天'是个虚无的词儿，根本就不存在。我只想过好每一个今天，今天我选择罗畅，我就不想在乎他的过去，不过为了以后我跟他的每一个今天，所以，对不起，我必须得辞职。"

何大叶看看刘丹，笑了笑，随手一挥，故作轻松地说："那就这样吧，多大点儿事儿啊，咱俩都别叽歪了，搞得要撕破脸一样，没那么戏剧化。反正今天这话我撂这儿，不管怎样，我都拿你当我妹，亲妹。"

刘丹站起身，拍了拍屁股上沾着的干草，意味深长地对何大叶说："姐，张猛挺靠谱的，我做了选择，你也赶紧的吧。你叫我一声妹，我也真心把你当姐，所以我说句不该说的话，没有人会永远在原地等着你，你得惜福，你妹希望你幸福。"

刘丹走了，何大叶忽然一阵乏力，坐在了草地上。

看着刘丹越走越远，她突然悲哀地发现，到今天为止，所有人，所有人都开诚布公地离开了她，连日后虚伪的寒暄都没有了。

她的世界一片凄风苦雨，却只剩她一个人，撑着一把已经破烂不堪的伞。

风太大了，何大叶觉得自己快顶不住了，她用力把伞往前一推想与风抗衡，肩膀到脊背的部分突然咔嚓一声，接着就是一阵钻心地疼。

再接着，何大叶从自己营造的幻境中出来，发现脖子动不了了。

人在倒霉时，喝凉水都会塞牙。

这又是一句前人总结下来的话糙理不糙的俗语。

何大叶在被所有人遗弃后，竟然在光天化日之下，落枕了。

以为自己上半身瘫痪又惜命的何大叶一个人打车来到医院，直接给自己挂了急诊。

而急诊科里坐诊的，竟然是上次宣布她怀孕的那位愤青女医生。

"哟，又是你啊？"女医生头也没抬，看着病历说。

"您还记得我呐？"何大叶板着身子，直挺挺地看着前方问。

"怀孕了还来大姨妈，坐着还能出现落枕症状，像你这种专得疑难杂症的病人，能不记得吗？"

"我这是落枕？我还以为自己瘫了呢。"何大叶眉开眼笑，这算是今天听到最好的消息了吧。

"颈椎不大好，有点缺钙，买点钙片补补，再从网上学点颈椎保健操。"女医生耷拉着脸说，接着又问，"身体还有没有别的不舒服？"

"没有了。"

"什么时候动的手术？"

"嗯？什么手术？"

"别装了，我没工夫记得每个患者，更不会记得每个怀孕的女人。我记住的是上次你身边的那个男人，傻乎乎地替你紧张，你还要跟人家划清界限，你们这种情况我还是头一次碰见。"女医生低头在病历上划拉了几笔，写了几个没人认得出的字，递给何大叶，"反正你现在也不是孕妇了，不然这外用药是不能用的。"

何大叶接过病历，心里一阵酸楚。

她梦游一般走出急诊室的门，看见一个女人正温柔地对怀里的婴儿说着什么，画面和谐动人，年轻妈妈脸上偶尔露出微笑，灿烂得足够照亮整个医院大厅。

何大叶的心紧了一下，她想起前几天的医院半日游，还有那些从手术室里出来的面色苍白的少女。

想到这里，何大叶又看了一眼那位母亲，坚定地转了个身，如同军训的姿势，干净利落。

她径直走进急诊科，上身笔直地坐下，落枕的结果是为她带来了一身的浩然之气，连说话都铿锵了起来，十分滑稽。

"医生，我现在还是孕妇，请给我开一些孕妇可以用的药。"

女医生接过病历，不耐烦地说："刚才干吗去了？怎么不早说？"但她的嘴角带着明显的笑意。

何大叶也笑笑，多嘴问："您也一定希望我这么做吧？"

"你以为你是谁啊，跟我有什么关系？"医生把病历还给她，接着假模假式地打着官腔说，"孩子的父亲腿挺长的，从基因改良方面我是支持的，不过感情方面，还是得你个人自己把握。"

何大叶没说话，接过病历转身走出了急诊科。

一路上，她不能抬头看天，也没法低头看地，只能直直地看着前方人来人往。

原来前方是长成这个样子啊。何大叶想。

她好像已经很久没有认真地向前看过了，前面的路虽然未知，但很新鲜，你永远不会知道，下一秒会跟这世上的谁擦肩而过，兴许这个人，就是你生命中最重要的那一个。

世界上的巧合很多，只是很多人都不知道罢了。

就正如大叶永远不会知道，她刚来北京的那一年，也是在这条路上，她也曾遇见过罗畅、刘丹和张猛。

只是那时缘分未到，他们还依旧是亲爱的路人，并不知道与彼此的人生，将会有这么多的羁绊。

三

达尔文进化论：现代人类为了生存，不得不去适应改变。

做出改变很容易，只要你抱着一种"鸡蛋里挑骨头"的心理，对着现状来找碴。

而适应改变也很容易，只要抑制住拖延、反感的情绪，走到破罐子破摔的反面，假装与新习惯举案齐眉即可。

然而，狗改不了吃屎，在适应改变的过程中，怀念过去的强大执念，很可能让这次进化走偏，甚至陷入旧日回忆的深渊里。

张猛搬走后，何大叶把之前租的房子退了。原本是为她和罗畅筑的爱巢，住了三年，爱一点一点消失殆尽，终于男主人也不再回来了，那她也没必要再守着了。

算是对过去的一种告别仪式吧，以这样一种省钱的姿态。

屋子里的东西，大多数已经搬到工作室那边，何大叶坐在房东当初留给她的那张沙发上，最后一次追忆当年。

如果这个时候能有杯酒该多好，何大叶想。但也只是想想，因为她是个妈妈了啊。

肉弹在她脚边哼哧哼哧地喘气求抱抱，像个刚失去爸爸的单亲小孩一样可怜兮兮的，她轻轻抚摸了几下它的头，肉弹满足地眯起眼。

何大叶也不管肉弹能不能听懂："以后，你的一生，就只能依靠我了……

他不会回来的，他也绝不会要你的。"

咱们之间最后这点牵绊，竟然是只狗。何大叶自嘲地笑着想。

其实搬进工作室又怎样，还不是一样冷清。

何大叶整理着从超市买回来的东西，房间里还残留着张猛的痕迹和气息，他用的古龙水香味还没散尽。何大叶想如果再遇到他时一定要问问他用的是什么牌子，留香时间竟那么长。一个房间的角落里，躺着一只迷你变形金刚，大黄蜂瞪着蓝色的小眼睛无辜地看着天花板，何大叶捡起来，想起阳阳曾经对它爱不释手的样子。

"小孩子就是没长性，喜新厌旧的。"何大叶小声嘀咕着，把玩具小心放进杂物箱，万一阳阳又想起来了呢。

除此之外，某个墙角，记录着张阳阳每隔一段时间就要往外蹿个儿的痕迹；厨房因为收拾得太干净，不锈钢台面，已经被钢丝球擦得旧痕斑斑；门口鞋柜里，总是有一大一小忘记拿回去的两双鞋……

收拾累了，何大叶打开冰箱，习惯性地找东西喝。

拨开一层层已经空了的保鲜盒，才发现存酒区已经全部换成了牛奶。

朦胧中，何大叶仿佛看见张猛那张白菜汤脸缓缓飘过来，怒视她说："一个女人，整天沉迷于酒精，成何体统？更何况……"张猛有点不确定，眼神向下瞟，落到何大叶的肚子上。

何大叶轻轻抚摸了一下小腹，笑着点点头，意思是告诉他孩子还在。

透明的张猛满意地笑了，迅速消失在空气中。

何大叶晃晃头，最近她老是陷入这样自我编织的幻境中，神神道道挺吓人的，这是不是老年痴呆的前兆啊？她想。

她拿出一盒牛奶，盒子的背面又是一张纸条，上面用红笔标注着日期。

"知道你吃喝从不看保质期，这个习惯真不好。红色就是期限，过了就扔了，没过记得在微波炉里热一热。"

下面又是一行警醒的红字：PS，一定要倒进杯子里，切勿连盒子一起放进微波炉！！！

她又拿起另外一盒牛奶，上面写着同样的字。

何大叶索性把整个冰箱打开，每一样东西都拿出来看。这才发现，甚至是一根细细的火腿肠上，都仔细地贴上了关怀的标签，告诉她这东西应该少吃。

桌上的纸条零零散散堆了一堆，每一张上面都写着张猛的电话号码。

"真不爷们儿。"

何大叶嘴角带笑地说，眼睛却不由自主想要变得湿湿的。

她拿出手机，拨了纸条上的号码，拨完，又删了。

屏幕渐暗，一滴眼泪落上去，砸出一个巨大的圆。

她擦了擦手机，抹了一把脸，微波炉的牛奶热好了。

叮一声，打破了屋里悲凄的寂静。

一杯热牛奶的自我关怀，有时候跟酒精的作用是一样的：麻痹低潮期的人，无论男女。仿佛，这点温度，就能让我们度过人生的寒冬。

另一边，张猛和张阳阳的新家也是一副凄凄惨惨戚戚的样子，新家有点简陋，不过经过父子俩的努力，还是收拾出些许温馨。

从何大叶家搬出来后，张猛沉默寡言了好一阵子，人精张阳阳把这些都看在眼里。

大人的世界他虽然不完全懂，可他多少是能看出些端倪的，他知道，亲爹跟何大叶好像有问题了。

俩人沉默地收拾好家，张猛煮了点面条，习惯性地煮了三个人的量，盛好放在桌上。

等阳阳坐下，他才想起他和何大叶已经不住在一起了，暗自看着多出的一碗面发呆。

"打电话叫何大叶过来吃面？"张阳阳体贴地说，张猛挺惊讶这孩子掌握的语言艺术，到底是遗传自谁呢？既懂事又不至于驳了他的面子。张阳阳又补充道："你要是不想打，就我来联系。"

"别打扰她，她挺忙的。"他扒拉了一口面条，又笑了笑打趣说，"跟她一块儿混的时候没见你这么上心啊，怎么，你小子欺负她，欺负出感情来了？"

"我是担心她没饭吃，你以为我看不出她笨手笨脚吗？"张阳阳翻个白眼，严肃地说，"而且，她不是有孩子了吗？"

张猛被这话噎了一下，拍着胸口咳嗽着，怕张阳阳太过早熟，知道的事情太多，于是紧张地问："你知道她肚子里的小孩怎么来的吗？"

父母最紧张的时刻，就是孩子终究明白，自己不是父母拉拉手就制造成功的。

张猛知道这一天终究会来，但没想到这么快。

"不是你的吗？"张阳阳歪着脑袋说，看张猛吞吞吐吐不知怎么回答，阳阳站起来，一本正经地拍拍张猛的肩膀，"我知道喜欢何大叶是件挺丢人的事儿，毕竟她那么笨，不过没事，我觉得她挺好。老张，你也挺笨的其实，我还不是一样喜欢你，也不觉得丢人。"

"你爱我是应该的，但谁说我喜欢何大叶了？人家看不上我。"张猛低头吃着面条，嘴硬。

"不是只有互相喜欢的人才会有小孩吗？就跟当初你跟妈妈一样，你们互相喜欢，所以就有了我。"

"谁跟你说的这些？"

"以前妈妈跟我说的啊，后来我想想也对，不然那么多男人女人，岂不是乱套了嘛。"想了想，他又说，"妈妈还跟我说，时间可以冲淡一切，喜欢、不喜欢、高兴、不高兴，都会被冲淡的。"

"你是不是知道得太多了？"张猛拧着鼻子，也不知道该怎么跟他解释。

"是因为你知道得太少，所以我得多知道一些，这样才能照顾你。"张阳阳背着手，在房间里溜达了一圈，十足的老干部作风，继续安抚张猛，"放心吧，我觉得读完小学后，我就能照顾你、何大叶还有她的孩子，还可以顺便照顾妈妈。"

"是，小学毕业之后，你就可以养家了。"张猛笑，但内心一酸。

阳阳是他毕生的成就，但终究没照顾好他，别人家黄口小儿还在满地撒娇打滚，阳阳已经在自己创造的生活哲学中，开始认真思考要照顾亲爹了……

自己还是要多努力啊，多赚钱，多给阳阳点安全感。

爷俩你一句我一句地斗着嘴吃着饭，张猛忍不住想，如果何大叶也在，那当真算得上岁月静好。

敲门声来得很及时，有那么一瞬间，张猛真以为他跟何大叶就是这么心有灵犀。

阳阳打开门，来的是舒颖，有点高兴，但也替老爸落寞了一下。

舒颖环视了一眼新家，皱了皱眉头，说你可真舍得咱们儿子跟你一起吃苦。

张猛耸耸肩，没说话。

看见桌上多出来的面条，舒颖以为是给自己准备的，倒也不客气，坐下就吃上了，一边吃一边嚷嚷饿。

吃了两口停下来说："面条咸了啊。"

"那你十分钟以后再吃。"张猛撇撇嘴，没好气地说，舒颖不懂他的意思，张猛放下筷子，解释说，"时间能冲淡一切吗？"

阳阳大笑，捂着笑痛的肚子说："你不是张猛，你是何大叶，赶紧把面具撕下来。"

舒颖被父子俩笑得一头雾水，但也看出了张猛和何大叶的感情不简单，她进门时不是没看见张猛那一脸的大失所望，敢情日盼夜盼的是何大叶啊。

想到这儿，舒颖悻悻地把面前的面条推开，碗边沾了一丁点口红的痕迹，舒颖拿大拇指抹掉，自言自语地抱怨口红又贵又差。

抛去略微吃醋的成分，其实舒颖挺看好何大叶的，长相平凡，身材平凡，心态却不平凡，是个靠得住的女人……最重要的是，她可以弥补张猛太过理想主义的性格，跟张猛这样靠得住的男人正合适。

"怎么不跟何大叶住了？吵架了？"

"八竿子打不着，有什么可吵。"张猛敷衍着。

"你还真以为我看不出来啊，刚才我进门，瞧你那失望的样儿，也就是我心宽，不然得多难受啊，搬了新家，何大叶一直没来过吧？"

"她来干吗？"

"行了，别嘴硬了，阳阳这么难搞定的孩子都被她搞定了，还跟我绕弯子说没怎么样？虽说何大叶跟我比是有点拿不出手。"舒颖得意地抬了抬头，朝空气炫耀了一下自己的美貌，"但人家好歹有个婚庆公司，自己能赚钱，配你是绰绰有余的，你别挑三拣四的。做男人，得主动点。"

"你怎么长他人志气灭自己威风啊？行了，你也别假装关心我的终身大事了，过好你自己的日子就行，你今天来有别的事儿吧？直说，别绕圈子。"

舒颖叹口气，把阳阳支回房间，对张猛说："我准备移民了，打算带阳阳出国念书。"

张猛嘴张了张，说不出话来，这一天终于来了。

"不行！"

"张猛，你怎么还不改改你那得过且过的毛病，送他去外面读书，咱们不是早就商量好了吗？这根本不是行不行的事儿。"

"他才多大啊，小学都刚上呢，你着什么急啊。"

"说实话，我不是来跟你商量的，是通知你。阳阳一天天大了，你靠什么养他供他上学？就靠你电视购物赚的那点钱？"

"你别老是钱钱钱的，这么多年我一直都没钱，不也照样把阳阳养得生龙活虎的？"

"阳阳是要长大的，他需要一个更好的成长环境，而且你呢？你打算守着阳阳过一辈子？等他长大了，不在你身边了，你守着谁？你打算用阳阳做逃避的借口到什么时候？张猛你都三十几了，你也该有自己的生活了。"

"现在这个样子，就是我想要的生活，我愿意一直守着他，看他长大成人，逃避不逃避的跟阳阳无关，是我自己不想。"

　　"瞧，你就是喜欢这么死撑。"舒颖无奈地笑笑，"当年咱俩离婚，你怕我带着孩子不好再嫁，主动提出抚养阳阳。这么多年，我都嫁这么多回了，可你带个孩子，也应该再娶一回啊。张猛，不管是我还是阳阳，都希望你过得好，而不是勉强过得去。"

　　"我都死撑这么多年了，习惯了。"张猛耷拉着脑袋，"说实在的，当年咱们离婚，我挺难受的，自尊心自信心什么的都被打击得一塌糊涂。是，不少男人都离过婚，可如果是因为家庭暴力啊、性格不合啊、花天酒地啊这些的离婚我都能接受，可偏偏就是因为我穷，给不了你好的生活，我真有点承受不了。"

　　舒颖沉默了几秒，脸上失去了几丝明媚，她叹口气说："张猛，这么多年了，为了有个你能理解的所谓的离婚理由，我本来一辈子都想背着这个嫌贫爱富的黑锅。可今儿，为了你，我必须得讲，你就真觉得我离开你是因为你穷吗？如果真是这样，那一开始我何必嫁给你？那个时候我年轻漂亮，完全能找到比王海涛还要有钱的男人，你何德何能就让我看上了？"

　　张猛听完，愣愣的，不知道该说什么，憋了半天开口问："那是因为啥？"

　　舒颖双眼一翻，露出大面积眼白，张猛的迟钝不是一天两天了，已然到了人神共愤的地步。

　　"当然是因为爱啊。"舒颖双手一摊，"因为爱你，所以想要嫁你，给你生孩子。因为爱情没了，不爱了，所以才分开。我离这么多次婚，每次的理由都一样。"

　　"我理解不了……"

　　"我知道你理解不了，但你不需要理解。你只需要知道，人生短短几十年，过得好不好只有自己明白，要是老活在别人嘴皮子上，老活在过去能开心吗？说三道四的人又给不了我爱情和幸福，我在乎他们干吗？不想方设法地把自己的日子过好，整天惦记着别人怎么活，多可悲。"

"你比我看得开，所以你比我幸福。"张猛低着头说。

"对，这就是你的症结所在，你看不开，而且你还意识不到自己看不开，意识到了也不改。你一直在做自己认为对的事情，赚钱养家，你觉得这就是对的。你从来没有细心呵护过爱情，爱情就跟花儿似的，你不浇水不施肥不剪枝，能不败吗？张猛，其实我要得真不多，就是想踏踏实实跟爱情过日子，穷点儿我也不在乎，吃糠咽菜住地下室的日子我也过过，那时有你在身边我不照样也是乐乐呵呵的……所以我希望，你能跟我一样，活得单纯一点，别老拿没钱和有个孩子当借口。阳阳大了，懂事儿了，他也希望你能再组织个家庭，你健康快乐，他才能健康快乐，你懂吗？"

舒颖沉默了一下。"有时候吧，我特希望阳阳能跟其他孩子一样，别那么聪明，别那么懂事……每次看到他跟小大人一样，我就觉得吧，我这妈只顾着自己幸福了，没照顾他……"她声音哽咽了一会儿，转过头，眼泪在眼圈里转啊转啊，强忍着，终于把眼泪消化到肚子里，又转过头来，眼圈红红的，"你也给我个机会，让我享受一下照顾他的苦啊。"

"咱俩是有病吗？这有什么可抢的，可你总得给我一点时间恢复吧。"张猛沉默片刻，挠挠头说。

"那你准备恢复到什么时候？时间不等人，等你七老八十了，大家都拿养老金过日子了，阳阳也结婚生子了，你心里才能重新找回平衡？一辈子很短的，真不愁过。"

"我不是遇见何大叶了嘛！"张猛被舒颖逼得脱口而出后，有点不好意思，刚才还死撑，这会儿主动提起，大有秀恩爱的嫌疑。

舒颖又翻了个白眼，带着"我就知道你俩关系不单纯"的意思。

"遇见她我觉得挺幸运的，让我恢复了不少，我也挺想开始新生活的。"张猛诚恳地望向舒颖的眼睛，"舒颖，你给我点儿时间吧，如果我做得不好，你再把阳阳带走，行吗？"

听张猛这么说，舒颖心里挺难受的，这算是来自男人的一种卑微的请求吧，她想。

思考了片刻，舒颖无奈地点点头。

张猛笑了，笑得仿若昨天那个在地下室的青年，日子再难，也从来没有苦。

没人知道，房间里的张阳阳，一直贴在门上竖着耳朵听，脸上愁云密布。

张猛啊张猛，你果然还是喜欢何大叶啊，但你怎么不去找她呢？

被舒颖出国的消息刺激过以后，张猛工作得更加卖力。

无论购物台给的打包价多低，他都欣然接受。

以前当模特时磨炼的老好人性格，此时显示出好处来。

他好相处，不挑活儿，脾气跟橡皮泥一样，随便大家在直播脚本里折磨他。

他年纪又大，知道什么话该说，什么不该说，就是保洁大妈扫地，他都站起来特客气地跟人家话家常。

当然，他的前任经纪人佳佳也会添油加醋，把张猛之前的模特经历吹得令人肃然起敬，他本人又没架子，再加上有两条大长腿、一身肌肉，多便宜的西服穿在他身上，都跟大牌一样。

因此但凡卖点贵的东西，厂商都点名希望张猛来给商品增加点质感。

其他主持人不服，佳佳倒是也不客气："你出现在镜头前一秒钟，观众就知道你来卖东西。大咖你嘴皮溜，给你一摊屎，你都能说出花样，但咱们看重的是最后购买率啊，可是张猛奇了怪了，他浑身一点购物台的气质都没有，观众不管买不买，起码能从头看到尾。"

就他那磕磕巴巴的喜剧风格，能卖东西？

佳佳早就知道他们会这么问："也不是次次都能刺激下单量，可是社交媒体喜欢啊，客户觉得跟着他顺便免费做了一次宣传啊……您先忙，我得接个电话，有个媒体想约他的采访。"

张猛怕得罪人，佳佳可不怕，她又重新捡起来在时尚杂志混下的人缘，往死了推张猛。

这不，她打听到某二线时尚男刊这个月要做一个"改变"的专题，直接电话打过去："我给你报一个人。"

去摄影棚拍片子时，摄影师啊化妆师还有编辑都是老熟人，都开玩笑："哥，你先说清楚，是来拍时装的，还是在我们面前充当主持精英大谈时尚生活之道啊？"

张猛不好意思："什么主持精英啊，昨天还在购物台卖卫生巾呢，我那个词穷啊，就差自己用来证明有多爱了，跟沿街卖菜差不多。"

这算是混得好吗？也难说，不过购物台要跟张猛签长约的时候，佳佳一跺脚："哎呀，你们怎么不早跟我说啊，他的主持约签给我了，要不咱们谈谈？"

佳佳本来想在购物台朝九晚五呢，经此一役，她觉得继续做张猛的经纪人比较有前途，跟张猛聊起工作来也头头是道："这个做菜的节目虽然不给钱，但咱们是刚起步阶段，我觉得也能接，也不能一辈子都在购物台卖东西啊。"

　　不过张猛还是没适应靠嘴赚钱的新生活，接受采访的时候表现那是相当差。

　　还是不擅长吹嘘自己，有些紧张，反复搓着手，结结巴巴地回答着问题。

　　遇上稍微难一点的问题，张猛就会习惯性地看向角落，越过层层人群，仿佛看见何大叶正站在人堆里，就像每次录影时那样，指手画脚地告诉他该怎么做。

　　何大叶陪他度过了太多次兵荒马乱，等到天下太平了，却无声地退出了他的世界。

　　挺伟大的，也挺伤感。

　　采访的小姑娘挺喜欢张猛的，问张猛的贵人是谁。

　　张猛笑笑，指着那个角落说，是她。

　　正好站在角落里的佳佳羞涩又得意地笑了笑："猛哥，这不是我应该做的吗？不过，妹妹，我跟你说，我第一次找猛哥录购物台时，那场景可逗了。"佳佳试图冲淡张猛说自己走投无路才干这一行的窘迫感，连忙跳出来打岔。

　　何大叶，你瞧我现在都会一箭双雕了。张猛在心里默默地想。

　　这一切，何大叶都不知道，她正在焦头烂额地拯救自己的小事业。

　　工作室就她一个人，客户有点怀疑这是个皮包公司。

　　张猛刘丹一个个地离开她，原本欢声笑语的工作室，现在就剩下她一个人独守空房。

　　有没有男人先不说，工作才是主要的，以前老觉得刘丹偷懒，现在她这一走，何大叶才发现，当初刘丹为她分担了多少工作。

在网上发了个招聘启事，简历收了不少，靠谱的没几个。

面试了一天，见识了各种奇葩。

比如有个姑娘直接穿着婚纱就来了，说是面试婚庆公司就要有个婚庆的样子，干一行爱一行是她的职业信仰，cosplay 是她的特长。

再比如有个小伙儿来的时候，他说自己是哈尔滨婚庆界的第一司仪。何大叶倒是也没客气，在哈尔滨混得好好的，干吗来北京受苦？他说心有多大，舞台就有多大。何大叶心想，这个骗子舌头够大的。

更多的是刚毕业、没啥工作经验的小姑娘，张口闭口就要月薪一万五，何大叶记得自己没介绍错啊，这是个婚庆公司。

何大叶沮丧地瘫坐在沙发上一筹莫展，眼看着肚子已经凸出来了，还有大把的工作等着自己，她有些恼火。

正烦着，刘丹电话就打来了，何大叶就像抓住了救命稻草似的，以为刘丹改变主意要继续回来帮她，没想到她只是打电话来商量转社保的事儿。

何大叶被一阵突如其来的难过击中了，有那么一瞬间，她觉得自己真的要失去刘丹了。

生活就是这样，到处都是心不甘情不愿的岔路口。

我们总想沿着心里的方向固执地往前走，可是冥冥之中总有股无形的力量，把你推向反面。

走啊走啊，等你意识到这不是你想要走的路时，才发现，岁月无可回头。

还有几天，何大叶就三十二岁了，这三十二年里她好像从来都没有开口挽留过谁。

从幼时的二狗，到长大后的罗畅，到张猛再到刘丹，这些在她生命中烙下过深刻印记的人们，都在她毫无意义的坚持中错过了。

服一次软低一次头吧，何大叶想，至少给自己空荡荡的人生路，哪怕一次添加同伴的机会。

人不能一次机会都不给自己，把自己逼上绝路又有什么意思呢？

何大叶拿着电话听刘丹叨叨了一会儿，终于还是忍不住开口做了一次低姿态的挽留。

"丹儿，你结婚以后，咱们还是一起干吧。"

刘丹在电话那头沉默了一会儿，清脆地笑了，笑得让她有点毛骨悚然。

"我这一结婚，还不知道要闹到什么时候才想工作，明天我就准备回家拿户口本了。"

"你别把话说得那么死，凡事没有绝对的，我等着你。你想回来，随时跟姐说，行吗？"

"再说吧……我这儿还收拾东西呢，姐，我先挂了。"

刘丹没再追问社保的事，匆匆挂了电话。

几声"嘟嘟"后，电话那头一片茫然的寂静。

二十六岁那年，何大叶实在忍不住，给分手三年的前男友打电话。

自从分手后，他们再也没联系过，可是何大叶每一天都在想着他，鼓足勇气联系对方后，听他的语气，何大叶真想唱"怎么你声音变得冷淡了，是你变了，是你变了"。

对方也说，见面啊？最近有点儿忙，再说吧。

从那时候，何大叶就知道，世界上其实没有"再说吧"这件事。

何大叶真没空感怀自己没人理，从沙发上站起来叹口气，饿了。

怀孕之后身子变得越来越没骨气，一顿不吃都得抗议，分分钟都忍不了。

她起身打开冰箱，里面都是空空的保鲜盒，张猛走前做好的吃的已经全吃完了，她翻箱倒柜地找了一会儿，在角落找到仅剩的一盒咖喱。

盒子上一如既往地贴着纸条：如果没饭吃了，随时打电话。

然后是张猛附上的醒目的红字电话号码。

何大叶手里紧紧捏着纸条，闻着冷咖喱的味道，无比悲凉。

还有比这更惨的人生吗？她问自己。

有啊，当然有，只要继续这么作下去，你的人生就会再创新惨了。何大叶，要加油哦。

心中有个声音说。

夕阳渐渐把屋里染成一片暗淡的金黄，拉长了何大叶孤单的影子，也无限拉长了她被世界遗弃的那种悲伤。

若是张猛打电话说，如果没饭吃了，就随时来找我，自己该怎么说呢？

再说吧？

她真希望那个憨憨的大长腿，此刻能出现。

四

二十岁时，你已经觉得人生没什么盼头，等你到三十岁时，你会惊喜地发现还有更惨的时候呢。

明天会更惨，这句话并不是传播负能量，而是因为明日意外何其多，惨事防不胜防。

既然这样，还不如把所有坏情绪都忘掉，把所有精力放在今天解决问题，留住力气去提防明日的措手不及。

何大叶很快便感受到了这点。

罗畅被抓进了派出所。

在刘丹坐上火车回老家拿户口本的当天晚上，何大叶接到了派出所打来的电话。

接到电话时，何大叶刚睡下，本来以为是哪个难缠客户大半夜的要找她谈想法，拒接了几次之后对方依然不依不饶，接起电话就收到了这样天雷滚滚的消息。

随便披了件衣服赶过去，派出所灯光昏暗的小屋里，罗畅鼻青脸肿地坐在那儿，带着一身酒气正在不服气。

"打架。"罗畅耷拉着脑袋，解释得理直气壮。

"行啊你，几天不见，本事见长啊。"何大叶本想做一个更得体的孕妇，但半夜被吵醒的起床气，忍不住扬起手想给他一拳，罗畅却躲开了。

一边的警察忍不住呵斥罗畅："还挺灵活的啊。"

唉，要是真灵活，也不能让警察抓到啊。

她深吸了几口气，让自己暂时冷静下来，问清了来龙去脉。

原来刘丹的火车前脚开走，罗畅后脚就带着即将结束单身生活的抑郁心情走进了工体的夜店，三下五除二喝了个酩酊大醉，接着就跟隔壁桌的人起了口角，没说几句俩人就打了起来。

何大叶看看罗畅对面，正坐着同样鼻青脸肿的原告。

"我要告他，让他坐牢。"那男人操着东北口音，脖子上挂着一条跟他瘦小体形毫不相符的硕大的金链子，穿着不知道从哪儿买的花衬衫，那裤子比女孩的打底裤还要紧贴双腿，跟何大叶对了一眼，气势汹汹。

"告你妹啊告！"罗畅从椅子上弹起来，上去想再给那人两拳，被警察拦住了。

一阵混乱间，何大叶被推了个趔趄，罗畅急忙甩开警察上去扶住她。

"你还怀着孩子呢，凑什么热闹。"

何大叶那个火大呀，心想你以为这热闹我愿意凑吗？大半夜的谁不想捂在被窝里踏踏实实睡个觉？我跟你非亲非故，凭什么一个电话就跑来派出所救你啊？我不过就是你前妻，就是馊了的一盆饭而已，你不是有未婚妻吗？

凭什么？是啊，她凭什么？

"你还知道我怀着孩子啊？"何大叶越想越气，抡起拳头，冲着罗畅胸口捶了几拳。

真爽！她想。

警察和那东北男人一听是孕妇，都赶紧闪开。

　　何大叶见状，立即决定将这出戏演到底，怀孕的女人走到哪儿都多少有点特权，而怀孕又有个花天酒地打架闹事老公的女人，更是无往不利。

　　为了博得同情，何大叶决定先要把自身状况说得特别惨。

　　"你到底什么时候才能让我省点儿心啊？嫁给你就跟领养了个儿子似的，处处照顾你。可是现在我真的怀着你儿子呐，你都要当爸了，怎么还这么乱来，是不是要逼死我们娘儿俩啊？"何大叶先给罗畅一个眼色，转脸就学着电视上中年妇女闹街的样子，双手高高举起作拜天地状，把深夜的派出所活脱吼成了狗血电视剧现场。

　　"大姐，你先别憎（生）气，对孩子不好。"那东北男人挺通情达理的，肿着一张脸上去劝。

　　哪知何大叶犯了戏瘾，根本没打算就此罢休，撕着罗畅的领子，指桑骂槐："看招（着）没？看招（着）没？"何大叶故意装东北腔，"仄（这）大哥一脸仄（褶）子，害（还）管我叫大姐，我有那么老吗？我才二思（十）五，看起来这么老，都是给你操心操的，哎呀妈呀，自从跟你结婚呐，真似（是）遭老罪了。"

　　罗畅蒙了，觉得何大叶在演乡村爱情故事呐。

　　"老妹儿啊，你也是东北的啊！"那东北男人忍不住问。

　　帝都的东北民众何其多，何大叶也不知道为多少北漂的东北人办过婚礼，知道东北民风淳朴且彪悍，听说就是吃个路边摊，两人看不顺眼，能动手就动手，尽量别吵吵，动完手还搂着脖子一起喝酒，喝多抢着结账，再继续打一架，打完迅速成为拜把子兄弟。

　　而且，东北人夸人的方法就是：还以为你是东北人呢。

　　何大叶决定卷起舌头，平卷舌不分，开始打老乡牌。

"似（是）啊，大哥，咋地（怎么），泥（你）也东北嗒（的）？"何大叶操着专业八级东北话，等着这男人入坑。

"哎呀妈呀，咱老乡啊，泥（你）哪儿的啊？我佳木斯的。"

人脑计算机开始搜索，佳木斯隶属于黑龙江省，黑龙江省省会是哪儿？

"我哈尔滨的啊！"何大叶见过几个哈尔滨人，普通话特别标准，她生怕聊一会儿露馅，先给自己留条后路，"我大姑就在佳木斯，我老去呢。"

一边的警察实在没耐心了："得得得，谁让你们跑这儿认老乡了，你们是私了还是怎么啊？"

何大叶舌头还没从东北模式转过来。"人家警察大哥嗦（说）得对，"她转过头继续博感情，"大哥啊，既然咱们都是老乡，你咋就这么不心疼你老妹儿，咋不一拳打死你妹夫呢？"

东北男人不知道怎么接了："哎呀，老妹儿，你咋这么嗦（说）呢？"

何大叶开始装心酸："哎呀，你要打死他，我也死了这条心了。你不知道啊，你妹夫啊，可让我操心了，我都不想跟他过了，他喝点猫尿……"何大叶心说颤抖吧，专业八级东北词汇来了。

东北女人嫌弃男人喝酒，就贬低说喝酒就是跟喝猫尿一样："他喝点猫尿就找不着北了，你嗦（说），他要是有咱东北淫（人）的量也行，一喝就多，一喝多就出事儿，以前我还能管着点他，现在我挺个肚子，一不留神，他就溜出去喝酒了，喝多了又出事儿，我容易吗？"

"是，是……咱们都不容易，去夜店谁也不想碰上这档子事儿。"

"去夜店！"何大叶声音一提，"大哥！说实话，他身边有没有个小婊砸（子）！"

"没有没有，真没有，我这老弟就一个人坐在那儿喝闷酒，买酒时我俩撞到了……"那男人连忙解释。

"吓死我了，我以为他找女的鬼混呢……"

"老妹儿，你这是想多了，我们就是去那儿喝个酒，找个乐。"

"你们起码还乐了，我连乐子都没有，就大半夜被拽到这里来，我冤不冤？！你要告他是吧？告去！坐牢了我就省心了，留下我们孤儿寡母的，一个人我也能带大孩子。"

"这老妹儿，咋这么倔呢？夺（多）大点四（事）儿啊！不为他，你也得想想肚子里的孩子呢。"

絮絮叨叨说了一堆，这东北大哥终于松嘴说，只要他道歉，这事儿就算了。

何大叶没想到原告那么尿，主动提出和解，让她憋了一肚子的戏无处发泄。

警察大概也怕麻烦，见有和解的苗头也高兴，顺势规劝了几句。

赔了钱，道了歉，从派出所出来，何大叶也没理他，走了好远。

罗畅不说话了，低着头委屈，一米八多的大个头，看起来像个犯了错不敢吭声强忍眼泪的巨婴。

"你饿不饿……"沉默地走了几步，罗畅怯生生地问。

何大叶的心紧了一下，有那么一瞬间，她好像回到了过去的某个时刻：那时她跟罗畅吵架，吵完都抻着，坐在沙发两头谁也不搭理谁。

然后罗畅就会问她：你饿不饿？要不咱们吃点东西吧？

何大叶嘴硬，但心软，每次罗畅这么一说，她就当他是服软了，起身钻进厨房，不一会儿工夫总能变出些吃的来。

那时的何大叶和罗畅都天真地以为，食物是万能的，能化解这世间一切的负能量。

可现在想来，真的可以吗？

何大叶从过往中钻出来，看着眼前已经不再熟悉的罗畅，突然就颓了，她一屁股坐在路边冰凉的马路牙子上，酸了眼眶。

"你怎么了？"罗畅小心翼翼地蹲下来问她。

"罗畅，咱别这样了行吗？饶了我行吗？"何大叶抬眼看着他，眼神充满哀怨。

"小叶……"罗畅轻轻地把一只手搭在她肩膀上拍了拍，不知该说什么好。

这一拍，把何大叶往年的委屈全都给拍出来了。

"你想跟我谈恋爱，我就得高兴。你想跟我结婚，我就得感动。你突然觉得结婚不好玩了，我就得陪着逃婚。你说分手后还是朋友，我跟你何止是朋友？我照顾你吃喝拉撒跟你妈似的，就差夜深人静劈开腿变慰安妇了。角色转换得太生猛，有时候连我都受不了。你说你不想结婚，想集齐十二星座四大血型外加熊猫血的姑娘，好啊，我等着，我掰着手指头倒计时，我甚至还脑子坏掉去医院找人调查过哪个姑娘是熊猫血，看看有没有一个适合你……

"我想等你玩儿够了，回头还能有惊喜，瞪大眼睛说'哟，你还在呐何大叶'。

"我一直都在，我从没走远过，你往前我往前，你退后我退后，保持着最合适的距离，就怕你回头看不见我了。

"可是谁知道有一天，你突然跑起来了，用刘翔跨栏的速度，我根本追不上……"

　　这些话说得罗畅心疼，这些年，他以为何大叶已经走远了，他没办法，也只能自顾自往前走。

　　一次，哪怕一次也好，也许就能看见何大叶，正笑盈盈地站在和煦的日光下等着她。

　　就像第一次见到她时那样，穿过沙尘暴横行的北京，她坐在模糊暗淡的阳光里，对着一件雪白的婚纱发呆。

　　只可惜，他回头时，何大叶在望天。

　　只可惜，她回头时，自己在撒欢奔跑呢。

　　时机总是不对。

　　一阵风暴卷了过来，卷得罗畅一阵心酸。

　　"你为什么早不跟我说？"罗畅问。

　　可是问完之后，罗畅也想问问自己，这么多个等待的日子，为什么他也不说呢？

　　"我是个女人啊！"何大叶摊摊手，摆出一副"unbelievable（不可思议），你丫连这都不懂吗"的表情，"女王终究也是女的啊，全天下有哪个女的在婚礼上被退货了还特高兴？你退货，我瞬间变甩货了，可连个说法都没讨着。你不想结，我等着，可等到最后，结局是你跟我最好的姐们儿闷头闪婚了，多狗血。可我能怎样？杀了你她还得守寡呢。手心是你手背是她，少了谁都不行。但是我懂事我大度，我直接把手砍了，让你们离我远远儿的。结果呢？我流着血往前走，你倒顺着血追过来了，罗畅你能不能别那么幼稚了？能不能长大一点儿？你出事了不给刘丹打电话，反而让我出面，我是谁啊？我凭什么啊？我大着肚子准备当单身妈妈，公司一堆事儿都是我一个人处理，我好累！你知不知道我很累啊！"

何大叶四仰八叉地瘫坐在路边，她真的累了，半夜出来演了出戏又说了那么多话，当然累，她真的很想就此躺下，安然地睡在路边。

她从小就有一个愿望，长大后能衣食无忧地躺着，她爱躺着，她觉得躺着是人生在世最惬意的时刻。可悲哀的是，长大后，她不得不承认，她就是个劳碌命。

"你恨我吗？"憋了一会儿，罗畅开口问。

"嗯，特别恨！"何大叶觉得这个答案毋庸置疑，坚定地说，"你知道我为什么在婚庆界特别吃得开吗？因为我做过的新娘都会口耳相传，逢人就说：亲爱的，知道为什么我的婚礼特别好吗？因为我的婚礼策划人，结婚的时候新郎跑了，所以她就把别人的婚礼当自己的办。呵呵呵呵……有些新娘难伺候，我就把我的故事讲给她听，我说你看你们多幸福啊，我多惨啊，可我还这么走心地帮你办婚礼呢，你们就别为难我了吧。这招屡试不爽，从没失败过。"何大叶自嘲地笑笑，像个街边喝多了的醉汉。

"何大叶你有病吧？这事儿你拿出来随便跟别人叨叨啥？赚钱也不能这么糟蹋自己。"罗畅急了，跳起来嚷嚷着。

何大叶却特冷静，嘴角继续挂着凄凉的笑说："对啊，我是有病，婚礼是个喜庆事儿，我就是个悲剧，我的悲剧正好衬托了别人的喜剧，我这么优秀的参照物哪儿找去？"

"你行了！"罗畅终于忍不了了，噌一下站起来指着何大叶说，"我就受不了你整天咬着这一点不放，何大叶，你是真不知道还是假不知道？咱俩离婚那天，我为什么磨磨叽叽不出现？结婚证为什么找不着了？咱俩才刚结婚不到俩月，结婚证就能找不着了？瞧你那天欢快的熊样儿，一口气吃五盒臭豆腐，换谁能知道你心里憋屈成这样啊？"

罗畅说着，突然就哭了："你以为我真想跟你离婚吗？你知道我婚礼上犯厥以后有多后悔吗？你也知道我幼稚，我没开口留你，是因为我骑虎难下了啊。我说我要集齐十二星座四大血型的姑娘，哪一次不是就只是跟人吃个饭，就屁颠屁颠地跑去跟你讲，希望你能吃个醋，希望你能说句你在乎我。哪一次我去夜店，不是进去之后就偷偷跑出来，去边上的酒店开个房间囫囵着就睡了，手机总是开着，总希望你能打电话来叫我回家，但，你打过一次电话吗？你总说你等我，我又何尝不是一直在等着你？是，我是走在你前面，可我一直慢慢走慢慢走，想等到有一天，你能突然追上来拉住我的手，说咱俩还是一起走吧，不然多没意思啊。可是紧等慢等你都不来，我不回头，是我怕我回头的时候发现你已经不在了，我特别害怕，真的……大叶，咱俩本来能好好过的，可怎么就错过去了呢？怎么就错过了呢……"

看见罗畅哭，何大叶眼中的泪也撑不住了，这是这些年何大叶第一次在罗畅面前哭。

兜兜转转又三年，他们竟一前一后走了这么久。

夜色浓重，俩人在午夜北京的街头抱头痛哭，满腹委屈，又无能为力。

这种能抱着当事人哭的感觉真好啊，何大叶想。

如果当初，如果当初就能这样抱着他痛哭一场，是不是一切都会变得不一样？

他们会有一个温暖的家，一个长大后需要送去韩国整容再为国争光的孩子。

这些年，竟就因为各自的傲娇和幼稚，错过得这么干脆利落。

永无回头路，再无相爱时。

也不知道两个人抱团哭了多久，直至天色都有点微微泛白了才停下来。

他们看了彼此一眼，都是两颗红肿的眼睛。

千言万语，时过境迁，有些话说出来了，貌似解不开的人生疙瘩，从此消失了，然而伤感如影随形。

好像，他们真的错过了。

好像他们存在彼此生命里的意义，只是为了错过，为了推进人生的进程。

"天都快亮了，回去吧。"何大叶喃喃地说。

"不一起吃个早饭吗？"

"不吃了，困了，折腾了一宿，一点儿力气都没了。"

"嗯……"罗畅沉默半晌，伸手把何大叶一把抱进怀里，紧紧搂着。

搂了一会儿，他问："何大叶，你爱我吗？"

何大叶在他怀里点点头，又摇摇头："爱啊，但只能是爱过吧。怎么能一直都爱呢？我得救自己。"何大叶停了停，又问，"你呢？你爱我吗？爱过我吗？"

"我一直都爱你。"

"那你为什么不跟我结婚呢？"

罗畅一愣，没再说话，也不知道该说些什么。

何大叶从他怀里钻出来，觉得真要把这股委屈说出来："对于一个女人来说，一个男人对她最大的爱，就是跟她结婚。当然，结婚本身不重要，重要的是一种态度，敢承诺敢跟她相守的态度。罗畅，你对我其实不是爱，是依赖。可我不是你妈，我不需要你依赖我，我也想找个人疼我爱我让我依赖着，我不需要你那种像爱妈妈一样的爱，你懂吗？"

"我也分不清，可那些我们在一起的日子，大叶，你相信我，它们都不是假的。"

"别傻了。那些日子，你只是想我照顾你，疼爱你，宠着你，这些其实也是我需要的。罗畅，刘丹辞职了，这是她的决心，她很爱你。所以……以后咱们俩，还是不要再见面的好。"

罗畅沉默了，可也不得不承认，何大叶即便说得不对，但却很现实。

"继续做朋友的后果，只能是你不好，我不好，刘丹也不好。所以真没必要，你那么多朋友，不差我一个。"

"那我和刘丹的婚礼，你不能来了吧……"罗畅知道这个问题很蠢，但他却忍不住问。

何大叶笑笑，没说话，转身走了。

我们就把这一夜的眼泪，当作最好的诀别吧。它们，都是真的。

罗畅，一切都过去了，从今以后，咱们各自安好，咫尺天涯。

她边走边想。

想起了在派出所，那个东北大哥说的那句地道的东北话。

"嗨，多大点儿事儿啊。"

何大叶学着那大哥的东北口音：夺（多）大点四（事）儿啊。

活着就行，大家都活着就行。

那些爱啊，恨啊，不舍啊，难过啊，都是执念。

但愿有执念时，人人都是东北人，跟自己说一句：多大点事儿啊。

只要活着，就都能随风去。

我啊，只希望你们好好的，就算不好，就算见不到，也结结实实地存于这个世上。

这样想到你们，我才能有力气，安心地走下去。哪怕，一个人。

天彻底亮了起来，北京的又一个早晨来了。

何大叶坐在车里，看着远处的天空，这是一个让人揪心的不眠夜，她不知道这个夜里有多少人跟她一样醒着，一样悲伤着，一样大哭着。

但太阳出来之后，一切都会被阳光洗礼蒸发。

再见，再也不见。

罗畅久久站在原地，看着何大叶离去的方向。

一段爱结束了，没关系，他还有另外一段。

这世上有太多男人，从未让自己空窗过，他便是其中之一。

痛吗？是真的痛。

可……爱呢？却也是真的爱。

电话响了，铃声掺和在车辆过往的轰鸣声中，不那么刺耳。

罗畅接起来，电话那头传来刘丹清脆喜悦的声音，她说："亲爱的，我快到北京了，是不是很快？因为我太想你，所以连夜回来了，你想我了吗？"

罗畅对着电话笑了，许久，嘴唇慢慢张开，轻声说："想。"

折腾了一夜，何大叶的困意已经过去了，开着车在空旷的街上转悠，清晨的北京挺安静的，车也不多，如果没有雾霾，还以为自己开车在美国呢。

她也不知道自己到底在路上开了多久，开到车子渐渐多起来，辗转了几条马路，何大叶就被堵路上了。

堵就堵吧，心都堵了，还有什么好怕的。

坐在车里，看着漫无边际的车流，仿佛回望自己的人生路，一种没有尽头的绝望。

便秘一样移动了快一个小时，何大叶总算回到家。

忙活了一整夜，她已然困成狗，随便洗了个澡，往温暖的被窝里一钻，以一种准备睡到天昏地暗的架势倒下。

刚迷迷糊糊地睡着，手机就响了。

何大叶心里一阵不痛快，不懂自己到底与这世界结了什么仇怨，要让手机在她睡觉时一次次地响起。

摸索着拿起手机，屏幕上蹦出"贱人张"的字样，何大叶不由浑身一紧。

这名字是在她第一次去要房子时存的，一直没改。

贱人是个极端的称呼，可爱可恨，从敌人到朋友，只要在语气上稍作区分，其实都可以称他们是贱人。

何大叶晃神了一瞬，太久没联络，她有点不知道该用什么样的态度来面对。

迟疑着接起来，还没来得及调整声线，电话那边的张猛就急吼吼地说："大叶，阳阳不见了！"

五

何大叶不喜欢一类影视剧，比如《步步惊心》《武媚娘传奇》或是《倾世皇妃》。

这类玛丽苏剧的共同特点是：全世界的男人都爱我，全世界的男人那话儿都只能干我。

哪有这样的好事儿？

不过玛丽苏如果有个不对付的妹妹，叫"倒霉苏"，如果有人有心拍成电视剧，何大叶肯定自告奋勇来当女主角。

全世界的男人在倒霉之时，第一时间都会联系何大叶，好像何大叶这个孕妇在自顾不暇时，还能解决一切难题。

难道不是吗？晚上刚要入睡，罗畅被抓了，折腾一宿，身心憔悴；正在但愿长睡不复醒之时，张阳阳又丢了。

当然，前者其实不是什么大不了的事情，但一听张阳阳丢了，何大叶觉得自己肝儿都开始疼了。

大人对喜爱的孩子，都称呼为"小心肝儿"，此时，何大叶真觉得张阳阳不是她的小心肝儿，根本就是她的肝儿。

然而连何大叶自己都没有注意到，原来在男人的眼里，自己是这样无所不能。

起码在张猛看来是这样的，发现张阳阳不见，他第一个电话没打给舒颖，而是打给了她。

电视台的工作大多都在晚上，这让张猛白天腾出了不少时间陪阳阳。

虽然生活枯燥了一些，但是总算能拿出大把的时间来陪儿子，他觉得日子过得特别满足。

阳阳已经不再去上学了，舒颖一次次给张猛做着思想工作，他终于还是同意让张阳阳出国读书。儿子重要，但儿子的未来也一样重要。

既然自己给不了的，有人能给，张猛也只能欣然接着。

张猛是个乐观又绝望的人，他享受跟儿子相处的每一天，却也总把每天都当成最后一天活着。

这种矛盾心理他自己解不开，所以时常想起何大叶。

搬走之后他们没再通过电话，就像房东与房客一样，搬走了，缘分也就尽了，各自都成了对方生命中的过客。

很多事，不该勉强。张猛经常这样安慰自己，心里的坎儿，也就渐渐地平了。

可是人和人的缘分，有时候说尽，也不是那么容易的。

比如《向左走向右走》的男女主角，让观众从头揪心到末尾，总算还是遇见了。

再比如之前正在商场里跟张猛买变形金刚的张阳阳。

意愿被满足的他，乐呵呵地跟在张猛身后去付款，一转头，就透过落地玻璃窗，看见窗外等红灯的车流中，一个疑似何大叶的女人。

那女的安静地坐在车子里，侧脸看起来有些哀伤。

没错，这个女人，一定是他的手下败将何大叶。张阳阳暗自想。

他拽拽张猛的衣角，想指给他看，正在忙着接电话加付钱的张猛没理他。

眼见着要绿灯了，何大叶的车快要开走了。

也许是这个盼望已久的变形金刚使他的愿望满足，张阳阳终于变成了小孩，一着急，松开张猛的衣服，一个人跑了出去……

被棉被紧紧包裹着的何大叶瞬间睡意全无："不见了？什么叫不见了？"

"我把阳阳弄丢了。"电话那边，张猛的声音带着哭腔，脆弱得像个小孩。

"你在哪儿呢？"

张猛报了个地址，何大叶就把电话给挂了，坐在床上的她，迅速让自己平静下来，开启自己脑中的北京地图，瞬间反应过来张猛说的商场就在附近，赶紧爬起床，随便裹了件衣服，一溜小跑往那边赶。

商场门口，张猛正抱着买好的变形金刚着急，脸都扭曲了，看见迎面过来的何大叶，大概是没想到她会来得那么快，先是一愣，回过神后冲上去一把就把何大叶给抱住了。

"我把阳阳弄丢了，我怎么那么差劲啊？我怎么连一个孩子都看不好？"张猛一边自责一边抽搭，听声音像是要哭的意思。

一股无名火噌一下就在何大叶心里烧起来，一天之间，她生命中对她来说最重要的两个男人都在她面前哭了，想想自己这辈子也算到顶了吧。

要是哭能解决所有问题该有多好，从张猛怀里挣扎出来的何大叶想。

"哭个屁啊？丢了还不赶紧找？一个大男人，跟个娘们儿似的就知道哭，你以为你是孟姜女啊！"

　　何大叶骂完，张猛也不抽搭了。

　　眼看着儿子就要远走他乡，原本想在最后的这点时间里竭尽所能给他最好的，所以今天带他出来，想一次性地买足之前扣着没给他买的东西，却没想到，转眼就把他弄丢了。

　　张猛心里难受又自责，再看看眼前的何大叶，更觉得愧疚，他从没想过他们是在这种情况下再见面的。

　　不见何大叶的日子里，张猛幻想了很多重逢的场景，各个浪漫，各个扣人心弦，现实这样冷漠，总能轻而易举地打破所有幻想。

　　"分头找吧，你找商场里面，我找外面。"张猛恢复了些理智，对何大叶说。

　　人海茫茫，找个孩子哪有那么容易。

　　何大叶和张猛边找边打电话，几乎动用了这个城市里所有的关系。

　　商场里一遍遍重复着寻找张阳阳的广播，张猛徘徊经过商场门口刚好听见，眼眶一下就红了，他觉得自己的人生，从来没有像现在这么绝望过。

　　张猛是个不懂自省的人，这么多年，从模特到私家厨房再到电视购物，生活过得起伏坎坷，可他从来没抱怨过什么。

　　他总是埋着头任劳任怨地努力着，却从没抬起头勇敢地看看过去或者未来。

　　这些年，他把所有的时间和精力都给了张阳阳，不谈风月，不问世间情感，其实只是因为自己太没有安全感。

　　舒颖一次次地再婚，一次比一次嫁得好，其实张猛早就知道终有一天，她会带走阳阳，这个梦魇日日夜夜环绕着他，让他不得不生活得小心翼翼。

可终究是躲不掉。

如果阳阳丢了，那他的日子也算过到头了，从此以后，便再没有希望可言，可以去死了。站在车水马龙的街边，张猛绝望地想。

正想着，何大叶的电话就来了。

"阳阳找到了，在派出所呢。"何大叶说。

张猛一下子瘫坐到地上，真的崩溃了。

即使老天心肠好，让这绝望的时间不那么长，他也真的承受不起阳阳再有任何闪失了。

派出所里，一名警察不知道"天高地厚"，正在告诉张阳阳走丢的危害。

倚坐在长椅上的张阳阳正吃着警察叔叔送给他的棒棒糖，两条腿悠闲地晃悠着，睁着晶莹的眼睛，听着这位警察叔叔絮叨一些低龄的问题。

"……万一碰到人贩子怎么办？"

张阳阳歪头："千万不能大喊大叫，一定要听他的话，别被他打了。"

这位警察大叔一愣，根本没想到这小孩是这种回答："你要这样，不是明摆着被拐跑，最后被卖到贫困山区里去了？"

张阳阳觉得自己怎么可能这么蠢："那我可以逃啊。"

"你怎么逃？人贩子看着你呢，你要跟别人说，这不是你爸爸，其他人肯定以为你跟爸爸闹情绪呢。"

"不啊，我就等到人多的地方，然后躺在地上，说警察打人了！"

这警察抑制住咬牙切齿的冲动，认真地看着张阳阳的脸，想知道这孩子吃什么长大的。

此时，张阳阳见张猛和何大叶一起走进来，心满意足地笑了笑，没事儿人似的从椅子上跳下来去抱何大叶。

"何大叶，我可想你了。"

"哟，几天不见，小嘴变甜了啊。"何大叶抚摸着张阳阳毛茸茸的小脑袋，松了口气。

张阳阳笑，小手紧紧环在何大叶的脖子上，露出两只小眼睛冲正虎着一张脸的张猛得意地眨巴了几下说："张猛，我是不是特别厉害？走丢了我就自己来找警察叔叔，我没背过你的电话，但是我记得何大叶的，你以前在纸条上写的时候我就记住了，我比你聪明多了。"

眼见张阳阳一脸不知悔改还忙着炫耀的表情，张猛压抑的情绪爆发了，所有绝望和自责，在如释重负的这一刻，全都爆发了出来。

他冲上去，把张阳阳从何大叶的怀里拽出来，按在腿上一顿打，拦都拦不住。

正打着，舒颖和王海涛也赶来了，见状硬生生把张阳阳抱了过来。

舒颖没见过张猛发这么大脾气，知道张猛这次是真急了，可看着儿子无辜被打，心里也不是个滋味。

"干吗啊这是？你把孩子弄丢了还有理了。"舒颖护着张阳阳说。

"你们谁也别拦着。"张猛说着，上去就要抓儿子，一边抓还一边嚷，"你平时抖机灵也就算了，你知道你丢了我多着急吗？还得意扬扬的，觉得自己厉害，你哪儿厉害啊？你什么时候才能听话才能懂事啊？"

"你以为就你一个人着急吗？发什么疯啊你？"何大叶看不过去，上去一把拽住张猛，冲着他胸口就是一拳。

张猛的确是急疯了，谁也不惯着，挨一拳也全然无感，趁着舒颖没防备，又把张阳阳拽过来打了几巴掌。

这几巴掌下去，原本就有些害怕的张阳阳委屈地哭了，眼泪吧嗒吧嗒往下掉，一边哭一边说："张猛你干吗打我啊？我刚才在商场看见一个人，特别像何大叶，我想告诉你，可是你一直不理我，我就帮你去追她，想帮你看看到底是不是她，我知道你想她，可是你老不说，那我帮你找她还不行吗？"

张阳阳说完，所有人都沉默了，派出所里一片宁静，只有阳阳委屈的哭声。

张猛泄气了，把那只举在半空中准备打下去的手慢慢放下来，他蹲在阳阳面前给他擦了擦眼泪，轻声说："我是你爸，我是个大人，我自己的事情自己会解决。"

"你才不会呢。"张阳阳哭着说，"你连打个电话给何大叶的勇气都没有，你以为我真不记得你电话吗？我是想警察叔叔打给何大叶，然后你们就能见面了。

"张猛，我要走了啊，我很快就要跟妈妈去美国了，我不能再在你身边了。虽然你是个大人，但其实你一直都比我笨。在走之前，我得找个人照顾你，我才能放心啊……"

张猛哭了，他紧紧抱住张阳阳，任由张阳阳满脸的眼泪鼻涕往他身上擦。

何大叶安慰自己，一定是孕期情绪比较饱满，一定是今天太累了，累到想哭。

她怎么也哭了呢？

很多事情，哭过宣泄过，也就算结束了。

日子过得不紧不慢，张阳阳走失的事件很快就被时间冲淡，盖上一层又一层新的故事。

何大叶和张猛的关系，在张阳阳舍己为人的宝贵品质下，终于慢慢恢复了正常。

张阳阳尽职尽责地做着小媒婆，找何大叶来新家吃饭，然后三个人坐在一起其乐融融。

他们都刻意回避着过往，以及阳阳在派出所说过的话。

除此之外，一切都是默契而熟悉的，连沉默的时候都不觉得尴尬。

吃完饭，阳阳在沙发上午睡，何大叶在客厅来回溜达散步，张猛在厨房洗碗，偶尔对视一眼，欣然地笑笑，然后又各干各的。

生活不再那么孤单，有人陪伴的日子总是美好的。

何大叶的世界又重新有了人气儿，不再那么阴森森的。

只是他们已经不是年轻气盛的大姑娘小伙子，经不起热火朝天的恋爱，都是奔着平淡去的。其实，平淡一点也没什么不好，平平淡淡才是真嘛。

时间到了，张阳阳该走了。

分别那天，俩人开车把张阳阳送到机场，张阳阳还是往日小大人的模样，手举得高高地抚摸着张猛的头，苦口婆心地嘱咐："我走了以后你要记得经常给花浇水，每天晚上要刷牙，按时吃饭，还要让何大叶也按时吃饭，她虽然有点胖，但看着脸色太差了。"

何大叶在一旁听着，忍不住翻了个大白眼。

张猛看她一眼，笑了，扭脸对张阳阳说："怎么感觉我跟儿子似的。"

"谁让你老让我操心呢。"

说完，张阳阳背着手走到何大叶面前，从小书包里拿出一张卷着的纸递到她手里。

"何大叶，这个送给你，我画的。"

何大叶接过来，打开要看，被张阳阳制止了。

"现在不行，你回家再看。"

"怎么，怕画得不好，害羞啊？放心，我不会笑话你的。"何大叶撇撇嘴，笑着说。

"我以前看过你画的画，劝你以后还是别动笔了。"张阳阳一本正经地反驳，接着招招手，示意何大叶弯下腰，趴在她耳边说，"过几天你就过生日了吧，老张整天在家念叨，这就当我送你的礼物，生日快乐。还有，你替我好好照顾老张啊。"

何大叶心里一阵温暖，认真地冲张阳阳点点头。

过了闸口，张阳阳依旧不断回过头来跟他们招手再见，直到转过弯，再也看不见了。

眼见着儿子消失在拐角处，张猛终于忍不住了，眼泪哗啦哗啦地流下来。

张猛一哭，何大叶也跟着难受，离别的确是讨厌的事情，更讨厌的是，除了哭，无能为力。

一路上，何大叶一边开车一边安慰张猛，从机场回家的路有多久，张猛就哭了多久，哗啦哗啦抽着车上的纸巾，鼻涕擤得震耳欲聋。

车子在地下停车场停稳，张猛还在一边抽搭，最后一张纸巾已经被眼泪鼻涕浸湿，揉搓成一个小团，他还不罢休，捏着继续擦，不肯放手。

眼看着一盒满满的纸巾抽空了，起初还诚心安慰的何大叶，耐心也被磨光了。

"有完没完？都哭一路了。"何大叶给他个白眼，嫌弃道。

此时张猛的小心灵正脆弱，哪受得了这番批评，鼻头一皱，又要哭。

何大叶见状没搭理他，利落地下车把门一甩，大步往电梯门口走。

走了几步，她微微侧脸，余光里看见张猛正耷拉着脑袋跟在后面，丧气到不行。

两人一前一后回到工作室，张猛哭丧个脸，坐在沙发上继续感伤。

他想起昨天阳阳还在这张沙发上睡过午觉，抽搭。

又想起前天阳阳在这张沙发上玩变形金刚，再抽搭。

想着想着，记忆卷成一个巨大的毛球，继续抽搭。

何大叶本来不想理他，悲伤或者想念时，应该靠自己治愈，这样才够彻底，可哪知张猛不但没治愈，反而愈演愈烈。

"行了吧，阳阳是去上学，又不是不回来了，稍微哭哭就得了啊。"

张猛何其敏感，听见何大叶提阳阳，又伤感了，五官挤在一起，又哭。

何大叶实在受不了他娘儿们唧唧的，转身上楼换衣服去了。

等她再下来，张猛已经不哭了，拿着拖把正奋力地拖着地，原本乱糟糟的工作室焕然一新，闪着一水儿晶晶亮的光。

何大叶心头一暖，挺想上去抱抱他的，但怕他再哭，便忍住了，只安静地站在楼梯上欣赏。

张猛抬了抬眼皮，看见她，低头继续拖地，哭过的鼻子还没完全通气儿，带着一股子鼻音说："你也真够可以的，屋子乱成这样还能工作得下去。"

"一直这么乱，前几天你怎么不来收拾？"

前几天！

随便几个字都是他脆弱的开关，想到前几天，阳阳还没走呢，还在他眼前活蹦乱跳讲大道理呢……

回忆是个牛角尖儿，越去想就越难挣脱出来。

想到这些，张猛停下手中的活儿，眼神又黯淡了下来，不一会儿工夫，就又抽搭上了，边哭边担心说："阳阳将来要是也跟你一样不爱收拾，可怎么办啊？那他要怎么照顾自己呢？"

何大叶憋不住，笑了，从楼梯上慢慢走下来，走到底时张猛怕她滑倒，上去扶了她一把。

"哭就专心哭，不知道的还以为我把你逼哭的呢。"她溜达到沙发上坐下，心里暖洋洋的。

张猛看她坐好，换上抹布开始擦桌子，转脸就看见冰箱的门上，贴着满满的便利贴，那都是他走时留下的，写的时候事无巨细，贴出来没想到这么壮观。

写的时候没觉得，现在看看，自己还真有点儿小尴尬呢。

阳阳走丢事件之后，张猛下定决心以后要做一个会自省的男人，不如就从这件事情开始吧，他应该对何大叶主动一点，百折不挠，越挫越勇。

"吃完了……"何大叶不知道什么时候走到他身边的，倚在厨房的门口说。

"嗯？"

"冰箱里的饭都吃完了。"她补充。

张猛笑笑，笑得好看极了，他伸手把边上翘着的一张重新贴好，说："那我给你继续做呗，反正以后肯定有很多时间……"

"嗯，给我做饭给我打扫，把我当孩子照顾也不错。"何大叶本来想娇嗔一下，可这话一说出口就后悔了，恨不得抽自己两耳光。

果然，"孩子"又戳中了张猛，脸色再次变丧，五官渐渐拧成一坨。

"阳阳挑食，你说他在美国怎么吃饭啊？"

何大叶觉得自己人生列表中，"看男人哭"这一项，在这几天里频频发生，已经破表了，于是一咬牙，把心一横，在张猛还没正式开始抽搭之前，对着他一阵毒打。

张猛躲，她就追，俩人像孩子一样"咯咯咯"地笑着。

窗明几净，山高水长。大概，这就是最好的时光。

CHAPTER 10

请你永远一爱再爱不要低下头，
别怕青春消逝就不信单纯的美梦

一

大多数时候，生活本身就是个巨大的悖论。

何大叶三十二岁生日正式到了，路边买来的廉价日历本上写着，黄道吉日，诸事皆宜。

虽然不迷信，但何大叶也喜欢这种普天同庆的感觉，她生日那天能为众生带来好运气，这是件多让人得意的事情啊。

可是这一天对她来说，一点都不喜庆，日历上血红的大圆圈无时无刻不在提醒她：今天你三十二岁了！今天罗畅和刘丹要领证结婚了！

之前，俩人定了日子，刘丹演了几天《甄嬛传》，还是挺不下去了，做不了高冷一族，生怕何大叶介意，一个电话打过去，说："因为近期罗畅飞行任务排得满满的，唯一看上去没那么丧的日子只有这天了。"

刘丹说："连十月一号我都忘记是国庆，只记得是七天假期开始，任何重大节庆还都是姐你提醒我才记得，我真不记得这茬儿了。"

毕竟是多年的好姐妹，何大叶也演不了《甄嬛传》，特别恼羞成怒："你个'小婊砸'，挑你老公前妻生日那天结婚，你俩是死活要在我身边阴魂不散是吗？你是给我找堵，还是给自己找堵？"

刘丹特会转移话题："姐，要不然你结婚选我生日？"

何大叶说滚。

罗畅倒是好说话，发微信给何大叶："要不我们改天登记吧？"

"你真是出息大发了！又想逃婚是吧？赶快麻溜利索地去给我登记，登完记后给我发张结婚合照，你俩赶紧把事儿办了给我消停一下吧。"

罗畅想一出是一出的："要不你过来？我们登记完给你过生日得了，手心手背都是肉啊。"

何大叶回说："去干吗？我又不是没见过。"

这句话说得太伤感，她何止见过，她还跟罗畅一起参与过呢。

想了想觉得怨气太重，不符合她最近精神焕发的状态，赶紧改口："祝你们幸福，狼狈为奸地幸福下去。"

哼。

这些年掏心掏肺地对他俩好，没想到养出一对白眼儿狼，连她生日都忘了。

不过，本来嘛，掰着手指头算，其实这个三人戏码，谁都没错。

只是该说清楚的时候没说清楚，最后弄得没法收场，只能眼瞅着两个身边最近的人，离她越来越远。

不过细想想，这是俩人要跟她和好的节奏？借这个由头主动示好？宣布既然裂痕已经产生，那不如裱在相框里，咱们谁都别再把这事儿当成事儿了？

唉，三个人摽着劲儿地装大方，也是有点装过头了，太西方了，一点都不符合社会主义中国快意恩仇的一面。

不过再大的事，今天都与她无关，她只想好好过个生日。

三十二年前，何妈辛苦把她生出来赋予她生命，不是让她用来苦大仇深的。

在镜子前捯饬了半天，给自己化了个淡妆，选了衣柜里最贵的一套衣服给自己穿上，怀孕的迹象渐渐在她脸上展露出来，眼看就要遮不住了。

看着镜子里的自己，何大叶有些哀伤地想，不知道这样对镜贴花黄的日子还能持续多久，这几年自己沧桑了太多，眼角的鱼尾纹也越来越深了。

她想给自己放个长假，不干别的，就是砸碎家里的所有镜子，就在家邋遢地躺着。

其实何大叶有时候挺羡慕黄脸婆的，至少她们活得比谁都坦荡，青春这东西在她们眼里那么廉价，还不如菜市场里大减价的咸鱼来得划算。

她们不打拼也不打扮，生命赋予她们的意义就是照顾老公和孩子，直到有一天发现老公出轨为止。

这个理论跟"既然男人都花心，不如找个帅的"同理，反正漂亮女人的老公也不一定留得住，那何必费心捯饬自己？

"唉……"

何大叶对着镜子里妆容精致的自己叹了口气，三十岁之后的每一个生日都是一个残忍的提示，告诫女人"你要老了，你的皮要皱了，你的男人要跑了"。

遗憾的是，何大叶还没有男人，跟张猛还没结婚，全世界都可以是她的家。

这算悲观主义吗？

打扮满意了，何大叶看了看墙上的表，下午两点多，她盘算着罗畅和刘丹应该上午就领完证了吧，也没给她打个电话说一声。

心烦地翻了一遍朋友圈，俩人谁都没晒。

也好，秀恩爱死得快，低调一点没什么不好的，何大叶想。

跟张猛约好今天晚上一起烛光晚餐，本来何大叶说去外面吃，但张猛不同意，说外面的东西不干净，还是自己在家做，他还吹牛说自己的水平已经接近米其林三星水准，放在北京任何一个高档餐厅里，都是当主厨的料。

一阵困意袭来，何大叶有点后悔自己打扮得太早，三点多正是睡觉的好时光。她躺在沙发上，盯着窗帘缝隙晒进来的一缕阳光，眼皮刚要合上，尖锐的电话铃就响了。

电话是刘丹打来的，何大叶以为是来报喜的，心情有点复杂但也挺高兴，至少她还会第一时间给她报喜。可接起电话那句"恭喜"还没来得及说出口，那头的刘丹就用特别冷静的声音对她说："姐，罗畅跑了。"

民政局的一个角落里，刘丹淡定地挂了电话。

刘丹心态挺好，没哭没闹没着急，一个人坐在那里划拉着手机屏幕玩游戏。

这里是个喜庆的地方，不管来结婚还是来离婚，都是眉开眼笑的，大概同样是要开始一段新生活的人们，所以各个都有好心情。

如果没出意外，半个小时之前刘丹的新生活就应该开始了。

原本排在她后面的几对新人接连登记，满面红光地离开了民政局，出门前还不忘看刘丹一眼，她男人跑了，这事儿要是搁大街上没人注意得到，可放在结婚登记处就格外显眼起来。

输人不输阵。

刘丹波澜不惊地冲每一对把她当笑话看的新人摆摆手，优雅得如同第一夫人阅兵一样。

天色渐渐暗了，登记大厅里的最后一对新人办完手续，手牵手走了。

登记大姐坐在柜台后面伸了个懒腰，觉得今天不是那么良辰吉日，新人有点少，一歪头看见刘丹还坐在那儿，有点无奈地摇了摇头。

有本外国小说叫作《失物招领处》，笔法严峻，但不太符合中国国情，如果要拍成中国电影，不如就叫作《婚姻登记处》，其实意思是异曲同工。

这位大姐见证了罗畅尿遁的全过程，不过干一行见一行，这种事在登记处早已是喜闻乐见。

男人太鸡贼，姑娘们太傻，总是眼睁睁看着自己的男人，用"抽烟""上厕所""接电话"之类最平凡的借口，从她们的生活中一去不复返。

这些被丢下的姑娘，有人愁眉苦脸，有人大哭，有人撞墙，有人拍案而起要杀之而后快……不管是娇弱还是生猛，她们要接受的事实都只有一个：那个曾经跟她们上床后山盟海誓的男人，在给予真实承诺时，临阵脱逃了。

但是不管怎样，像刘丹这样没心没肺还跟人招手祝福的，基本也算是头一个。

见多识广的登记大姐喝口水润润嗓子，特干脆地朝刘丹喊："姑娘，过来喝口水。"

寂寞了一下午，总算有个跟她说话的，刘丹也来劲了，站起来大大咧咧晃悠到办公台前坐下，假装没事人一样地说："大姐，我不渴，您别这么早下班啊，我还等我男人回来登记呢。"

登记大姐不屑地冷笑一下。

"我这辈子没干别的，就在登记处看男人临阵脱逃来着。在这个地方啊，男人一向比女人尿，他不会回来的。"

"大姐，没到最后一刻，话不能说得这么满，人生有时候就跟反转剧似的，结局谁都说不好。"

"我这可都要下班了。"大姐看刘丹挺倔，指了指墙上的表给她看。

"这不还有四十分钟嘛，您坚守岗位为人民，早退这事儿一看您就干不出来。"

"姑娘你少跟我贫，你这种情况我见多了。回家洗个澡，睡一觉，你年纪轻轻的，第二天满街都是两条腿的男人，任你随便挑。今天的事儿，甭跟自己过不去，人生还长着呢。"

"对，您说得是，我的人生还长着呢。您也年轻貌美着呢，难免不会看走眼。"虽是为她好，但刘丹就是有点儿介意。

"行，咱俩今天就打个赌吧，多了我没有，咱就赌九块钱登记钱。"登记大姐一拍桌子，作气吞山河有把握状。

刘丹觉得这赌打得新鲜，说行，掏出手机在大姐面前晃了晃，然后打给罗畅。

反复拨了几遍，都是漫长的忙音，没接。

大姐双手环在胸前，冷笑着："你说你这不是自己打自己脸吗姑娘？我二十岁就在这儿工作，十八年这赌就从没输过。"

刘丹心里烦躁，面子上也有点过不去，她噌一下从椅子上站起来，脸上挂着僵硬的笑容。

"大姐，这四十分钟对您来说是四十分钟，时间一过，您就回暖洋洋的家，跟老公孩子一起吃热乎乎的饭，特幸福。可对我来说，这四十分钟意义特别重大。就算我现在走了，也给自己挣不回多少脸面，而且我一辈子想起这一天都会是咬牙切齿的丢脸。我不走，也就再丢四十分钟的脸，他就算不来，我也不会后悔没等他。走出这个门，说不定还能再找个靠谱的男人好好过。长痛不如短痛，同理啊，长丢脸也不如短丢脸，您说对不？"

登记大姐看刘丹认真的样儿，有点心疼，沉默着没说话。

刘丹接着说："咱自己的男人，就得信。我都信了他这么久了，再多信四十分钟又怎样？人生不就是靠个'信'字哄自己嘛。您信他跟其他男人一样，但我就信他能回来。跟了他一阵子，好的时候我享受到了，不能一露马脚我就闪人呐。不着急，等我等完这四十分钟，我才能拍桌子骂这个撒泡尿都能顺下水道溜走的主儿是乌龟王八蛋。"

登记大姐没招了，也不打算劝了，都是人家自己家的事儿，外人也管不着。

这姑娘这么自信满满，她倒也想看看，到底是因为她傻，还是因为这真是个脑子暂时短路的靠谱的男人，能给一个女人如此莫名又满满的安全感。

登记大厅里安静了下来，墙上的电子时钟雀跃地蹦跶着，鲜红的数字无比刺眼。

另一边，何大叶正在上演真实版的《极品飞车》，拿车当飞机开，赶去罗畅那里。

原来挂了刘丹电话后，罗畅的电话竟紧随其后。

电话里，他怯生生地说："何大叶，我想不到别人了，只能给你打电话。你说我是不是有民政局恐惧症啊？怎么一进去就想跑呢？我现在可怎么办啊？"

何大叶对着电话一顿臭骂，先发了心里的火，又问清了地址，疯了一样就往那边赶。

罗畅没跑太远，他跟刘丹刚进去登记大厅外面就开始下雨，地面湿滑，他从厕所翻窗户的时候崴了脚，这会儿正捂着脚在民政局不远处的一家咖啡厅里坐着。

见何大叶气势汹汹地进来，罗畅有点怵，毕竟在逃婚这件事上，他是惯犯，太容易被数罪并罚。

何大叶站在他面前，他坐着，一脸讨好地仰头看着她，揉着自己的脚腕说："民政局的厕所窗户还真高，把脚给崴了。"

何大叶居高临下地看着他，二话没说上去冲着他的脚踹了一下，这一脚踹得不轻，罗畅疼得龇牙咧嘴，愣是没敢叫出声。

"少废话，走。"何大叶说。

"我不想回去。跑都跑了，再回去也不是个事儿啊。"

"谁稀罕你登记不登记？你待在这儿干吗？等着刘丹提刀来杀你吗？"

罗畅一时有点摸不清何大叶的路数，悻悻地站起来，一瘸一拐地跟在她后面往外走，走到门口时被服务生拦下，说是还没买单。

何大叶面无表情地站在一旁等，罗畅也没有要掏钱的意思，不一会儿他走过去，轻轻拽了拽何大叶的衣角小声说："我……没带钱。"

何大叶火大，心想你丫还真是牛 × 万年啊，出来结婚都不带钱，不带钱还敢点咖啡？

强忍着怒气付了钱，两人一前一后地上了车，罗畅还没坐稳，何大叶就一脚油门冲了出去。

雨越下越大，在光滑的玻璃窗上挂起一道阴森的水帘。车子开得飞快，让罗畅有点害怕，紧紧抓着车顶的把手。

一路狂飙，何大叶直接把车开到工体西路的夜店区，一个急刹车停了下来。

罗畅不明白这是什么意思，小心翼翼地瞄了何大叶几眼，问："怎么停在这儿？"

何大叶没接话，面色平静地把车窗摇下来。

刺骨的冷夹杂着雨灌进车里，她把衣服裹紧了一些。

路上，三两成群的姑娘们，在这样的天气里依然一身短打，露肉黑丝袜，任风再怎么吹都倔强得不肯抖一下。

何大叶看着她们几个人挤在一把单薄的透明伞底下，不为自己，就为了护着自己存了几个月薪水买的名牌包时，又心疼又感慨。

"你知道吗？我二十多岁的时候，特羡慕这些妞儿。长得真高档，身体素质也好，五冬六夏全是黑丝袜，再冷的天儿，说话都不打牙战，去夜店就跟回自己家似的。后来，有朋友发善心带我来这儿玩，我还赶紧在楼下小超市买了双黑丝袜穿上，结果那个冷啊，整条腿都冻红了。后来年纪大点儿了，经不起冻，再去这地方连秋裤都穿了。可年纪大了，也有羞耻心了，心想我没事在这儿当什么壁花小姐啊，就再也不来了。"

"何大叶你别侮辱我当年的选择啊，你哪有那么差？"

"对啊，我没丑到惊世骇俗，胸没小到雌雄莫辨，性格也挺好，能力也不差，我什么都没那么差，但仅仅是不差啊！哪个女人愿意承认自己这辈子仅仅是过得不差呢？"

"不差总比差要好，何必对自己那么苛刻呢？"

何大叶嘴角一挑，自嘲地笑笑。

"我这辈子就是被这点不甘心给框住了，总觉得人生非黑即白。所以我挺羡慕刘丹的，从不跟自己较劲，想做什么就做什么，想爱谁就爱谁。感觉对了，想结婚就结婚，活得特自我特潇洒。"

"是啊，跟你比起来其实谁都算是潇洒的。你太倔，跟驴似的，不然咱俩也不会就这么错过了。"罗畅说。

"要是我再年轻几岁，那天早晨兴许一上班我就跟你直奔民政局再赌一把了。只是我现在不年轻了，没法用青春赌明天了，而且我早改了这个为了不甘心就死撑到底的毛病了。如果当不成主角，干脆连戏都罢演，跑跑龙套露个脸啥的，没意思。"何大叶说完，按开门锁，对罗畅说，"你走吧。"

"你让我去哪儿啊？"

何大叶指指眼前的夜店说："这就是你家啊，一个想来就来想走就走的地方，遍地都是爱人，没人期许你给他们一个承诺，你也不用承担任何责任，多好。"

"这不是我家……"罗畅低着头，轻声辩驳，声音越来越小，余音渺渺如同一缕青色的烟。

何大叶不理他，继续说："没有何大叶，还有何小叶何树叶，没有刘丹，还会有张丹李丹。那么多，随你挑去吧。不过无论你怎么选，都别逃避，得当面跟刘丹说清楚。你总不能一流血就喊疼，怕黑就开灯，想念再联系，疲惫再放空。罗畅，女人这点儿脸面不是让你随便糟蹋的，说你幼稚，说你孩子气，但事实上你已经不是小孩儿了，你都人到中年了，要还幼稚，只能算智障。你要还有时间，就耗吧，时间总能给你筛选出对的人。咱俩错过了你后悔，你跟刘丹错过的话就别后悔了，你总不能一直都在后悔里活着。"

罗畅不说话，何大叶也不说话了，电话铃声响了一遍又一遍，罗畅看看手机，又放下，不肯接，直到手机不再响了。

"对不起……"

"别说对不起，对不起有什么用，一个愿打一个愿挨。只是我挺佩服你的，最后一刻，你还是不肯放过我，要让我亲自送你走完最后一程。"

"大叶，我找你，是因为我真的把你当作很重要很重要的人，我只是不想一个人待着，我没想给你添麻烦，你信我……"

"不是不信你，是我的信任都被你耗光了。罗畅，今天是我三十二岁生日你都不记得，我怎么信你？你在我生日这天结婚，还在这天给我添这么大个堵，我又不是圣母，让我怎么波澜不惊地接受这一切啊？"

罗畅心里忽然咯噔一声，那个曾经认真地记得他们的每一个纪念日，送过各种离奇礼物的罗畅，去哪儿了呢？

那些曾经以为会一辈子记得的事情，在我们无数的念念不忘之后，却在某个瞬间，突然发现，仿佛从未存在过。

见罗畅没说话，何大叶自嘲地笑笑，顺手拿起罗畅的手机，从通信录里删掉了自己的号码。

罗畅想拦，何大叶身子一歪，按下了删除键，所有的记忆和过往，随着红色的删除键一起消失得无影无踪。

做完这件事，何大叶坦然一笑，把手机还给罗畅，同时念出了罗畅的电话号码。

"你瞧。"何大叶说，"你的号码我一直记得，但你记得我的吗？"

"大叶……"沉默半晌，罗畅动动嘴唇说。

何大叶心里的那团火终于熄灭了，灭得彻底，连春风都吹不生。

"上次咱俩就一副诀别范儿，这次又见面了，说了不联系，还联系我，我都为你不好意思了。把号码删了，别说朋友了，陌生人我都不想做了。"何大叶说。

"大叶，咱们至于走到这一步吗？"

"罗畅，我要过我自己的人生了，你往前走，我也应该朝另一个方向大步往前走了。我落后得太多，我得开始属于我自己的生活。有你在，不管我怎么伪装，最后都会被你一个电话打回原形。咱们各自过好各自的人生不好吗？为什么要这么狗血地纠缠彼此？搞得就跟多难舍难分似的，何必呢？"顿了顿，何大叶咔嚓一声开了车锁，继续说，"你下车吧，下了车，咱们以前所有的瓜葛都一笔勾销。你想去夜店，想去登记，都随你。从此以后，我只希望咱俩的关系只有阴阳相隔。求你，别让我后悔认识你。毕竟，你除了结婚这事儿犯过尿之外，在我心里，是个很好的人……"

罗畅看了一眼正目视前方目光坚定的何大叶，没吭声，拿着手机默默下了车。

门关上的瞬间，何大叶踩下油门，飞一样地跑了。

红灯在雨中模糊成一片，何大叶看着那点点红，跟结婚证离婚证一个颜色。

她生命中最重要的一个男人，被她在半途踹下了车，毅然而决绝。

从此以后，她的车，有人上来有人走，却再也与罗畅无关了。

手机响起短信声，何大叶拿起来，是一串没有标记的号码，但这串号码对她来说再熟悉不过，就在几分钟前，她还熟练地背诵过。

短信上只有三个字：我记得。

何大叶突然觉得心口一堵，哭了，起初还只是啜泣，后来干脆趴在方向盘上泣不成声。

她一边哭一边捶着方向盘，心想为什么？到底是为什么啊？你们一个个地抛弃我，又随意地回过头来找我，可我也只想主动地抛弃一次，却谁都不肯给我机会。

　　她原本以为，在她占山为王的国度里，自己占尽先机。

　　但事实上，她一点主动权都没有，一点都没有。

　　罗畅发完短信，淡淡地笑了。

　　大叶，对不起，原本想慷慨一次，可我始终做不到，你于我，是生命中最重要的人，我终究还是放不下。我得让你知道，那些过去，那些爱，都是真的。

　　罗畅默默地想。

　　雨越下越大，把他彻底淋透了，身子一凉，脑子也跟着清醒了不少。

　　记忆在他脑子里跟小电影一样过了一遍，从认识何大叶到结婚到逃婚到相濡以沫的三年，再到认识刘丹。

　　记忆里，直升机上的山高水长依然清晰，跟画似的，刘丹坐在他旁边，生死关头紧紧握住了他的手。

　　罗畅的右手手心钻出一股温热，他想起那一刻，刘丹给予他的除了勇气，还有满当当的安全感。

　　没错，安全感。

　　这是罗畅最想要的东西，也是刘丹给予他的，最多的东西。

　　罗畅此时给刘丹打电话，刚要接通，手机突然没电了。

　　老天也不愿给我机会是吗？

　　以前他是那种如果往前迈一步，风雨依然飘摇，他连伞都不去找，就直接撤走的人。

　　如果出现这种情况，刘丹会怎么做？

　　罗畅突然在雨里奔跑起来，越跑越快，悲伤也随着风雨越来越淡。

他要奔向自己的未来，去迎接新生活了，就像何大叶一样，勇敢而决绝。

他要去弥补那些被他伤过的心，大叶不给他机会也不需要了，而另一颗心的主人刘丹可能还在民政局等他。

犯错误不可怕，可怕的是一犯再犯。

只有他重新开始，才能同时还给大叶一个未来。

没有他的未来。

他不知道是否来得及，不过他不再像何大叶那样，认命于生命里的每一个失落。

今天来不及，那就明天啊，明天来不及，那就后天啊，刘丹不再给他机会，他就努力争取啊。

眼前浮现出刘丹永远波澜不惊、很难生气的脸。

只要我这个混蛋不死，我永远不会再像以前那样，错过我珍视的人。

哈，我是个混蛋？罗畅突然觉得好受一点。

永远都觉得自己英明神武的完人太多了，从此刻开始，就让我做一个勇于承认错误的混蛋吧。

一口气跑到民政局门口，落汤鸡似的罗畅弯着腰喘气，拿出手机对着黑漆漆的屏幕调整了一下面部表情。

一对刚登完记的小情侣恩爱地从里面出来，罗畅上去拦住人家问："哥们儿！觉得我现在的精神面貌怎么样？"

小情侣一头雾水地对视了一眼，男的觉得他是神经病，女的觉得这是个好看的神经病，以慈悲的心态接这茬儿："结婚离婚啊？离婚的话太喜庆，结婚的话就有点丧气。"

罗畅深吸口气大步走了进去。

不管刘丹还在不在，他都得进去。

大厅里，登记大姐办完了掐着点临时决定结婚的最后一对小情侣，伸了个懒腰。

刘丹坐在一旁心里羡慕，同样是闪婚，人家就办得这么如鱼得水，自己的就坎坷蹉跎。

上帝为每个人写的人生代码都不一样，不知道自己的代码里，究竟有没有罗畅。

在别人面前再自信，自己心里也空落落的没个底儿，罗畅是惯犯，有前科的，她突然想起何大叶，不知道那时她的心情是怎样的。

登记大姐敲了敲桌子，叫了一声正放空的刘丹说："姑娘，我下班了。"

刘丹瞅了一眼墙上的时钟。

"这不还有五分钟吗？"

登记大姐有点生气，说："要来他早来了，你跟我这儿较劲有用吗？"

话音刚落，罗畅就赶到了，扶着门框哼哧哼哧喘气，一边喘一边问："大姐，您看到刘丹没有？"

大姐深深地叹了一口气，翻了一个白眼，看着坐在房间角落里的刘丹："你叫刘丹啊？"

刘丹腾地一下子从座位上站起来，看了看罗畅，对登记大姐说："文刀刘，宋丹丹的丹。"

罗畅有些惊讶，刘丹真的还在这里等着。

一个人执着地在登记处等，像失物招领那般，坚信跑掉的人还会回来。

一个人固执地一定要跑回去，相信还有人即使心碎了，也还在那儿等着。

婊子和狗，天长地久。

他是那关键时刻就会犯浑的婊子夫，她是信人信爱信天地的忠犬妻。

罗畅抱着刘丹，久久不肯松开，像抚摸着珍贵无比的宝贝一样，嘴里喃喃地说："久等了，让你久等了。"

刘丹挣扎了几下，罗畅以为她生气了，急忙要说点什么。

刘丹不听，愣是费了好大的劲儿才从他怀里挣脱出来，拽住他的衣服就往柜台前拖，边拖边催促："磨叽啥呀？就剩五分钟了，账回头再算，先把手续给办了。"

大姐没好气地递过表格让他们填，不过心里挺替刘丹高兴的，去而复返的男人在民政局这可算是头一遭，兴许他们日后过得，真会比没逃婚的要顺利。

就跟小时候长水痘一样，长过就免疫了，人生路自此无须挂牵。

想想这儿，她高兴了一点，示意他们掏钱。

但这对新人脸皮很厚，没啥反应。

"九块钱啊！登记不花钱啊？"

罗畅的反应是：坏了，出门登记还不带钱，刘丹别待会甩手走了。

不过刘丹没给他害怕的机会，指着大姐笑着说："大姐，您可别耍赖啊！您输了，欠我九块钱。"

大姐也不乐意了："还真让我掏啊？"

"婚礼那天我派专车请您当证婚人！您意义重大，这九块钱必须得是您掏，我才能婚姻幸福。大姐，您不会希望下次在离婚登记处看到我吧？"

"呸呸呸，说什么呢。"愿赌服输，大姐从口袋里掏出十块钱在刘丹面前晃了晃，给她交上，这辈子也算积德积福了，请人结了次婚，真喜庆啊。

找回来的一块钱，登记大姐刚要往口袋里装，就被刘丹平地一声吼给拦住了。

"大姐，这一块钱得给我呀，这代表结婚后的大半辈子，年年有余的意思，是幸福的象征。"

"姑娘，咱们说好了就赌九块钱，怎么这一块钱你也贪啊？"

"我这婚结得太悬乎，您全程见证着，那一块钱就当是您给的份子钱了。我怕您来当证婚人的时候份子钱给太多，多不合算啊。"

刘丹还真是个自然熟，走到哪儿都能交朋友，看着两枚妇女正孜孜不倦地讨论这个无聊的话题，罗畅实在是忍不下去了，奋力一拍桌子，大厅安静了。

两个女人不说话，明显是受了惊吓的样子看着他。

"是不是接下来就盖章了？盖章就生效了？"罗畅突然谄媚地问大姐。

登记大姐白了他一眼，心想自己今天遇见的神经病还真多，于是特没好气地说："是，盖章之后再后悔，民政局没人会像我这样陪你们玩了。"

罗畅听到这儿，作沉思状点了点头："大姐，我再耽误您两分钟。"他微侧着身子握住刘丹的手，突然单膝跪下了。

刘丹惊了一下，往后倒退两步看着他。

"刚才的事儿，你也许可以假装民政局的厕所在三十里开外，或者当我被绑票了刚逃出来。但事实却是我犯怂了，这是我无论如何都回避不了的。"罗畅有些动容，"我活了这三十多年，怂了很多次，最闪闪发光的两次，一是跟何大叶的婚礼，二就是刚才。我跑，是因为我挺怕的，跟你在一起的每一天都新鲜，我是真心希望能永远跟你在一起，可我就怕结婚登记婚礼这些事会让生活变得不再新鲜了。可就在跑掉的这段时间里，我突然就想明白了一点，所谓新鲜感，不是与未知的人一起去做同样的事，而是跟已知的人去体验未知的人生。我以前选择前一种，所以过得特不幸福，害了别人，也害了自己。现在我希望，咱俩能携手共进，一起看看后一种活法是不是更幸福。

"以后的日子，我没准儿会继续犯怂，我没资格要求你做什么，但我却想请求你，在我每一个犯怂的时刻，都在后面猛踢我一脚。

"我走路不拐弯，只是步伐有点慢，但我会慢慢带着你，走向咱俩都希望的终点。

"这一辈子，吵吵闹闹，共赴黄泉。刘丹，你愿意吗？"

听罗畅啰里啰唆地说完，刘丹一副"就这些"的表情："你说完了？"

罗畅也惊讶刘丹平淡如水的反应，他转头看了一眼大姐。

登记大姐的嘴巴张得老大，眼睛向上翻，拿手指偷偷擦了一把眼角渗进鱼尾纹里的老泪——这才是正常人的反应啊。

再回头看看无动于衷的刘丹，"你没什么想说的吗？"

刘丹歪头想一想："嗯……非要我说点啊，我有个要求。"

"我什么都答应你。"

"你一定……"刘丹突然泣不成声了，"你一定要活很久很久，别再把我抛下。"

"我答应你，"罗畅用力点头，"以后无论何时，我都不会把你抛下。我会不择手段，死皮赖脸地活下去。"

"姑娘别哭啦，快到点了。"登记大姐提醒她。

刘丹瞄了一眼墙上的时钟，急忙收了哭声，还剩不到一分钟了，她抽搭着拿过桌子上民政局的章，狠狠地盖在结婚证照片里她同罗畅的脸上。

时间刚刚好，她的新生活不偏不倚，总算在计划中的这一天开始了。

盖完章，刘丹若有所思地抚摸着结婚证，结婚的心情并没有她想象的那么波澜起伏，一切发生得太快，就跟猪八戒吃人参果一样，还没来得及咂巴出味儿，就过去了。

"以后我就是已婚妇女了？"刘丹带着哭腔，问登记大姐。

大姐点点头。

"以后，我跟他发生任何事都是人民内部矛盾了？"刘丹似乎很难过，再问。

大姐再点点头。

刘丹满意地笑笑，笑完以后眼里换上杀气，扭脸一个巴掌呼过去，把毫无防备的罗畅直接呼倒在地。

罗畅捂着脸，没弄明白是怎么回事儿，惊讶地瞪着刘丹问："干吗啊？你以前可不这样的！"

"你不是说我给你的每一天都是新鲜的吗？今天我就暴露我的真面目，看看是不是跟歌里唱的那样，你对我的依恋愈加明显。"刘丹咬牙切齿地说。

婚已经结完了，逃婚这笔账也该算一算，窝着火一下午没干别的，净摩拳擦掌磨刀霍霍了。

登记大姐也被这一巴掌给打愣了，心想这姑娘怎么晴一阵阴一阵的呀，聊了一下午，还真没看出是条会打人的铮铮女汉子啊。

"别打啊，刚结婚，得好好的，这是干啥啊？"登记大姐劝。

刘丹扭过脸看她，眼里的杀气还没散，伸出手问大姐要刚才那一块钱。

大姐俨然是被这气势给镇住了，哆哆嗦嗦从口袋里掏出一枚硬币放在刘丹手里。

"大姐，这一下午给您添了不少麻烦，对不住了。这一块您给我的份子钱，我刘丹记在心里。以后您家有红白喜事儿甭跟我客气，打电话我准来捧场。"刘丹作江湖大哥状，拍拍胸膛保证道。

"不用你来，不用你来。"大姐心说这丫头又倔又出其不意的，"丫头，听大姐话啊，有话好好说，别动手。"

"那也得把账先清算了，大姐，您这一块钱不白花，我就先揍他一块钱的给您看。"刘丹阴沉地一笑，转身对着罗畅又是一顿毒打，一边打一边说，"你丫还敢逃婚，你知道这一下午我是怎么熬过来的吗？"

"我这不是回来了吗？！"罗畅一边挡一边说。

登记大姐看看表，下班时间已经过了，心想反正已经下班了，让这小两口闹去吧，泄完心里的火，这对小冤家这辈子也就分不开了。

她收拾了一下桌面，起身去上厕所。罗畅趴在地上，两手扒住办公台嚷嚷着："大姐，您不能见死不救啊，你们政府不是为人民服务吗？逃婚也是人民啊。"

大姐回头笑了一下说："登记的时候你跑了，多严重的政治问题，放以前都得枪毙。我也去上个厕所，回来不回来不一定啊。"

大姐遁去，留下刘丹孔武有力的拳打脚踢和罗畅惨绝人寰的叫声，她也有点不忍心，回头喊："等我回来，就不揍了啊，咱们说好了啊。"

门外一对掐点儿来的夫妻见状，不知道怎么回事，问大姐："离婚是在这儿吗？"

刘丹今天的结局，让大姐觉得，这十八年的登记生涯被颠覆了，以后不能再这么行尸走肉地过了。她指着腕上的表，对着那对夫妻喊："几点了？几点了？离个婚都不准时，离个婚都不诚心，你俩有意思吗？正常人都知道这时候下班了，你俩还来这里演一趟啥生离死别啊，要是有感情就好好谈谈，我们人民政府不是让你们折腾的！"

这对怨偶眼看大姐，耳闻被痛殴的罗畅的呼喊，决定还是暂时不离，扭头跑了。

雨越下越大，总算下出了冬天的预兆，天冷了。

大姐望着门外，想着自己十八年来见过的形形色色的故事，每对其实都不尽相同。

不过有个道理她还是信的，这婚啊，结没结过，还真是不一样呢。

二

何大叶躲在车里还没哭够，身后就响起一片片此起彼伏的喇叭声。

她抬头看看，模糊的红已经变成一片模糊的绿，她按开雨刷器，雨刷无精打采地在她眼前摇摆了几下，笔直地停在窗玻璃中间，坏了。

手机丁零又响了一声，她拿起来刚要看，没电了。

这一天里接连不断的倒霉，终于耗尽了何大叶所有的耐性。

她双眼看天，长叹了口气，怒砸方向盘泄恨。

没错，生活本身就是一个莫大的笑话，活在笑话里的人用自己的凄凉和悲惨倾情演绎，以此来博冷眼旁观的人一笑。

借着模糊的视线，何大叶小心翼翼把车开到路边停下，翻箱倒柜地找手机充电宝。

刚找没几下，车外就有人砸窗户，她朝窗外嚷嚷了一句，说马上走，车子发动起来，窗外的人依然不屈不挠地把玻璃砸得砰砰响。

不耐烦地摇下车窗，一张不耐烦的中年妇女脸直接探了进来。

"停车费十块钱。"中年妇女咬着标准的北京腔，一脸的来者不善。

"我这才刚停下，人都没下车，你就问我要十块？再说这儿又没画线，也不是收费停车场啊。"何大叶坐在车里跟她理论。

大概是已经淋了一下午的雨，妇女防风衣帽子下露出的几绺头发已经湿透了，滴滴答答地往下流水。先不说这里收费合不合法，雨天执勤，谁心情能好，正处在更年期的年纪，自然不是什么善茬。

看着何大叶坐在车里一副高高在上的样子，中年妇女心里一阵不爽。

没办法，部分底层劳动者的仇富心理不是随便什么就能覆盖住的。

以前何大叶也仇过富，心里经常蹦出的一句话就是"有钱了不起啊"。

可后来她渐渐发现，有时候有钱真的很了不起，于是开始没日没夜地挣钱存钱，看着自己银行户头的数字一天天增长，何大叶心里舒坦，她想在她有生之年的某一天，兴许也会被人骂这句话，那是多至高无上的荣耀啊。

中年妇女看何大叶没有要掏钱的意思，冷冷一笑，摆出身经百战的样子说："你这样的人我见多了，不就是想占点儿便宜吗？开着这么好的车，连十块钱都得跟我斤斤计较，也不嫌丢人吗？没钱停车别开，我不吃这套，你也甭跟我废话，赶紧交钱。"

何大叶打心眼儿里觉得这女的今天运气好，正赶上她心情不好不想说话的时候，要搁平时，她这会儿差不多已经快吵赢了。

从包里翻出钱包，里面躺着一张皱皱巴巴的五块钱，形单影只的紫色在此刻看起来特别楚楚可怜，今天带的现金不多，刚才都给罗畅的咖啡买单了。

她掏出最后一张五块钱递出窗外，突然有种弹尽粮绝的凄凉感。

"就剩这五块钱了，要么你就刷卡。"

中年妇女不相信，伸长了脖子往车里面看，一只手魔怔似的接下何大叶递过来的钱。

"给个发票。"何大叶说。

这句话把中年妇女彻底惹毛了，刚接过来的钱狠狠一甩，带着雨水的重量直接甩到何大叶脸上，指着她破口大骂："没发票！五块钱还要发票？有钱了不起啊？越有钱越抠门儿，别的本事没有，净剥削我们这些老百姓呢，没脸没皮的。"

何大叶摸了摸被钱打过的脸，有点疼，但是也挺爽，她心里暗自喜悦，想终于有人对她说出这句梦寐以求的话了。

有钱了不起吗？当然了不起，可关键就在，她没钱。

就像现在这样，揣着一钱包鼓鼓囊囊的金卡银卡钻石卡有什么用？不是连十块钱都付不出来吗？

何大叶觉得心里一阵委屈，她很想撕开中年妇女的耳朵，清清楚楚地告诉她，自己这辈子没剥削过什么人，净遭人剥削了。走到今天，买车买房，靠的都是她那双勤劳致富日渐粗糙的手，她赚的每一分钱都理直气壮，画满了屈辱。

一路艰难地走过来，除了给人跪下，基本上所有低眉顺眼委曲求全的事儿她都做了，没脸没皮地挣钱，不就为了有一天，能有脸有皮地活着。

想到这儿，何大叶的倔劲儿上来了，她想既然你想闹，那就闹吧，我今天已经够倒霉了，我这辈子看的脸色已经太多了，凭什么你一个非法收费的人也欺负我啊？我何大叶就那么好欺负吗？

她按下按钮，缓缓把车窗摇上去，对中年妇女说："那你就一分钱都甭想要了，在这儿淋着吧。"

何大叶发动车，想强行开走。

妇女也急了，伸手想卡住玻璃未果，利落地把路障和自行车往何大叶已经发动的车前扔过去。

何大叶躲闪不及，一个急刹车，湿滑的地面让车子短暂地失去了控制，车子在原地转了个圈儿，结结实实地跟后面驶过来的车撞上了。

一场惊心动魄的相撞后，四周安静下来，来来往往原本只是冷眼旁观的人都迫不及待地停下来看热闹。

何大叶的身子剧烈的晃动了几下，回过神，发现自己被安全带紧紧勒住。

掐了自己一把，疼，还活着。

摸了摸头，没流血。

晃了一下神摸了摸肚子，又看了看双腿间，并没有像电视剧里那样车祸后下体血流不止。

何大叶感叹自己命大，这孩子抓得也牢，同时也感慨生死关头，能给她安全感的不是男人，而是一根手掌宽的安全带。

确认自己安然无恙后，何大叶打开车门，收费妇女和撞车司机已经一脸惊讶地站在车门外等着了。

她诡异地一笑，优雅地迈出一条腿下车。

这才是她的电视剧里该有的情节，她想。

大难不死，毫发无伤，下车，以女王的姿态审判需要制裁的人，这些年来没有白坚强，时光已经在她的外表上铸下一层坚固的壳，再也没有什么可以把她打倒。

罗畅走了又怎样？刘丹走了又怎样？她还有张猛和肚子里这个与她一样坚强的孩子，上帝如果注定只留两个人在她身旁，这两个也足够让她幸福的。

她日积月累的骄傲没那么脆弱，不是谁都能轻易摧毁的。

何大叶越想底气越足，她下车，哈哈大笑，又嘚瑟地向前迈了两步。雨天路滑，她身上那颗脆弱的小脑随着风雨摇摆了几下，却帮了倒忙——她一下子滑倒了。

她的双手在半空中挣扎乱挥，想要抓住点什么。

身体却像日渐下垂的胸部一样，敌不过重心引力，重重地摔在了地上。

雨下得真大，垂直落进平躺在地上的何大叶的眼睛里，模糊了她的视线。

她试着起了起身子，朦胧中看见大腿间的一摊雨水渐渐被染红。

对，电视剧里都是这么演的，原来我的人生也逃不过最狗血的这一幕啊。

周围看热闹的人终于围上来，围成一个圈，拥挤的人头挡住了天上落下来的雨水，仿佛贴心而主动地为何大叶支起一道人肉帐篷。

三三两两的陌生声音问她怎么样。

啊，还是好心人多。

啊，好在今天见张猛，穿得不丑也不穷。

啊，好在今天穿得不穷，大家不会怀疑她是来碰瓷的，都争先恐后地来帮她。

她小声嘟囔了几句，没人听得见她在说什么，但她自己知道，那是罗畅的电话号码。

她似乎在人群中看见了罗畅的脸，渐渐模糊，渐行渐远。

接着，她又看见张猛正匆忙地朝她走过来。

她看见自己跟张猛第一次见面的场景，月光朦胧里的一夜春宵，还有一次次偶然的相遇。

多好笑，那时的自己竟生气成那副德行，现在看来，真美好。

张猛怪异的眉骨，消瘦的下巴，鼓起来的颧骨，永远半张着说不出话的嘴唇，真耐看，看一辈子也不会腻歪。

"明天你生日，我陪你一起过，我们吃烛光晚餐啊。"张猛笑着对她说，接着又板起脸来，"外面的食物不卫生，你怀着孕，要注意饮食。"

是啊，我怀着孕呢，可是我躺在一片雨水之中啊，喝都喝饱了。

想到这儿，何大叶哭了，她清晰地感觉到脸上雨水的冰凉和眼泪的温热。

她的视线又模糊起来，眼前像幻灯片似的循环播放着贴在冰箱上的便利贴，每一张上面，都用红笔标注着张猛的电话号码。

她想起来了，在购物台的时候张猛就要求她背过自己的电话，以防万一。

何大叶当时嘴硬来着，但她真的背下来了，每一个数字都是清晰的。

她尽可能地发出声音，一遍又一遍念着那串数字，一遍比一遍大声，直到她耗尽了自己所有的力气。

有人听见了，大声重复着号码，还有人在打电话报警，叫救护车，那个讨人厌的中年妇女正扯着嗓子对大家说："她这是碰瓷儿，跟我没关系啊，我就是收个停车费，她还不给，她还想赖账呢刚才……"

何大叶真想从地上弹起来扑过去撕烂她的嘴，可是好累啊，她一点力气都没有了。

怎么这么吵？

真想安静地睡一觉。

她慢慢地闭上眼睛，周围的声音渐渐小了，片刻之后，整个世界都安静下来。

雨越来越大，一道闪电把天空劈成两半，紧接着是一声巨大的雷声。

张猛坐在何大叶家楼下大堂等她，身边放了两大袋食材，超市买来的牛排已经有点融化了，在地上洇出一摊水迹。

他被这雷声吓了一跳。

这个季节，不应该再打雷了啊。张猛想。

手机尖锐地响起，接起之前，张猛的手微微抖了一下。

三

何大叶再醒来时，正躺在医院的手推床上。

她身上湿漉漉的，下身阵阵温热。四周还是一样混乱，纷繁嘈杂的人声。

她慢慢地睁开眼，看见张猛憨厚的脸，五官因为着急皱成一团，看起来特别有喜感。

何大叶又掐了自己一把，疼，还是没死。

她伸了伸手，真真切切地贴在张猛温暖的皮肤上，心里一下就踏实了。

"孩子没事儿吧？"何大叶虚弱地张嘴问。

"没事，肯定不会有事。别怕，我在这儿呢。"张猛紧紧握着何大叶的手。

手机铃声响起来，何大叶警觉地震了一下，伸手问张猛要手机接电话。

她说："把手机给我啊，别是有婚礼找我啊。"

张猛一听急了，又有点心疼，他说："响的不是你电话，你职业病怎么这么严重？再说这都什么时候了，是你自己的身体重要还是工作重要啊？"

何大叶听见这话，突然悲从中来，伸在半空索要手机的手也缩回去了。

琢磨了片刻，她哭了，眼泪顺着眼角的鱼尾纹流下来，散成一条弯弯的痕。

想想自己多可悲多可笑啊，人都快死了，还惦记着赚那几个钱。

她骄傲了半辈子，人前辉煌了几个年头，可她现在躺在一张薄薄的板床上，流着血掉着泪，邋遢得像个流浪汉，而归其原因，竟只是为了十块钱停车费。

见何大叶哭了，张猛以为是自己的态度太凶吓着她了，急忙安慰了几句。

但没用，悲伤的闸门一开，就跟泄洪一样，关不住。

何大叶的哭声渐渐变大，随即响彻了整条医院走廊，她哭着说："我今天三十二岁了，有车有房，还开了个婚庆公司，我有你有个孩子，原本这是多好的人生啊……可我从来都没想过，我三十二岁的人生，竟然被十块钱停车费给搞崩溃了……我都快死了，我还他妈的惦记着客户，说白了就是惦记钱嘛，生不带来死不带去的东西……我怎么这么爱钱啊？我怎么能这么失败啊……"

"别瞎说，你死不了，孩子也会没事的……大叶，我从来不觉得你爱钱，你只是没有安全感。比起你，我也成功不到哪儿去，三十岁被模特圈除名了，每天在电视上卖很多我根本用不到的东西，生活糟糕得要命，连阳阳也走了。我想对你好，可除了给你做饭，我什么也不会，我也挺惨的。咱们两个惨人，得搭伴儿好好活着，好好过日子，别动不动就死啊死的，不吉利。你是女王，是万岁万岁万万岁。"

躺在病床上的何大叶被张猛的话逗笑了，想说的话还没来得及说出口，医生已经准备好了手术，过来推何大叶进手术室。

护士推了几下觉得有障碍，才发现两个人的手依然不自觉地紧握着。

"你谁啊？还不赶紧走开。要手术了。"护士没好气地对张猛嚷嚷。

张猛这才缓过神，依依不舍地松开手："我是孩子的父亲……"想了想，又大声对护士说，"我是她男人！"

何大叶心头一暖，嘴角轻笑，真好，在自己还活着的时候，终于有男人理直气壮地向世界宣布他是自己的男人了，如果今天就这么死在手术台上，死前还有客户打电话来，说明她事业成功，死前有男人呵护她安慰她，说明她爱情甜蜜。

在她三十二岁生日这天，总算是爱情事业两得意了，死得其所，也没什么遗憾了吧。

何大叶的视线又渐渐模糊起来，变成一张巨大的屏幕，一帧一帧播放着电影画面。

画面上，她和张猛有打有闹地在厨房做饭，欧式装修风格的白色橱柜上，很接地气地贴了一个大红色的"囍"字。孩子安静地躺在婴儿车里，乌黑的眼睛四处张望，打探这个陌生又温暖的世界。旁边有个人轻轻摇着婴儿床，何大叶仔细看，是张阳阳。

他长高了一些，还是一脸小大人样，正抱着一本《格林童话》看呢。

这就是我的未来吧，她想，真是让人心醉的美好。

上天啊，你还会给我这个机会吗？

朦胧间，她听见有人问：保大人还是保小孩？

何大叶心想这问题多俗啊，微博热搜都过去那么久了，怎么还有人拿这个话题出来说，总是有这么多人不与时俱进。

"都要，都要！要小孩，更要大人！"

隐约中，何大叶听见有人这么回答。

这声音像极了张猛，何大叶忍不住觉得张猛回答得还不错。

眼皮越来越沉重，在她闭上眼的前一刻，她挺庆幸的。

还好，自己是甜蜜地死去，不孤独，不难过。

来生做个小女人吧，会撒娇会来事儿，求呵护求抱抱的那种，早早找个大款嫁了，别再做女王了，把自己搞得这么累，来去一场空，多没意思。

不过找大款，自己得长得美，也得会来事儿吧，这辈子她最遗憾的，就是自己不够美。

长得好看是一种什么感觉呢？

何大叶觉得自己做了一个漫长而又美妙的梦，美到在她已经恢复意识时，迟迟不肯睁开眼睛，直到确定被握着的右手，是真真切切的温暖。

缓缓睁开眼，就看见张猛坐在床边，头靠在床上，睡得口水直流，周围是一片纯洁的白，满屋子都是消毒水的味道，闻着特别有安全感。

活过来了。

像是在鬼门关自助游了一圈，又回来了。

何大叶从没像现在这样，觉得自己的命如此价值连城。

从此后，好好活着，别总想着赚钱了吧。

她不想吵醒张猛，但头稍微转个角度，身体些许地移动，已经让睡得人仰马翻的张猛警觉地醒了过来。

"你醒啦？"张猛轻轻抚摸着何大叶的头发。

何大叶从来没有这么近距离地看着张猛。

三十多岁的男人真抗老啊，看得出憔悴，没睡好，但脸上连个毛孔都没有。唇上下巴已经长出了一层胡楂，标记着这个男人没日没夜地看护她很久了，眼睛都肿了。

因为侧睡，头发睡得有点跑偏，不像平时头发打理得一丝不苟，更显得脸长。

可是五官比例摆在那儿呢，还是拼得出模特耐看的痕迹。

两个人就这么你看看我，我看看你。

何大叶觉得自己肯定很难看，哎呀，还没刷牙呢，待会有口气怎么办？进手术室后，有人帮她卸妆吗？妆花了肯定很难看，不对，卸妆了之后，她还能看吗？

胡思乱想的空当，却瞥见张猛嘴角睡出的口水，口水挂在胡子上，跟孩子一样。

何大叶笑了，张猛觉察不对劲，自己摸摸嘴角，擦了一下，也笑了。

"嗯……还好我一睁开眼就看见你了，要不然，我还以为是个梦呢。"何大叶虚弱地说。

"我一直都在你身边，以后也会一直在。"

这话暖心，何大叶莞尔，进手术室前张猛握着她的手说过的话还若隐若现地记在心上。

不拼了，出院之后跟同样惨的张猛好好搭伙过日子吧，有多少人，拼了大半辈子，最后还不是躺在病床上等死，生命太无常，一个人能有几个今天谁也说不准。

沉浸在温暖中的何大叶突然想起点什么，她警觉地摸了一下小腹，又紧张地看向张猛。

张猛没说话，低下头不敢看她。

何大叶懂了。

眼睛里的光暗淡下来，原本暖起来的心瞬间变得冰凉。

"大叶，咱们还会有孩子的。"张猛握住何大叶的手，心疼万分。

何大叶没说话，伸手摸起手机，在她昏睡的时候张猛已经帮她充好了电。

打开，屏幕上有一条来自张猛的微信，问她在哪儿。

她看一眼微信时间，心头一紧，那时孩子还在。

还有一条是刘丹发的，她说：姐，谢谢你。

何大叶笑笑，知道罗畅最终还是回去了。

从今往后，他们磕磕绊绊千疮百孔的感情终于结束，各自都开始了新生活。

不过，她的新生活，是以失去这个孩子开始的……

她的目光飘向窗外，雨里已经开始夹杂着雪花，洋洋洒洒地落下来。

这是今年的第一场雪，冬天来了。

四

何大叶自始至终都没哭过。

她每天吃好睡好，偶尔谈笑，就像什么都没发生过一样。

张猛说你要心里难过就告诉我吧，别憋着。

何大叶淡淡一笑说，难过又有什么用，太阳还是照常升起，日子还得照常过。

她趁着有空，把以前想看但没工夫看的美剧和日剧都追了一遍。

广电总局又有新政策，好多美剧莫名其妙地都下架了，张猛费了好多工夫，才把她想看的美剧下全。

还真是，睡了几天而已，世界又日新月异地蹦出了诡异的规则，人还真是一天都不能倒下，否则再站起来，还得花费一点时间呢。

出院回到家那天，她说："张猛啊，我想给自己放个长假，你帮我把工作都推了吧，我只想躺着，人家都说流产也要坐月子，我本来就该躺着。"

说完便默默地上了楼。

门在她身后关上的那一刻，何大叶哭了，眼泪大颗大颗地掉下来，她紧紧捂着嘴，不让自己发出声音，脸被悲伤扭曲到狰狞。

这场哭她酝酿了太久，从车上下来摔倒的时候，从医院手术室门口回望自己有生之年的时候，从她睁开眼看见张猛的时候，从她得知孩子没有了的时候。

她知道日子还是得继续过，虽然她也不知道应该怎么过。

她看见床头的柜子上还完好地放着上次阳阳走时留下的画，当时她怕张猛难过，所以一直没打开看，拿过画慢慢打开，艳丽的色彩铺满了整张画纸。

画上画着她、张猛还有张阳阳，三个人牵着手咧嘴大笑走在阳光下，画上的花草太阳都是笑脸，温情脉脉的样子，画里的何大叶肚子还是隆起的，穿着一件红色带花的裙子。

何大叶看着画上自己大肚婆的模样，哭得更伤心了，眼泪滴在画上，洇开她肚子上的色彩，变成模糊的一片血红色。

门轻轻被推开，是张猛。

何大叶胡乱擦了把眼泪，随手把画扔在一边。

见何大叶哭成核桃的双眼，张猛有些尴尬和心疼。

他走过去蹲在她身边，把她搂进怀里，抚摸着何大叶半长不短的柔软的头发。

"我搬来照顾你吧。"张猛说。

"你是不是觉得我很可怜？觉得我挺虚伪的？还要自己躲起来一个人哭，特做作？"

"哪儿会，想哭就哭，你早就应该好好哭一场。"

"我有什么好哭的？归根结底，都是我自己作的。罗畅是，孩子也是，我的生活看似光彩夺目，可事实上一团糟。你不用因为可怜我所以对我好，从一开始你不就是为了这个孩子吗？现在孩子没了，你也不用不好意思，咱俩本来就没有什么感情基础，有了上次的教训已经够了，我不想再闪婚一次，最后落得两手空空。你走吧，不用可怜我。"

何大叶说完，默默在心里冷笑：瞧，我又在作了。大概我真的不配拥有一切美好的东西，那没关系，与其毫无预兆地从身边一件件失去，不如干脆给自己个痛快。长痛不如短痛，从今以后，孑然一身，继续做不婚女王？她对不婚不感兴趣了，女王也不想当了。

呵呵，本来这一切，都是她自己加冕的，谁有空理她啊？都是自己的想象而已。

张猛一听也急了，何大叶啊何大叶，都这样了，你还作什么啊。现在孩子没了，你倒急着先说再见，用这种拙劣而言不由衷的作，试图赶走我？

感情这东西，有时候经不住推敲，否则一定会往牛角尖儿里钻。

要说爱到刻骨铭心，张猛觉得还谈不上，何大叶说得没错，毕竟时间短，还没什么感情基础，可要说相濡以沫的期许，张猛这些年来，却只对何大叶有过。

"大叶，咱俩虽说没多久，但也算经历过一些风雨，难道咱们仅仅是因为孩子才走到一起的吗？"

"当然不是，其实仔细想想，咱俩走到一起的原因一点都不美好，一夜情各取所需而已。"何大叶冷冰冰地说。

"别说得这么难听好不好？"张猛软下来，求她。

"可这是事实。"

张猛环着何大叶的手渐渐松开了，他站起身，拍了拍衣服上的皱褶，满眼都是绝望。

伴随着楼下清脆的关门声，何大叶重新陷入新一轮的悲伤中。

　　这便是她可歌可泣的三十二岁，回头看看，除了她这些年拼尽全力保护的事业，一无所有。

　　她用最大的热情和努力去拥抱生活，可生活却反过来甩了她一记响亮的耳光。

　　倚在床边悲叹了一会儿，何大叶睡着了。

　　她做了一个梦，梦见一池蓝紫色的湖水，湖水中央开着荷花，巨大的荷叶上躺着一个婴儿，她慢慢地走过去，游到荷叶旁抱起婴儿。孩子对她笑了两声，突然就化作一团烟消失了，四周响起婴儿的哭声，尖锐到撕心裂肺。

　　何大叶从梦中惊醒过来，屋中万分冷清。

　　拉开窗帘，又下雪了，白茫茫的一片，正是傍晚时分，下着雪的傍晚特别美，天空是一片艳丽的橘色。

　　阳阳的画在她脚边，她捡起准备收起来，透过被折起来的画的一角，她看见画的右下角，歪歪扭扭地写着一行字，何大叶好奇，把画展开，看见阳阳那稚嫩的笔迹，写着：爱，就是在一起。

　　再重新看看画，那画上的三个人宛如一家三口，温馨美满。

　　何大叶突然想到点什么，找出一张白纸，撕成小小一片，盖在画里自己的大肚子上。

　　画上的自己苗条了，摇曳着一个何大叶在现实中从未有过的好身材，朦胧中，画里的人好像动了，他们手牵手欢乐地往前走。

　　阳阳扯着清亮的嗓子学电视里唱：老爸，老爸，我们去哪里呀？

　　张猛对他笑了笑，又温情脉脉地看了一眼何大叶，意味深长地说……

　　何大叶贪婪地只想让这幻境再长一点，不过自己也被自己脑中闪现出的动画场面给逗乐了，同时觉得一阵阵犯恶心，这对白实在是太让人颤抖了，她也编不下去了。

空荡荡的房间里一点人气儿都没有，何大叶觉得有些寂寞。

爱，就是在一起。

这话说得简单直白，张阳阳这个小人精总是活得比大人明白。

何大叶想通了，可这种后知后觉为时已晚，张猛已经走了。

她的世界终于只剩下她一个人，而全世界又有多少人像她一样孤独地活着。

也不知道在地上坐了多久，黑暗像瘟疫一样，一点一点蔓延过来，吞噬了留在大叶身上的最后一点光。

一个人的世界里无须计较时间，凝固也好，流逝也罢，于她都成了件毫无意义的事情。

孩子没了，自己的身体像是被拆除了所有零件的汽车，只剩下一个壳儿，更可悲的是，还不是名牌的汽车壳。

何大叶环顾四周，这个房子的一砖一瓦，仿佛都篆刻着她赚钱的血泪史。

以前有很多次何大叶都在入夜后感慨，自己的人生如此幸运，虽然没能好好遇见个男人，但上帝待她不薄，日久天长地进化成雌雄同体，自己爱自己，比什么都靠谱。

她竭尽所能地给自己争取最好的一切，就连她住的小区，也是住满了小三二奶的那种。

何大叶当初买房的时候，有不少人劝过她说这小区不好，风气不正，进进出出的都是妖艳妩媚而又不劳而获的姑娘。

但何大叶一点都不在乎，她喜欢鹤立鸡群的感觉，她想要做整个小区里唯一一个靠自己也能买得起好车名牌的女人，而且她不是爱自己嘛，她为自己代言，她就是自己的小三。

可住久了她发现，并不是这么正能量。

每当她匆匆穿过小区时，都会有几个牵着贵宾狗的二奶理直气壮地带着异样的眼神，眼睛里写满："怎么还会有人包养这种货色的女人啊？""我们小区怎么这么良莠不齐啊？"

每每这时何大叶都特别昂首挺胸，女人当自强，她就是自强的那种。

何大叶现在想起来，觉得自己可笑极了，与人争高低胜负争了这么多年，争到最后，还不是两手空空。

扔下罗畅回家的路上，何大叶以为这就是故事的结局，从此以后尘埃落定，一切都会平顺地向前走。

可她终究想不到，前半生的幸运原来都是假象，所有的不幸都憋着劲儿，终于一次性汹涌地将她打倒。

门被轻轻推开，走廊的灯光照进来，刺眼。

何大叶举起手挡了挡，逆着光一点一点看清楚门口站着的人的轮廓，竟是刘丹。

"你怎么来了？"何大叶挺惊讶，但还是努力平静地问。

刘丹走过去，拍了拍何大叶的肩膀以示安慰，若无其事地像是在说一件小事：

"看望流产妇女啊，本来我也想装得更悲痛一点，但这是小事，我英明神武的偶像何大叶同志一定会假装没事人一样地说'没事啊，哈哈，我哪有那么脆弱'，所以我也不必挂着社交笑容来看你了。何大叶，你别以为我是关心你，我就是顺道看看我老公的前妻，维护下家庭稳定，绝对不是因为什么姐妹情谊。"

刘丹嘴角带着一点游戏人生的笑意，眼睛澄清似一汪湖水，就这么直愣愣地看着何大叶，大叶也看着她，俩人沉默了。

几秒钟后，她们不约而同地拥抱了对方。

何大叶感觉自己身体里的气泄掉了，在刘丹面前懒得装了。

刘丹拍了拍何大叶的后背："我真不会哄人，哭吧，别硬撑着了。"

何大叶苦笑："你倒是想让我在你面前哭，对不起，你来晚了，早哭过了。"

刘丹突然扶住何大叶的肩，不可置信地说："哎哟喂，什么时候学会不装了？要是按照往常，我以为你得十年后才吐露心声呢。你跟猛哥在一起后，果然改掉了你那装坚强的毛病呢。"

"他告诉你的吧？"

"如果猛哥不打电话，你是不是打算瞒我一辈子啊？等过上几年再生个孩子拿来顶替，忽悠我？"刘丹愤然地说。

何大叶心里涌起一阵温暖，张猛还在。

还好，在她幡然醒悟之前，他终究是没有放弃她。

"家人之间，还不都是报喜不报忧。再说你刚结婚，是喜事儿，哪能给你添堵啊。"

"姐，我心里没有堵，只有疼，心疼你，疼得我忽然觉得，我，罗畅，你，咱们仨这点爱恨情仇，真够幼稚的。"刘丹加重语气说。

何大叶嘴角泛起一丝苦涩，没接话，刘丹知道这茬儿不该提，赶紧岔开话题："工作上的事儿我都处理好了，你安心养着，想养到什么时候就养到什么时候。"

"不当家庭妇女了？"何大叶努力挤出点笑，打趣说。

"不当了，没劲儿。"

"丹儿，做人最重要的是勿忘初衷，当主妇其实挺好的，都是无能为力的女人才拼事业，别跟姐学，你得幸福才行。"

"姐，你现在有越来越多理论都偏了，咱们女人不自己挣钱，等人老珠黄了，连说话的底气都不足。"

"罗畅不是那种人。"

"谁能保证啊？虽然领了证，但一点也不保险，我们还有婚礼呢，保不齐婚礼他就又跑了。"刘丹顺势坐在地上，跟何大叶肩并肩，继续说，"在民政局等他的时候，我特能理解你当初的感受。人啊，很多苦楚都得经历了才懂。可是你看我，不照样活蹦乱跳的，因为我不给自己添堵。姐，我知道你难受，但你跟猛哥的未来还长着呢，孩子还会再有的。"

何大叶苦笑着，拍了拍刘丹的肩膀，感叹道："小女孩儿长大了，学会安慰人了。"

"背了一夜的台词呢，你不用太感动，我是趁火打劫，想把整个公司都据为己有。"

刘丹还是觉得说安慰的话肉麻，一直说反话，想逗何大叶开心。

真好。

何大叶想，虽说孩子走了，但姐们儿却回来了，这算是上天给她的小补偿吗？

可她真心不想要这种补偿，若给她选的机会，她肯用手上的一切来换那个孩子。

张猛在网上看过一句话，说是在你愤怒的时候，先深呼吸数到三十，再做出决定。

人在盛怒时理智欠缺，这个道理张猛懂。

从何大叶房间出来后，又气又沮丧的他坐在沙发上，夸张地深呼吸着，数字还没数几个，电话就响了。

何大叶罢工，工作上的事情一股脑儿地推到张猛身上。

客户的电话一个接一个地打来，张猛不熟悉流程，解决不了客户的问题，但他不想充当刽子手砸了何大叶的买卖。

当初何大叶为了留住客户，卑躬屈膝地赔了不少笑脸，受了不少委屈，这些张猛都看在眼里，关于生活谁都过得不容易。

再生气，也得在她无依无靠的时候拉她一把，而且张猛其实也舍不得走。

尽管在医院时，何大叶就再三嘱咐张猛不要告诉刘丹和罗畅，但没办法，火烧眉毛，思来想去还是刘丹最靠谱。

刘丹来，罗畅也跟着来了，一直赖在楼下跟张猛有一搭没一搭地闲聊，没跟上去。

可新旧情人相见，也是分外眼红，坐在客厅的沙发上，罗畅觉得自己浑身都不自在。

面对，是世间最大的难题之一。

上次工体门口一别，虽然还是没忍住给何大叶发了短信，但他心里已然空了一块。

不管是爱情变亲情，还是亲情变友情，最怕的，是旧情难续。

这些年，何大叶对于罗畅来说，早已经变成一种难以更改的习惯，任何时候遇到任何事情，他总会第一时间拿起手机打给何大叶。

科学家说，二十一天改掉一个习惯，这才过去几天而已，怎么可能让面对变得坦然。

"不然你上去看看她吧。"该寒暄的都寒暄完了，短暂的尴尬后，张猛对罗畅说。

"我就不上去了，知道她没事儿就行。"

"我也不知道她是不是真的没事，从医院到现在，她都没怎么难过，我再怎么想对她好，跟她相处的时间毕竟不长，可我真不觉得，她是真像表面上那样没事……"

若是平时，张猛是绝对不肯在罗畅面前示弱的，何大叶对罗畅的感情，他没有全程见证，但也看了个透彻，只要其中一个人还爱着，这种感情就割舍不断。

一直以来，在罗畅面前张猛其实挺没自信的，不为别的，只是因为他得到何大叶的爱更多更长久。

也许罗畅去劝劝，她会好很多吧。

这话出口之后，迟钝的张猛才发现，自己对何大叶的爱这样无私。

罗畅还坐在沙发上推辞，哼哼唧唧说不上去了，有刘丹在就行。

话还没说完，后脑勺就被结结实实地打了一巴掌。

罗畅身体猛烈前倾了一下，回过神来，委屈又不知所以地看着刘丹说："干吗啊？不是说好了不当着外人的面打我吗？"

"外人？猛哥是外人吗？他是我准姐夫，亲准姐夫！"

"那你也不能打人啊。"

"罗畅，你还是人不是？我姐平时是怎么对你的？都这个时候了，你还抻着，连上去看看她都叽叽歪歪不愿意。"

"我是怕……她尴尬……大叶肯定不想让我看到她这个样子，她那么要强。"罗畅小声而委屈地说。

"尴尬？你觉得我姐现在还有工夫跟你尴尬吗？我发现你这人特无情特自私，民政局你逃婚那会儿我没后悔嫁给你，但是现在有点后悔了，你做人太爱逃避，就因为你所谓的尴尬。"

"罗畅，你以为我不知道你为什么又回去了吗？是因为我姐跟你聊过了对吧？要以你的个性，我就是等到死，你也绝不会回去。"

"说实话，我跟你的婚姻是我姐给的，你要还有点人性，就上去看看她。"

刘丹说完，一屁股坐在沙发上。

客厅的气氛凝重了片刻，张猛大气儿都不敢喘。

"我他妈难道不想上去看她吗！我是没脸见她！我只是不想让她更难受！"

罗畅突然噌一下从沙发上站起来，大步迈向楼上的房间，带着一股子视死如归的决绝劲儿。

楼上何大叶依然安静地坐在地上，刚才刘丹出去的时候帮她开了灯，灯光照在她身上，笼罩出一片雾蒙蒙的哀伤。

门再次被轻轻地推开，何大叶有点烦，她只想一个人安静地待着，回望过去，如果有时间，顺便展望一下未来。

尽管未来渺茫，但总能在冥冥中看见些许希望吧。

罗畅从门板后小心翼翼地探出头，何大叶见是他，果然更烦。

罗畅就像是不散地阴魂，千回百转地打扰着她期许的平静生活，连悲伤时刻，他都不错过。

"干吗啊？"何大叶不耐烦地问。

"没什么，上来看看你。"

"又不是遗体告别，就不能一次性看完吗？"

"啧，你这个口无遮拦的毛病怎么老不改，净说这些不吉利的话。"罗畅赌气，一边说一边走进屋里，在何大叶身边的地板上坐下。

"我要真能说什么中什么，那我现在早发财了。"何大叶白了他一眼。

片刻沉默后，罗畅往何大叶身边挪了挪，离她更近了一些。

"我知道你不想见我……"他的头很低，声音也很低。

"知道还上来？也是够不要脸的。"何大叶起身，走到窗前，外面大雪已然茫茫，"敢情前两次的生死离别都白演了，怎么着都摆脱不了你。别坐得离我那么近，你现在是人夫，注意点儿影响。"

罗畅怔怔的，眼前的这个何大叶，此时此刻，变得如此陌生。

口气这样冷淡，表情那样冷漠。

"大叶，你恨我……"罗畅一下子有些控制不住，语气中已带了些许哽咽，"我真恨我自己，刘丹说得对，我是个自私又无情的人。我的临阵脱逃，不但伤害了你，伤害了刘丹，还间接地让你的孩子没了……"

"你闭嘴！"大叶转身过来，看着眼前的这个男人，她忽然讲不出话来了。

恨吗？谈不上。

有那么一个瞬间，大概何大叶真的怪过罗畅，也许是在她躺在雨里看见他的脸时，也许是在手术室里生死未卜时，也许是知道肚子里的孩子已永远离开她时……

可大叶不是个怨天尤人的人，她没有把责任推给别人的习惯。

人生已如此艰难，她从不愿再将悲伤嫁祸于人。

少一个人承担，便少一分痛苦，否则痛太多，终将会把爱淹没。

万般皆是命，半点不由人。

既然事已成定局，那她就接着，她谁都不怨恨。

若恨，她只恨自己。

但此时此刻，她真的有些恨他，恨他依旧对她有情，恨他不能就此与她生死两茫茫，恨他在她最软弱的时候，还出现在她面前，说着抱歉。

她咬着牙，疾步走到罗畅面前，挥手就是一巴掌。

啪一声，如此用力，仿佛带上了所有重如千钧的往事。

罗畅被打蒙了，怔怔地看着她。

这么多年，何大叶对他，打过骂过，却都有爱。而这一巴掌里带着的恨，他感觉得到。

屋中静默一片，仿佛全世界的雪，都下在了这个房间中。

"好了吗？满意了？"半晌，何大叶开了口，"罗畅，别往自己脸上贴金了，你没那么重要，影响不了那么多事情。就算那天你没逃，晚上我也打算过去找你们庆祝来着。很多事情都是命定的，来了，我就接着，我谁都不恨。对你，如果有恨，这一巴掌，也都打没了。"

两人彼此了解成这样，罗畅哪儿能不很快明白过来，这一巴掌，是何大叶对他心中愧疚的救赎。

事已至此，她对他的爱已经尽了，却还是习惯性地保护着他。

"我明白了。"罗畅心中仿佛也放下了些什么，"只是，大叶，以后别再委屈自己。下一次爱人，有疼就喊，有不舍就别松手，有泪就尽情流，别再咬着牙一个人挺着。你在我心里，也是特别特别好的女人，你得幸福。"

这些年，她的保护，他又何尝不知。

只是习惯了，以为她天性如此，以为自己的委屈大过天。

在工体被何大叶赶下车那日，他才恍然明白，这世上没有人会心甘情愿为你挡风遮雨，除非有爱。

可明白得太迟，何大叶已不在他身边，他没机会了，所以他决定把这份偿还，放到刘丹身上。

大概是从那一刻起，罗畅长大了，他学着一个人面对很多事情，甚至开始学着以顶梁柱的姿态撑起一个他同刘丹的新家庭。

人的改变总是刹那间的事情，所谓浪子回头，金不换的其实只是一个恰好出现的你。

大叶栽树，刘丹乘凉，都是命。

"幸福不幸福，咱俩说了都不算，我就做好自己，等着老天开眼。行了，别磨叽了。知道你上来这一趟里外不是人，心里委屈着呢。但我也挺高兴的，你终于没那么怕尴尬怕事儿，有点儿担当，是个男人了。"

听完这番话，罗畅卑微而自嘲地笑了："你还是这毛病，一个人把话都说尽了，我都有点儿恍惚，我是上来安慰你还是来求安慰的了……"

"知道了就赶紧滚，跟刘丹回去吧，我好着呢。"

何大叶打断罗畅，把他从地上拽起来，往门口推。

罗畅站起身，心里还担心，一直回头看。

走到门口的时候，他停下来，回过头对何大叶说："大叶，谢谢你。"

何大叶笑笑，没说话，挥挥手示意他赶紧走。

罗畅叹口气走出去，门还没关严实前，何大叶叫他："罗畅！"

罗畅像刚才进来之前那样，从门板后小心翼翼地探出个头。

大叶沉默了片刻，终于开口。

"也谢谢你，这么多年。咱们，还是朋友。"

罗畅愣了一下，笑了。笑得温暖敞亮，特别好看。

何大叶忽然想起来多年前的那个下午，罗畅也是这样的笑容，暖如艳阳。

只是再也没门口那只廉价的机器猴子在一旁说"欢迎光临"了。

他们又回到了最初的起点。

人们常说，人生若只如初见，这不就是所谓的初见吗？

明媚动人，一切都还是当初最美好的模样。

只是，你我再无牵绊。

这首错过的歌，也许还是悲伤的调子，却唱出了难得的云淡风轻。

五

穿着一身紧身黑色西服的男孩站在门口，笑脸迎人："欢迎光临，您有固定的发型师吗？"

何大叶刚走进理发店的门，还是退了回来："哎呀，家里门忘记锁了。"随便找了一个蹩脚的借口，让自己下台时别因为小脑不平衡，再扭到脚。

不怪小男孩太过热情的迎门，她站在理发店旁已经看了很久，若不是她衣着整洁，神情镇静，很难不被当作神经病。

刚刚那一刹那，何大叶想剪掉她又硬又厚的头发，只是刚走进理发店，自己就被自己吓到了。

是够矫情的，剪掉长发，重新出发？多大岁数了，还玩这种情绪游戏。

不过她还是挺想剪成短发的。

住院期间，她看了一部邻床小姑娘推荐的日剧《对不起青春》，女主角满岛光那一头利落的短发，看得何大叶满是口水。

是啊，小脸、五官深邃、饱满额头的女人，最适合剪短发了。

何大叶还上网搜了一下满岛光的资料，哎呀，也快三十岁了，哎呀人家是混血儿，哎呀，长头发也是那么美。

无论男女，短发才是检验人长相的最大法宝，何大叶真想把自己塞进肚子里，重新投胎一下……

等等，如果这个孩子能活下来，是男是女？会长得好看吗？

　　想了想自己的脸跟张猛的脸，心说还是生男孩吧，起码张猛那样的大长腿可以遗传给他，还是有点意思的。

　　而且还有张阳阳在前，他那小脸一看就是长大后让无数少女为之动心的样子，不过他那臭脾气也是够了，话说她上大学时有个学弟长得像吴彦祖，但因为脾气太臭了，以至于现在都快成为无性恋了……

　　"白发三千丈，缘愁似个长。"

　　何大叶最近把半辈子的不如意都回想了一遍，长得不美，尤让她生恨。

　　此时刘丹打来电话，哇啦哇啦地炫耀了一下自己的工作能力，说最近接了好多的单子哦，好多客户都喜欢她的想法，何大叶"嗯嗯"地应着。

　　刘丹为了让何大叶多说话，就说："你不用感谢我啊，我长江后浪推前浪，我这个后浪还自动加了自己的提成呢。"

　　她见何大叶无所谓的样子，怒其不争，赠予两言："别丧，别作，好好过，多点性生活。"

　　何大叶哪敢丧，哪敢作，简直可以随时推倒张猛，再努力受精一回呢。

　　《甄嬛传》里甄嬛流产，还能怪华妃，还能迁怒于皇帝，似乎这段失子之痛，能痛到袁世凯复辟。

　　古代女子还是太闲了，有点挫折就能蹉跎一辈子。

　　何大叶可不敢这么随心所欲，已经过一阵子了，她已经接受了孩子失去的事实。

　　她连自己都不怪了，她只是有点慌，不由自主想起时，心里隐隐地疼。

　　未来应该采取怎样的姿态，去融合这个现实环境，她还是没找到比较合理的可能性。

回到家，何大叶打开门，楼下漆黑一片，如同被末日侵袭过的战场，空洞得吓人，而她仿佛是这世上唯一的生存者。

张猛不在，她心中失落了一瞬。

打开灯，灯光耀眼，沙发上睡着的张猛哼唧了几声，把何大叶吓得一哆嗦。

"你不是走了吗？怎么还赖在这儿？"何大叶没好气地说，失落的心却开始变暖。

张猛没打算理她，看了看表，慌张起身跑进厨房去张罗自己正煲着的汤。

何大叶跟在他屁股后面转悠了几圈，想说点什么，但张猛一直板着脸，浑身上下写满了"你管我"的大号字体。

关心归关心，不过张猛的心是结结实实被何大叶说的话给伤了，早说了张猛是个倔脾气，这次他铁了心要等何大叶诚恳道歉后才会再理她。

在厨房忙活了一阵，他把做好的汤端出来，话也没说一句，穿上衣服就走了。

第二天一早再来，一日三餐地照顾着，顺手打扫房间，但就是不肯开口跟何大叶说话。

张猛不说，何大叶也赌气。

她不是个会撒娇服软的女人，女王的世界，主动跟你说句话，无论是什么口气，都已经算是给了你一个金子铺成的台阶。

虽然这个女王，是她自封的。

但这台阶也跟灰姑娘的行头一样，一到时间就会消失，所以你不下来，那就一直站在上面吧。

俩人陷入了一段漫长的冷战期，各自心里都憋着劲儿，谁也不服。

日子就像流水，不急不缓地从他们沉默的缝隙中流淌而过。

那些悲伤就像是水里的石头，随着冲刷总会被磨平棱角，转眼看去，伤还在，只是没那么锐利得让人心疼罢了。

这场冷战维持了足足一个礼拜，对于何大叶来说，就像一个世纪的长度。

何大叶有一颗金牛座爱财的心，还有一身白羊座的急脾气。

有时候她安慰自己，若一个人真爱你，你就是东方不败，他也一定爱你。

因此"静若死狗，动若疯兔"这股劲儿，貌似还不那么罪大恶极。

细数她的每一次跟人吵架斗殴，都是以火爆的对骂场面作为 ending，如果这场面放在香港电影里，再加点特效，精彩程度绝不亚于追车枪战。

婚庆做了这些年，何大叶几乎跑遍了北京城的每一个角落。

因此，北京城几乎每一个角落，都会有一面隐形的锦旗，纪念何大叶日积月累的战功赫赫。

英勇壮烈如她，这辈子却从没遇见过张猛这样无声胜有声的对手。

不过何大叶也不着急，透过时间的夹缝，她总会默默注视着张猛温暖可靠的背影，这世界的节奏太快，难得有慢下来的机会，而张猛，就是她慢慢走过这段路时，路边最美的一道风景。

那是个天寒地冻的午后，张猛一如往常地做好饭就走了，何大叶吃完就缩在暖洋洋的家里看电视。

寒假将至，电视里又开始重播《还珠格格》了，尽管看过很多遍，但每次重温，何大叶还是全情投入。

是，按照记忆，又快演到小燕子被抓到黑店，被那对野蛮的夫妇欺负的戏码了，这是何大叶的最爱。

小燕子也太无法无天了，剧中唯一能制服她的，也就是那对没啥武功，但打人比武林高手还厉害的黑店夫妻档了，看着小燕子被打，她挺欢乐的。

看得正带劲儿，电话就响了，她拿起来看了看，是罗畅打来的。

那次罗畅来看过她后，他们的关系缓和了不少，刘丹经常过来看她，顺便捎一些罗畅给她买的补品。

何大叶接起电话，还没开口，电话那边罗畅就急吼吼地说："大叶，你妈来北京微服私访，让我去车站接她，还让我别告诉你。"

何大叶的头嗡一声就大了，何妈终究是不省心啊，竟然沉不住气，一个人杀到北京来了。

"怎么办啊？"罗畅在电话那边为难地哼唧着。

何大叶深吸了口气，让自己浑浊的脑子尽可能地清醒了些，然后冷笑了一声说："让你去就去吧，带着刘丹一起去，好让她死了这条心，以后别再骚扰你了。"

火车站正门口，罗畅顺利接到了风尘仆仆的何妈。

俩人上次见面，是在一年多前，那时何大叶要回趟老家，何妈在电话里哭着喊着让她带罗畅一起来，说如果罗畅不来，你也甭回来了。

尽管俩人结婚才几天就离婚了，但是何妈心底里一直默认罗畅就是自己的女婿，只是暂时出了点儿差错。

所以当她从车站出来，看见站在风里高大帅气的心仪女婿时，脸上几乎笑出一朵花来，压根儿就没注意罗畅身边，还站着一个正装鹌鹑的刘丹。

"哟，畅啊，阿姨多久没见你了，你要不冲我招手，我都差点没认出你来，又帅了哈。"何妈这话说得老奸巨猾，明着是装亲昵，其实暗地里全是责怪。

刘丹站在一旁赔着没人看的笑脸，一眼就看出何妈不是善茬，心里一阵阵发寒。

罗畅尴尬地挠挠头说："阿姨，主要是我老了，您认不出来。我能认出您来是因为您一点儿都没变，还是那么年轻。"

"行了，快别埋汰我这个老太太了，就数你嘴甜。"何妈推了罗畅一把，在寒风中笑得花枝乱颤的，宛若一束坚毅的蜡梅花。

"我是实话实说。"罗畅说着，一手把刘丹拉到身边，"看见您太高兴，都忘介绍了，这是刘丹，您肯定听大叶提起过她吧。"

罗畅打算委婉着来，一点一点暴露自己和刘丹的感情，他不打算告诉何妈他俩已经结婚了，这是件危险的事儿。能不能看得出来，罗畅觉得不如就靠何妈自己的悟性。

再说，即便看不出，背后还有何大叶，口口声声说过要保护何大叶的罗畅，在这件事情上虽有愧疚，但也力不从心。

我们的何妈，如果说得通俗一点就是脸皮挺厚，说得新潮一点，就是敢于自黑。

早在何大叶还天真地与何妈斗智斗勇的那个年代，何妈就曾掐着腰警告过她："就你肚子里那仨瓜俩枣也想跟我斗？我是老奸巨猾的鼻祖，你？还早着呢。"

既然是鼻祖，那就得随时眼明心亮，跟神仙似的，供你，你就得受得起这份香火。

何妈斗过的心眼不比何大叶吵过的架少，罗畅这点小心思，自然是尽收她眼底。

她脸上的笑渐渐凝固，凝成自以为严谨的弧度，毫不客气地用眼神把刘丹上下来回撸了几遍，最后目光停留在罗畅拽着刘丹的那只手上。

何妈没说话，跟着罗畅上了车，动作自然地坐到后排座位上。

虽说不是大富大贵的人家，但没吃过猪肉也见过猪跑，何妈知道后排是大领导坐的地方，既然做好了审讯的准备，架势就不能输。

车子刚发动，何妈就问罗畅："你来接我，跟大叶说了吗？"

"阿姨，您不让说，我肯定也不敢告诉她，您的话就是圣旨，不能违抗啊。"罗畅嬉皮笑脸地哄何妈开心。

何妈没笑，自顾自地叹了口气，说："嗯，回去我得告诉她，不能让你白跑一趟，费力不讨好的……"顿了顿，她又说，"你说你俩一起来接我，这事儿我是不是应该瞒着大叶啊？"

罗畅明显抖了一下，脊背都凉了，这话的指向性太强，明显带着怀疑他俩在偷情的意思，不禁为自己捏了把冷汗。

还在想要怎么回答，刘丹就握住何妈的手开口说："阿姨，您当然要告诉大叶姐，说不定她一高兴，还给我加工资呐。"

何妈笑了笑，转向刘丹说："姑娘，我常听大叶提起你，说你工作能力强，给她解决了不少难题，我得替她谢谢你。"

"嗨，那您可就见外了，大叶姐对我跟亲妹一样，都是自己人，说什么谢不谢的。"

"你多大啦？"

"二十八了。"

"哟，年纪也不小了。"何妈夹枪带棍地说，"有对象了吗？"

"有了，刚领了证，还没办婚礼呢。"

何妈的心一下就凉了半截，算计着跟刘丹领证的人，十有八九就是罗畅，心里挺不是个滋味儿的，盼星星盼月亮盼着他和何大叶复婚，盼了三年，就这么盼没了，就跟煮熟的鸭子飞了一样。

少了何妈的声音，车子里的气氛冷淡了不少，她默默地看着窗外，看着偌大的陌生的北京城，忍不住为女儿伤心。

这么大的城市，落满繁华，却终究落不下一个好男人到何大叶身边。

她挺恨自己的，当年净把何大叶当小子培养，以至于今天她成了这种刚毅坚强、雌雄同体的模样。

"是我们大叶没福气啊，都一把年纪了，还没嫁。"过了一会儿，何妈忍不住感叹道。这句话含意太多，一来叹她离过婚，二来叹她没得到罗畅，还有就是叹好男人越来越少，都被少女们给霸占了，留给大叶的机会已经随着她年龄的增加而越来越少。

罗畅有点愧疚，当年要不是自己跑了，兴许现在何大叶的生活就是别样。

车子里没人再说话，何妈偶尔闲聊几句无关痛痒的话，俩人应付着也就过去了。

开到何大叶楼下，何妈客气地请他俩上去坐坐，他俩说都还有事，就走了。

哪敢留啊，俩人结婚的事情明显被何妈看穿了，她上楼之后肯定是一场恶战，何必把自己卷入这场战争里。

罗畅和刘丹也总算明白了，何大叶为什么是女王，因为她顶上有个活生生的皇太后垂帘听政啊，"虎娘无犬女"啊。

何妈上楼敲开门，何大叶跟预演的一样，作惊讶状，台词是："丁香？你怎么来了？"嗯，何妈闺名丁香。

戏虽然肤浅，但是作用大，能满足何妈得逞的虚荣心，心情指数会好很多，对她自然也不会太为难。

可没想到的是，她话刚说完，何妈就一个巴掌拍到她头上说："装！还跟我装！"

"我装啥啦？"何大叶被打蒙了，抱着头委屈地问。

"罗畅跟你说了吧？带刘丹一起去接我是你的主意吧？甭不承认，就罗畅那点儿出息，他没胆干这事儿。"

"您怎么老用自己的价值观去衡量别人啊，您跟罗畅才相处过几次，他的事儿您不知道的多了去了，哪儿来的满满自信就觉得自己说得对啊。"被何妈拆穿，何大叶有点恼羞成怒。

"我这辈子看的人比你吃的盐多，何大叶你也是个没出息的东西，你是不是被刘丹挖墙脚了？是不是她硬生生把罗畅给勾搭过去的？"

"您说这话难不难听啊！"何大叶有点火了，大声说。

一切都不出她所料，母女俩见面就掐起来了。

何妈这次进京，除了来看看她，还有个目的就想再为她跟罗畅加把火，可没想到才刚下火车，就发现这把火连火星子都不剩了，任自己是月老下凡也回天乏术。

何大叶觉得自己说话态度有点差，平复了一下自己的情绪，捏了捏何妈的腰。

"哟，身体恢复得不错啊，瞧你这腰，都是肉，你表哥把你伺候得挺好呗。"

"鬼门关走一遭，再摊上你气我，我自己不长点肉，早趴下了！"

"没人气您，您也别自己气自己了。"

何大叶倒了杯热水放在茶几上，刚想坐下，门就开了。

张猛提着大包小包煲汤的材料，板着脸进来，看都没看何大叶，兀自低头换鞋。

大叶一愣，何妈也愣了。

一个男人，出入何大叶家跟自己家似的，还提着吃的，说清白任谁都不信。

何妈把张猛上上下下打量了几遍，觉得很满意，立刻就对自己有了自信，果真是自己教出来的闺女，挑男人的眼光一蹦老高，这个看着比罗畅还要好，当然，也喜忧参半。

好呢，是这家伙个儿高，能弥补一下自己矮胖的基因对何大叶孩子的影响。

张猛换好鞋，这才发现客厅的中央，还站着另外一个人。

三个人尴尬了一瞬，何大叶刚要开口，何妈就在她屁股上狠狠掐了一把，何大叶转头怒视何妈，何妈恨恨地瞪了她一眼，随即转成笑靥如花的脸，对张猛说："小伙子，买菜刚回来啊？怎么称呼？"

"……我叫张猛。"张猛有点分不清局面，但一看这俩人的长相，就知道是何大叶亲妈，傻乎乎地鞠躬，上前来握手，"阿姨你好。"

"哎呀，手真大，个子可真高，有一米九吗？"

张猛谦虚："差两厘米。"

"一米八八，真好……没听大叶提起过你，常来吗？"

"嗯……还行……"张猛被何妈的热情吓着了，他看了一眼何大叶，何大叶变成了复活节岛的神秘石像，表情变幻莫测的，他只好吞吞吐吐地回答着。

"常来还用得着买这么多东西，多见外。"

"都是给大叶煲汤喝的，她现在的身子就得多补补。"

"身子？怎么了？"

何大叶此刻正在找东西：锄头呢？赶快刨个坑，待会核爆炸的时候躲起来。

张猛也傻了，本来以为何妈知道了何大叶的情况，特意进京来看她呢。

"没什么，就身子弱。"何大叶抢先说。

"弱？你那身体我不知道？从小壮得跟熊似的，人家都感冒的时候你从来没事儿。"何妈意识到不对劲，这么低级的借口想骗过她，自然是对她洞察力的一种侮辱。

客厅安静了，谁也不知道该怎么收场。

何妈往沙发上一坐，跷起二郎腿抱着膀子，气场十足，宛若老年版何大叶。

"别愣着，说说，到底怎么回事儿？"

没人吭声。

"你说。"何妈指了指张猛，一点儿都没客气。

何大叶想阻止，被何妈一个凌厉的眼神给吓退了。

张猛放下手里的东西，叹口气走到何妈面前，又深深地鞠了一躬。

"阿姨，我不瞒您，是我对不起大叶，是我没照顾好她，让她流产了……"

"张猛你瞎说啥呢？"何大叶跳起来冲张猛吼。

　　她想说不但流产何妈不知道，连她有孩子这件事她也不知道啊，这不是给人添堵吗？

　　三个人都僵住了，空气像凝固的巨大冰块，把他们裹进冰冷中。

　　这场沉默维持了很久，世界仿佛陷入一片静默的虚无。

　　过了很久，何妈突然站起来走到门口，提起张猛买的东西。

　　"我看你买什么了……"

　　大叶原本以为的暴风骤雨没来，疑惑地看着自己的妈。

　　嗯，《Ｘ战警》当中，有一个变种人的角色是风暴女，何大叶看电影的时候就热泪盈眶，这不是抄袭她妈的技能吗？现在这是演哪出啊？暴风雨前的宁静？

　　何妈此刻正在端详一块猪肝："挺新鲜的，行啊，挺会买菜的，这个你准备怎么做啊？"

　　"大叶她不爱吃猪肝，煮汤和清炒都不行，我准备卤一下。"

　　"哟，还会卤猪肝，你哪儿人？南方人？"

　　"河北的……"

　　何大叶插话："妈……"生怕自己亲妈受了太大的刺激而精神失常。

　　本来何妈就难得跟壮年男子找到共同话题，何大叶猛然叫一声"妈"，打断了二人和谐的厨艺交流，何妈特别不满意："我俩说话呢，你插什么嘴！上楼！别杵在这儿惹我生气！"

　　何大叶稀里糊涂地上了楼，带着一肚子忐忑，竟睡着了，想想自己也真是没心没肺的典范。

楼下，张猛在何妈的亲切瞩目下，紧张地切菜。

切了半天，发现何妈正上下打量他长相，还偷偷踮着脚跟他比个儿。

张猛的脸一下子就红了，说："您去休息吧，我做好了叫您。"

何妈哈哈笑："我不累，我就想跟你学学怎么卤猪肝。"

拿脚后跟都能想到，何妈对卤猪肝一点都不感兴趣，张猛比较像是猪肝，何妈的一切目光，都像是在菜市场里打量猪肝的意思。

切菜之间，何妈有一搭，没一搭地，开始打听张猛各种身家背景，张猛也一一诚实作答。

三十多了……

河北的，中专毕业，学厨师的，所以做菜这么好……

以前当模特，现在改行当主持人……张猛没好意思说是电视购物主持人。

有车，有房……觉得自己条件不好，他把给舒颖的那套房子也说成自己的了。

说着说着，张猛都有点失落了。

是，自己多差啊，这样的男人，怎么给人安全感啊？还没跟何妈说，自己离过婚，还带着个孩子呢。

想到这儿，张猛突然脖子硬了起来。

带个孩子怎么了？又不是别人家的孩子，是张阳阳，是他的骄傲啊，自己有什么可害羞的。

何妈还想继续打听张猛父母是做什么的，张猛突然笑笑："阿姨，您喜欢男孩还是女孩？"

何妈被问个措手不及："啊……男女都一样，都一样……你呢？"

张猛搓搓手，拿出手机，给何妈看张阳阳的照片："我儿子六岁了，给您看看。"

何妈有点震惊，但依旧眯着眼看看张阳阳的照片："长得挺好看的啊……个子这么高……"

张猛略带着骄傲的口气："长得还行，随我前妻，个儿随我，人精儿一个……"

何妈"啊……啊"地应答，这场谈话的主动权一下子被张猛夺过去了，她沉默地把手机递过去。

张猛擦擦手，继续切菜，俩人在厨房的谈话就这么断掉了。

何妈也不知道如何继续，觉得厨房突然小了，尴尬得很。

刚要离开，张猛叫一声阿姨，留住了她。

"我离过婚，还拖个孩子，大叶跟我是挺委屈的……但我儿子是真喜欢大叶，跟他妈都没这么亲过。"

何妈也不知道怎么回，看着张猛在弄肉呢："肉别这么切啊，费刀！"

何妈把菜刀夺了过来，自己动手开始切了。

厨房开放式的，何妈边切菜边环顾厨房，不太满意："这厨房被你们弄的，让人一点也不踏实。"

张猛也不知道何妈是不是话中有话，他把话在嘴里嚼了几遍，还是缓缓地说："我也是真心想跟大叶好好过日子。她这么多年……过得太辛苦，我想都在我这里给她补上。"

见何妈没怎么表态，张猛还想说点什么，却被何妈打断了，她梦呓一样说着话，像是说给张猛听，又像是自言自语："大叶这孩子啥都好，就是嘴硬，性子又倔，小的时候闯祸了，扫把都被我打断了，她一滴眼泪都没有，我跟她爸拿她一点办法都没有。可她心软，啥事儿都自己扛着，心里有苦从来不对我们说，怕我跟她爸担心，就会报喜不报忧。她有时候也跟我抱怨，说不管她怎么做，在我嘴里怎么都不念她一声好呢？唉，怎么可能呢，她是我身上掉下来的一块肉，其实我挺为我姑娘骄傲的，觉得她特别棒。"

"是，她真是一个特别好的人。阿姨，我跟大叶在一起时间不长，虽然流产这事儿……但是您能不能给我个机会，要是您放心，以后让我来照顾她，我保证，把她照顾得好好的，一点儿委屈都不让她再受。"

何妈没说话，过了一会儿又问说："你这汤光小火炖，不加佐料啊？"

"我什么都没加，食物的鲜味一出来，火候一到，加点盐就行了。"张猛想想，又补充一句，"什么事儿都是这样，火候到了，不加盐，味道也好。"

咚咚咚，何妈三下五下就把东西都切好了，她擦擦手，淡淡地说："我手艺不比你差吧？"

"瞧您说的，您动手，我只有看的资格了。"

何妈也没说啥，就从厨房区出来了，张猛起了热锅，准备炒菜，油温刚热的时候，何妈转身跟张猛说："记着去超市给她买双棉拖鞋吧，她体寒。"

油锅里开始爆葱姜蒜，唰的一声，张猛觉得心里踏实极了。

卧室里，何大叶睡得香甜。

这一觉，不香也得甜，睡醒后，肯定又是一番暴风骤雨，何大叶觉得烦透了，睡不着也硬睡。

睁开眼时，看见何妈正坐在床边看着她，跟怨灵一样。

何大叶吓得都快秃顶了，可也知道现在是多事之秋，不宜发火。

她闭上眼，呼唤：神啊，这一切都是梦。

但神不过全身都是戏的丁香女士，她用手指推了推："别睡了，你亲妈我大老远来北京看你，你就是装，也给我装得热情一点。"

何大叶闭上眼，嘴里不闲着："丁香，你能不能改改你不打招呼就坐床边的习惯？从小我半夜一醒，你就一声不吭地看着我！我的胆子就是这么被你吓大的。"

何妈翻了个白眼："谁让我肚皮不争气，生了你这么个玩意儿，醒的时候准张牙舞爪地不听话，只有睡着了才招人稀罕。不多看看，我怕我活不了那么长。"

何大叶举手投降："行行行，我不睡了。让我睡的是你，不让我睡的也是你。我的亲妈啊，你让我消停会儿不行啊？"

何妈上下打量一下，捏捏何大叶的脸："还行，长了点肉啊，他还挺会伺候人的。"

何大叶捂脸："真的？胖这么多？本来你的大脸盘子就遗传给我了，以后我还怎么见人啊？"

"哎，先把身体养好吧，我是过来人。你记得你上小学二年级的时候，那阵子都是你爸做饭吧？"

何大叶歪头想想："是有这么回事，我就纳闷我爸那阵子表现得那么好，天天买羊肉馅做羊肉汤，虽然膻，但放点萝卜丝儿，还挺香的……等会儿，丁香，你那阵子生病，不会也是……"

何妈倒是荣辱不惊："避孕环儿不知道怎么坏了嘛，突然就有了。那时候咱家条件好点了，我和你爸一商量，罚款咱们倒是也能交得上，后来冬天路滑嘛……医生说可惜了，是女孩。要是生下来，现在都大学毕业了。"

何大叶拉拉妈妈的手："丁香，我真不知道……哎，我要有个弟弟和妹妹，肯定不像我，肯定特听话。"

"算了，都过去的事儿了，哎，咱娘俩这命儿啊……这孩子跟咱们没缘分，以后还会再有的，你把身体养得好好的就行。"何妈摸了摸何大叶的头发，"瞧你这头发厚的，跟我一样。"

"您不生我气？"何妈没爆炸，何大叶觉得奇怪。

"医生不是说了让我少生气嘛，再说生气有什么用。"

"我就觉得，自己一把年纪了还没把自己给销出去，挺对不起您的。"

"嗨，有什么对得起对不起的，你说妈把你养这么大，图啥？不就图你能过得好吗？你啊，从小自理能力就差，虽说学习好能力强，但是丢三落四，连扣扣子都能一个礼拜扣错三回。你上大学那年，我担心的呀，就怕你啥事儿都做不好，所以就一直着急，想你赶紧找个称心的人嫁了，来代替我跟你爸照顾你。"

何妈握着何大叶的手，缓缓地说。

岁月夺走了她身上大部分的胶原蛋白，连手掌也变得有些粗糙起来。

何大叶眼眶酸胀，有点想哭，假装若无其事地把手从何妈掌心抽出来，笑了笑说：

"我也想嫁，但是哪有你那么好运，遇见我爸这样的好男人，对你一辈子无微不至，在你面前连大气儿都不敢喘。"

"哼，你爸那人跟头闷驴似的，跟我发脾气的时候一个礼拜不搭理我，我看他就是皮痒痒想挨打了。"何妈气愤地说，眼睛里却满满都是爱，"你啊，这倔劲儿就随你爸。你还跟我叫嚣说直接生个孩子给我，没想到你倒是说到做到……唉，都怪我，老催你。"

这样真好，何大叶想。

日子这样过才会有意思，你急我缓，你快我慢，就像拼图里紧挨着的两块，缺着的，另一块补上去，就完美了。

她突然想起张猛，不理她也有一个多礼拜了吧，跟何爸一个德行。

"妈，你觉得，张猛怎么样？"何大叶问。

何妈挺意外，没想到女儿会主动跟自己谈起张猛。在过去的那些年，感情一直都是母女俩人间的敏感话题，每次谈必翻脸。

何妈觉得欣慰，贼笑了一下，放低声音说："个头真不错，就是眼睛小点，不过挺耐看的，果然当明星就是不一样啊……"

"能别这么肤浅吗？您都多大年纪了，还追星？而且，他星什么啊，您真是没见识，拍个照片上个电视就是明星了？"

"人人都有欣赏美的权利，这跟年纪无关。"何妈不高兴，抬手不轻不重地冲着何大叶的后脑勺就是一巴掌。

"我是说，人品！"

"当然不错，会做饭，会照顾人，关键是，他傻乎乎的，这样的男人不会欺负你，净是你欺负他。"

"嗯，看出来了，您没少欺负我爸。"

"妈看人很准的。"何妈飞去一个凌厉的眼神，没接她的话茬，继续说，"张猛这孩子挺老实……但是决定权还是在你。大叶，结婚没什么大不了的，只是换一种生活方式，爸妈只希望你能幸福。不过，你可不能因为人家待你好，你就任着性子来啊，可以撒娇，但不能欺负人啊，这不是咱们老何家的作风。要是你觉得不行，趁早跟人说说，别让人在你这儿瞎费工夫。"

"妈，你知道他有个儿子吗？"

何妈冷笑："这小子，这点倒是不傻，我这一点点问呢，他倒是都招了，还给我看他儿子照片，弄得我也不知道怎么说。"

何大叶心里咯噔一下，不知道何妈什么态度。

"反正你自己考虑好，嫁过去就是后妈了，我也看出来他了，没什么钱，工作也不稳定，就是人好……"

"丁香，我跟你实话实说，近五年之内，我肯定赚钱比他多，你也别在我这里绕圈子，你说说你啥态度吧。"

何妈叹了一口气，问何大叶："你知道你爸怎么跟我好的吗？"

何大叶蒙了："不是相亲认识的吗？"

"唉，你爸那条件啊，太差了，兄弟多，家里穷。你大爷就是当地的一个流氓，天天跟人打架。你爷爷觉得自己有点文化，脾气不好，那人缘处的啊，可差了，三十多岁就在家不干活了。你爸成绩本来挺好，但连个高中都没钱上。就这条件，谁家姑娘能看得上？你爸遇到我时，之前都相了二次亲了。第一家，人家连面都不见，你爸委屈得嗷嗷哭。你大娘长嫂为母，心疼她小叔子，就介绍了她一个亲戚。这家也穷，勉强跟你爸见了一面，那家桌子上放了一本书，你爸就爱看书啊，拿着书就在那儿闷头看。你大娘就说，哎，兄弟，给人拿烟，他拿着一包烟，往桌子上一扔，低头接着看书。你大娘指点他，哎，给人家倒水啊，你爸就呼啦一下倒杯水，水都溢出杯子了，还在那里看书。后来人家父母就觉得，这小孩太不会来事儿，这门亲事也黄了。实在没办法了，你奶奶就想到你姥爷家姑娘多，我好像跟他同岁……"

听到这儿，何大叶火腾地一下就起来了："我知道，我奶奶跟我姥爷是亲表兄妹，我姥爷死的时候，我奶奶哭丧说我的表哥哟……你们知不知道近亲结婚，孩子会傻啊？"

何妈白了她一眼："你以为我乐意啊？但你爸相了几次亲后，学聪明了。在你姥姥姥爷家，进屋就干活，扫地，帮忙喂鸭子。本来你姥爷不同意，觉得你爸家人口多，太穷了，怕我受委屈。但你姥姥相中你爸了，觉得勤快，长得也好，就定了。我当时能说啥啊？那就定呗，结果这可好，十七岁定的亲，二十五岁结婚，中间就见了一次面。还是有次赶集，你二姨骑着自行车驮着我，看到你爸了，你二姨跟他说话，我坐在后座上，连面都没好意思看一眼，稀里糊涂就嫁过来了……可后来吧，亲戚们都说，这是一门好亲事，两家里最靠谱的俩人在一起了。"

何妈说："我也希望你找个条件好的，但我也没离婚又再婚，就这一次结婚的经验，我也给不了你太好的建议，还是看你自己吧。他的不足，在你这儿能补齐，你的缺点，在他那里能填平。觉得跟他在一起有奔头，有话聊，即使你们混成了亲人，你也想着他念着他，这才是好伴侣。什么爱不爱啊，合不合适啊，都是扯淡，等老了有个看不厌的伴，这才是实的。"

何大叶挺感动，一番掏心掏肺的谈话后，何妈都会尊重她的选择了，真是历史性的进步。

沉浸在感动里还没回过神，何妈又说："慢慢挑吧，反正你也剩了这么久，都老皮老脸的了，能嫁出去是普天同庆的好事儿，嫁不出去，妈也不觉得意外。"

瞧，人们就是这样终止温情脉脉的谈话过程的。

何妈住了两天，就启程回去了。

这两天，张猛跟导游一样，带她逛各大超市和菜市场。

何妈在厨艺上压不过张猛，却靠卖场经验丰富扳回一城。

回去那天，她还是执意让罗畅去送，她说既然他没福气做我女婿，那就做我司机，语气凌厉如女版霸道总裁，让张猛有一种不受重视的后宫妃子的失落感。

何妈走的第二天，何大叶睡了一个踏实的觉，早晨还赖了一个漫长的床，等她起来时，已经快中午了。

从房间披头散发地走出来，睡意还没完全散尽，就被正躺在沙发上睡觉的张猛给吓了一跳。

她轻手轻脚地走过去，蹲在张猛面前，仔细地看他睡着的样子。

这张脸越来越熟悉了。

眼睛太小，闭眼跟睁眼差不多，睫毛倒是令人意外地长，如果长成双眼皮，肯定就是金刚芭比。

鼻梁很挺，皮肤也很好，男人就是老得慢，张猛也三十了，脸上连条细纹都没有呢。

看得正入迷，张猛醒了。

睁眼就看见蓬头垢面的何大叶，贴在自己脸跟前儿，如同女鬼。

一声尖叫！

俩人同时弹起来，捂着颤抖的小心脏。

"喊什么喊？你想吓死我啊？"

张猛定了定神，回了她一个"谁吓死谁啊"的眼神，接着看了看表，急忙冲进厨房，自言自语地说："炖着汤呢，差点睡过头了。"一边说一边拿汤勺搅拌着砂锅。

蒸汽徐徐升上，弥漫成一团热腾腾的雾，香气随着雾飘过来，像张猛温暖的怀抱，把何大叶整个人包裹起来。

她慢慢走过去，倚在厨房门口看着张猛忙碌的背影，心里百感交集，她很想上去紧紧抱住他，感谢他在她最落魄的时候，还没把她这张脸看得厌烦。

这样看来，她的觉悟还算高，明白得还不算晚。

"别再给我煲汤了，你看看我，这几天都胖了。"何大叶说。

张猛还是不理她，自顾自地搅拌着。

"你打算什么时候跟我说话？心眼儿怎么小得跟针尖儿似的？"何大叶倚着门，嬉皮笑脸地问。

"差不多炖好了，赶紧拿碗盛汤，愣着干吗？"张猛瞪了一眼愣着的何大叶，嫌弃她没眼力见儿。

何大叶乖乖拿出两只碗想过去盛汤，张猛一把夺过来说："去坐着吧，回头烫着了再怨我。"

张猛把汤端到她面前，她喝了一口。

汤有点烫，烫得何大叶双眼酸胀发红，有点想哭。

"烫着了？慢点喝。"张猛紧张地看着她问。

何大叶笑着摇了摇头，放下汤勺跟张猛对视了一会儿，突然叫他："张猛……"

"嗯？"

"我嫁给你吧？"

这问题把张猛给问住了，他愣了半天，不知道该说些什么。

相识的这段时间里，他不是没跟何大叶示过爱求过婚，可都被残忍地拒绝了。

张猛还本着越挫越勇的心态准备等何大叶心情平复后展开新一轮攻势呢，没想到却被她抢了先机。

见张猛半天没说话，何大叶不高兴了，小手一挥不耐烦地说："愣什么呀？行不行给个准话儿。别摆出一张便秘脸给我看，不知道的还以为我逼婚呢。"

"好好喝汤，别说话。"张猛假装调皮，想把这茬蒙混过去，摆了个鬼脸之后低头呲溜呲溜地喝着汤。

"因为我不想再错过你了。"何大叶认真地说。

张猛手上的动作变得迟缓了一些，抬头看着何大叶。

他大概没想到何大叶会说出这样的话，心里涌起一阵满满的感动。

"我知道，你这种死板又传统的人肯定觉得求婚这事儿应该男人来做比较合适，但是我等不及了，我这人你也知道，阴一阵晴一阵的，万一哪天再说出什么伤人的话来把你给吓跑了可怎么办。"何大叶说。

"大叶，这事儿你得想好，我是个二婚的，三十多岁，又刚刚转行，连房子都没有，就天天在电视上卖东西，而且还有个六岁的儿子。"

"怎么突然变得这么婆妈了？你没有的，我有就行了，我没有的东西，你又正好给我补上，多好啊。我经历过这么多年被人踢来踢去的岁月，现在总算独立了，我现在拥有的这些，都是我自己赚的，没人能夺走。以前我对这样的自己特满意，觉得没人爱我也不要紧，我自己爱自己就行了。我就这么带着这点儿卑微的不甘心、不将就，一直拖着，拖走了我身边一个又一个爱我的人。现在看看，就剩下你了，所以我怎么能再轻易让你走呢。"

何大叶的一番话把张猛说得热泪盈眶的，原以为他接下来会感慨万千地拥抱何大叶，然后絮絮叨叨地说我愿意我愿意。

但别忘了，何大叶的生活剧本跟别人的永远都不一样。

一向都走寻常路的张猛从感动中回过神，桌子一拍，竟然不寻常地翻脸了。

"何大叶！我就特烦你这样！"

这一嚷嚷，把何大叶吓了一跳，她不可思议地看着张猛，心想不对啊，这是哪一出啊，不是按照剧本走的呀。

张猛指着她继续说："你总是这样，给块糖再给一巴掌，每次我刚刚看到点希望，你就又亲手给拍散了，顺序反了你知道吗？这种大喜大悲的感觉不好受你知道吗？你这人怎么这么反复无常啊？"

"现在是谁无常啊？"何大叶也急了，跳起来要跟张猛理论。

张猛扬起手在空中挥了挥，示意何大叶闭嘴，接着说："你的求婚我不答应！"顿了顿又说，"没错，我就是死板又传统，求婚这种事应该男人来。"

说完，他哆哆嗦嗦从口袋里掏出一张皱皱巴巴的纸展开，清了清嗓子，笨拙地开始念：

"其实这个世界上，很难有人去了解一个人，而你了解我，我知道自己不完美，其实大部分时间我很讨厌我自己，但是跟你在一起，我不讨厌我自己了，我喜欢跟你在一起……"何大叶想笑，被张猛一个手势制止住，他放下手里的纸条看着她，然后认真地说："我就知道，从医院回来你得作一次。其实，我挺希望看到你这样的，我怕你又装坚强，把事情憋在心里。只有你跟我作这一次，作不走我，我才能认定，你把我当自己人了。这话我从没跟你说过，何大叶，我爱你。"

何大叶笑了，走过去搂住张猛的脖子，像树袋熊一样赖皮地挂在他身上。

"这是什么时候写的？"何大叶轻声问。

"早写好了，本来刚才想念给你听，结果你又出口伤人。"张猛嘟着嘴说。

"以后别写了，真心烂。"

"心情好点了吗？"沉默了一会儿，张猛问。

"哪儿那么容易好，可是生活总要继续向前走，总不能守着伤口患得患失地过日子。"

"都会好起来的，我会一直陪着你……"

何大叶笑笑，在他怀里点了点头。

这一年，何大叶哭得特别多，几乎把一生眼泪的量都哭完了。

这一年，她三十二岁的生日变成她未出生的孩子的忌日，想起就哀伤。

不过还好，这一年，她送走了罗畅，又遇见了张猛。

辞旧迎新，终归是件让人愉悦的事情。

人生就像是一张打折的机票，不能改签，也不能退订。

所以，为保险起见，我们应该自己开车上路，设好 GPS，选好音乐，让独行的路途能舒服一些。

中途如果有人要上车，我们也做好对方只是搭顺风车的准备，有缘分一起到终点当然是最好，可就算只能一个人抵达，也该在目的地，感恩沿路风景。

这是何大叶以前不懂的道理，现在她懂了，所以她终于能敞亮地让张猛上车，她还在想，如果张猛中途想走，她也会锁上车门，把他绑在座椅上，一路往终点开去。

当然不是离开男人不能活，她只是不想依靠男人活。

这趟人生旅行，她依旧希望，她的主动权能泡在福尔马林里，永久保持。

六

时间过得飞快，仨月又仨月，转眼就是一年半。

生活，就是打一巴掌给个甜枣，北京这个城市再次迎来了大风凛冽的季节，结合雾霾，到了呼巴掌的时候了。

不过还好，风到夜晚总会停，这勉强算是甜枣。

深夜的路边卤煮摊位，开在劲松桥下面，每到深夜都有一堆豪车在这里堆积。

基本上没有位置坐，但在大风之中吃着一碗卤煮还是让人感到幸福的。

感谢城管大人们不杀之恩，让伟大北京还有点人情味，给人气力，来应对这寒冷带来的沮丧感。

今天的卤煮摊位没地儿，坐的人特别多，有一伙长腿男人黑压压地围坐在一起，吸引着来往路人的目光，有几个混夜店的小姑娘还半路停车，忍不住掏出手机拍照。

哟，劲松桥下面也有站街的了？质量真不错。

一个小姑娘嫌弃同伴拍的照片不好："唯一拍的正脸，还是那个最丑的。"

另一个姑娘不太同意："我就喜欢小眼睛的，一看就是好男人，要不然咱们问问多少钱？"

张猛打了个喷嚏，擦擦鼻涕，他混在一群年轻的超模之中，默默怀念当初自己还是鲜肉的时光，还没追溯够，就被烧烤摊主给认出来了。

摊主倒也热情，送了二十几串五花肉过来当作对一个偶像基本的崇拜。

张猛自嘲，自己混得真好，值二十几串五花肉呢。

"我媳妇儿特别爱看你节目，回回都得买点儿啥，不过你推荐得够诚心，东西都特别好用，以后也得多推荐点实用的东西，别跟别的电视购物似的，净骗人。"

张猛尴尬地笑笑，点点头说好，一定一定。

摊主走后，张猛脑袋不好，刚刚的话题被打乱了，他问："刚刚说到哪儿了？"

几个嫩模拿张猛开涮，接话茬，说"刚刚说到，我媳妇特别爱看你的节目"。

是啊，都这么红了，怎么单身派对还在地摊儿上开啊。

张猛白眼一翻，说："哪儿那么多废话，待会我还得录节目呢。你以为这钱好赚啊，我就是反面教材，以后你们几个都给我好好当模特，别将来混成我这样，一个大男人跑到电视上卖女士内衣。"

张猛只觉得最近自己白眼翻得越来越多，越来越有何大叶的神韵了。

众小弟点头称道，"是是是，猛哥教训得是，我们一定多面发展，四处开花，不负恩泽。"

"哥，你现在都是婚庆公司'老板娘'了，还把自己说得这么惨，要脸吗你？"一个刚走完纽约时装周的男模打趣说。

"那哪叫婚庆公司啊，常驻人口就俩人，家属没事还得当免费劳动力去，都是你嫂子张罗的，我就是入个股。"张猛谦虚地挠挠头。

"有钱入股又不用操心，哥，嫂子她有表妹什么的吗？介绍我们几个认识。"

"行了你们，别埋汰我了，转着弯儿骂我吃软饭是吧。你们吃软饭的梦想，你们自己去实现。"张猛话锋一转，突然严肃起来，"你们啥意思吧？我都舍下重金请你们吃卤煮了，你们还考虑什么啊？"

众男模面面相觑，不说话，其中一个带头说："哥，你也太强人所难了。"

张猛一副了然于心的样子："觉得丢面子是吧？哦，对，你刚刚去米兰走过秀……你终于打进全球男模前五十了……你要去拍戏了……你参加真人秀，粉丝涨疯了，人气特高是吧……哦，你女朋友是那个谁谁谁，俩人现在捆绑销售是吧……"

说完这些，他突然表情变得很沉重，手放在桌子的啤酒瓶上，慢慢地开始撕瓶子上的商标，语气幽怨："唉，孩子们都翅膀硬了，不需要我这个哥了，弟弟们都红了，都不爱我了……"

跟一线女明星谈恋爱的某小鲜肉最近正在热恋，受不了任何悲欢离合，心有不忍："猛哥，你别这样，我们都有合约在身。再说了，每次你节目里卖的东西我们都成批买，你粉丝后援会三分之一的人都是我们冒充的，我们这还不爱你啊……"

张猛突然被戳破真相，恼羞成怒："跟这个没关系……"

想想，他闭上双眼，突然四十五度角望天，眼含热泪，使出必杀技："我知道我不如以前了，不再是帮你们扛事儿的猛哥了……"

大家集体"唉"了一下，心说猛哥为了省钱，估计把我们卖了的心都有，十分不齿，又无可奈何。

"下次能不能在那种有房顶的饭店请我们啊，这也太没诚意了。"

张猛眼见他们松口，嘴角咧到太阳穴："下次一定带房顶，一定带房顶。"

"猛哥，下次再请，身份可就不一样了，要再混到这个点，嫂子肯定得跟你急。"

"她敢跟我急？我说了算她说了算啊？"张猛横眉冷对，拍着桌子逞强。

超级鲜肉们贼贼地笑了，互相看了一眼都心知肚明。

张猛还跟那儿装大哥，觉得自己威风凛凛到不行，一点都没察觉。

电话响，他接起来，态度立马转成温顺模式。

铁打的雾霾，流水的婚礼，可以合法过性生活的男女又像雨后春笋一样，鼓起勇气用一场精彩或者乏味的婚礼的仪式感，来为不知道结果的婚姻打打鸡血了。

健一公馆的草坪上聚满了人，搭起的高台上，像门神一样一左一右站着两个穿着礼服的孕妇，如果你刚好路过，兴许会以为这是一场准妈妈研讨会。

事实上，这是女王何大叶的婚礼。

从这一天起，女王虽然还是女王，但卸下了"不婚"的帽子，正在新娘休息室里对镜贴花黄。

激动吗？真不激动，把自己嫁出去这件事情并没有太多的兴奋感。她惯性地拿着对讲机，跟灯光啊舞台啊各部分人员商定最后的流程，同时还要阻止化妆师跟扫雷一样的双手，把她描绘得面目全非。

化妆师 Kevin 老师不乐意了："你再跟我啰唆，老娘甩手就走。"

何大叶振振有词："你别把我化得我妈都不认识……你少找借口，我知道，您是觉得平时都给冰冰啊子怡化妆，给我化妆掉价是吧？"

"掉价？姑奶奶，你给我价了吗？我一场新娘妆收费八千呢！你给我什么了？今天我自带助理，还自己打车过来，我里外里还搭钱给你化妆，传出去我在这个圈里还干不干了？"

何大叶倒是理直气壮："没让你掏份子钱就不错了，还想拿钱。你也不想想，咱们一起经历过多少生灵涂炭的婚礼，这么深厚的阶级感情，提钱多伤感。"

Kevin 撇了撇嘴："那是，你仗着大家都是你亲生的朋友，从舞台到灯光到摄像，都免费给你干活，算盘打得真精。"

对讲机那边的舞台监督小王不乐意了，透过对讲机："李振国你甭抱怨了，你不拿钱就不错了，何大叶还逼着我掏一千块钱的份子钱呢，出钱又出力，我找谁说理去。"

Kevin 抢过对讲机大吼："跟你说过多少次了，叫我 Kevin，别他妈的叫我李振国。你掏一千块钱还嫌多，你结婚生孩子哪次我们没掏钱？离婚还办典礼让我们随份子呢。何大叶这是给肚子里的孩子积福，换成是我，你敢掏这么点，我拿钱砸你脸上。"

何大叶夺过对讲机："吵个屁，你们天天说希望我嫁出去，好不容易我嫁出去了，你们一点都不支持我。"

很不幸，何大叶的婚礼策划公司，并没有发展得多好。在蛋糕越来越少、竞争越来越激烈的婚庆市场，她只能算是混了个脸熟，但就凭这点，她已经很感恩自己口碑还累积得不错，起码每月都有活儿干。

身旁的伴娘刘丹已经胖走样了，倒是挺清闲，挺着肚子对着镜子欣赏自己的伴娘服，时不时还偷偷往嘴里塞点吃的。

张阳阳看着这一切，只觉得现场可真够乱的了，他用 iPad 给美国的舒颖直播这一切。

一年半的时间，他只长高了一点，还是过去的人精样。

在机场接他的时候，何大叶原本还做好了他已经长成巨人的准备，连惊喜寒暄的表情都准备好了，没想到从出口走出来的，竟然还是个小矮人。

何大叶有点担心，问张猛："阳阳怎么没长高，你跟舒颖都不矮啊，他不会是侏儒症吧？"

结果被张猛臭骂一顿。

还以为这会是一场感人肺腑的久别重逢呢，没想到张阳阳见面就指着何大叶说："你怎么又胖了？"

何大叶也不示弱，指着他说："你怎么还是这么矮？"

俩人都被戳中了要害，回家的路上怄了一路的气，谁也没搭理谁。

张猛直摇头，唉，唯女子与小人难养也。

整场婚礼最不高兴的就是罗畅，站在一旁耷拉着一张脸，絮絮叨叨嘀咕说："凭什么不让我当伴郎啊？给我安排的是什么职位？伴娘的用人兼保镖？什么呀？为什么不让我当伴郎啊？"

起初何大叶不准备搭理他，带着假笑站在台上准备迎接自己帅气的新郎入场，但罗畅实在是叨叨得太多，终于还是把她给弄烦了。

何大叶侧了侧脸，嘴角带笑咬牙切齿地说："叫你来参加婚礼就不错了，还让你当伴郎？全天下有谁让前夫当伴郎的？找不自在嘛不是。再说了，你最多算是我娘家人，张猛的伴郎是名模！一出场就闪瞎万千少女的'狗眼'那种，你五五分的身材，肩膀就到张猛腰那儿，我和张猛这郎才女貌的一对，你一入镜，破坏画面感。"

罗畅假装干呕："就张猛那笨样，'才'在哪儿？就你那长相，'貌'在哪儿？你说得我好想吐哟。"

刘丹也不高兴，赶紧站出来护着罗畅。

"哟，这话说给谁听呢？觉得罗畅碍眼，还找我干吗？"

"啧啧，行啊你，不但人胖了，还长能耐了，学会护食了都。今天是我的婚礼，我乐意咋样就咋样！"何大叶傲娇地把头一昂，没好气地说，"还有，你生完孩子后赶快回来给我上班，白吃白喝养你半年了！你是不是觉得我找不到人替你？还是觉得我不敢扣你的工钱？"

刘丹嘟嘟嘴，没搭腔，反倒回头对站在一旁的张阳阳说："阳阳，以后你得好好学习，别像我命苦，找这样要钱不要命的老板！"

张阳阳翻了个白眼，拿着 iPad 对舒颖说："他俩都这么笨，好担心他们的将来……"然后小大人一样叹口气，"妈妈，你看何大叶都结婚了，还跟以前一样。唉，以后我得操多少心啊。"

何大叶转过身，跟舒颖打了个招呼，并没有那么开心。

视频里，舒颖也大着肚子，预产期跟何大叶差不多，可她除了肚子大胸部大以外，身上没一块多余的赘肉。

最可气的，是舒颖站着说话不腰疼："哎哟，我胖好多哟。"

唉，同样是女人，差别竟然那么大。

何大叶暗自感叹，并感谢张猛能在爱过舒颖之后又爱上她，想必一定是真爱。

舒颖抱怨何大叶怎么偏偏挑今天结婚，自己怀着孕回不去，问她都快生了还不好好在家养着，而且今天还是愚人节。

何大叶心里惦记着舒颖给张猛包了巨额红包，无奈地笑笑说："北京酒店不好订你也知道，就今天有空余，虽然是愚人节，但好歹是个节日，好记，也挺吉利的。"

这谎话编得何大叶自己都嘴软了，真相也只有她自己知道，简单说，就是为了省钱。

大家都不爱在愚人节结婚，总觉得这婚结得跟闹着玩儿似的，这家酒店就把这一天的婚宴打了八折，再加上何大叶跟这儿的经理熟，折上折，更加上她恩威并施，叫了一堆相熟的同行免费干活，这样的便宜何大叶当然要捡，不然怎么对得起当初她因为十块钱而失掉的孩子。

台下其乐融融，台上却悄然剑拔弩张着。

这场婚礼的流程原本就是剑走偏锋，何大叶说是她先开口求的婚，所以应该由张猛从红毯上徐徐走来，一开始张猛死活不愿意，何大叶就假装动了胎气，躺在沙发上打滚。

"我是女王！你竟敢忤逆我？我是女王啊！"

张猛没辙，只能顺了她的意。

自从何大叶再次怀孕之后，脾气越来越乖张，在家就像只挥舞钳子的螃蟹，横着走。

婚礼开始了，为了省钱何大叶居然连主持人都没请，她说她就是干这行的，知道行情，司仪都是些坏事的主儿，没必要请。

张猛问："那谁来主持啊？"

何大叶拍着胸口说："没吃过猪肉，我还没见过猪跑吗？当然由本王亲自来。"

　　她提着一口气，穿着婚纱，直接上台，艰难地跟大家鞠躬。

　　"在座的，都是我亲生的亲朋好友们，我知道，你们等这一天已经很久了，昨天晚上好多人都没睡着觉吧？在被窝里感动地流下眼泪，觉得何大叶终于嫁出去了。"

　　说真的，何大叶主持得不差，跟单口相声似的，逗得现场观众一波一波地乐呵。

　　"我和张猛，在红尘中转悠，因为各自的一段婚姻，耽误到了今天。但可能是我俩天赋异禀，却最终把各自的前任都混成了亲人，我感谢他们。"

　　此时，何大叶使了个眼色，单照灯聚集在罗畅身上。

　　刘丹害羞地还以为要让自己讲话，何大叶说："刘丹没你的事儿，我让罗畅站起来。"

　　罗畅满脸通红跟大家摆手。唉，早知道有这环节，他就不来了。

　　另一束灯光照在张阳阳身上，何大叶说错了错了，看大屏幕，结果浪费了一个张阳阳耍帅的表情。

　　iPad 被连接到大屏幕上，惹得舒颖十分娇羞地捂脸，闭月羞花之态，让大家真心确认了两件事情。

　　新郎的前妻还真是美啊。

　　虽然何大叶是咱们亲生的何大叶，但不得不说一下，前妻和何大叶对比一下，真心感觉新郎对何大叶确定一定肯定是真爱。

　　"都说能做朋友，那何必分手，中国人最喜欢跟旧爱划清界限，但分手后，他俩都不计前嫌地一直帮衬着我俩，而且他们俩，也算是我俩的媒人。"

　　是啊，罗畅在那么多租房子的人当中，怎么就选择的是张猛呢？

　　罗畅那时回忆，所有租房子的人看完房子的第一件事儿就是砍价，但张猛那天刚走完秀，器宇轩昂的，看房看得仔细，结果检查卫生间时，淋浴喷头得前列腺炎了，罗畅逞能要去弄，结果喷了自己一身水。

张猛觉得这哥们的动手能力太少爷姿态了，翻翻卫生间里还有半卷防水胶带，他把西服一脱，穿了件白色紧身 T 恤就动手把喷头修好了，修完后嘴还一咧："北京的水质太差了，喷头老堵。"

那八颗牙白的，虏获了罗畅的芳心，一锤子定音，哥们，这房子我决定租给你了。

张猛说自己有个孩子，这房租也有点贵，但他觉得房子挺好的，自己也不好意思砍价了。

罗畅一激动，便宜了五百……

分分秒秒，起承转合，如果有一点连不上，那人生就是另外一个光景了。

如果说罗畅在人群之中，是把张猛给找出来，那何大叶就是完完全全地猛追舒颖了。

舒颖是婚庆市场难得的回头客，第四次婚礼即将举办的消息一出，高端婚礼策划界的朋友们纷至沓来，婚礼现场搬到火星上的提案都有。

何大叶咬着牙对舒颖的人生倒背如流，觉得都结第四次了，省心最重要吧，谁没事还跑去巴厘岛啊塞浦路斯啊之类鸟不生蛋的地方结婚。

她咬咬牙通过关系在长城公社那里要了一晚上的空当，堵在舒颖家门口，就把这案子递过去了……

舒颖说本来最烦你们这帮搞婚礼策划的，满脸写着拿钱给我。但何大叶都快在小区门口扎帐篷了，那股虎劲儿，挺像是自己第一次离婚后那状态的，心就软了。

过往旧事历历在目，何大叶有些感慨："谢谢你们容忍了我们这么久，谢谢你们在选择还是做朋友之后，给予我们那么多帮助。今天，你俩和我们的至亲好友都可以放心了，我终于找到了可以容忍我缺点的男人，我们相互了解，相互包容，有商有量，再也不会因为现实压力，而放弃对爱情的追寻。想想过去，我俩真是一条路走到黑，跌跌撞撞的。对于未来，我们都三十好几了，也不准备学乖，我们会继续这样。你问我为啥这么执迷不悟，为什么不认命，为什么不卖乖，为什么不走得更轻松。"

何大叶热泪盈眶："因为我有他。他嘴很笨，不会每天都说我爱你，但他每天都记得第一次对我心动的感觉，把它变成了习惯。他不会每天都把我哄得很开心，可在我哭的时候，他会让我破涕为笑。他没有多有钱，可我相信有了他之后，我今后的日子绝不会为钱苦恼。简单地说，他让我明白了什么叫作幸福。而我，也尽了我最大的可能，想要他幸福。"

轻松地呼了一口气，何大叶觉得好爽。

她想办什么样的婚礼？

见识过太多的婚礼。

把钱不当成钱的，潮汕风俗，婚礼到最后，新娘红色的中式喜服挂着各种金链子，变成黄金甲，可以当场表演天马流星拳；把浪漫当成墙纸的，晚上拆台子时，将要枯萎的碗口大玫瑰，散发着一股邪气，300m² 的大厅被漫天的玫瑰阵，渲染得跟杀人现场一样；把不着调当成别具一格的，就差跟水族馆长睡一觉了，结果还是办成了，新郎新娘在水下觉得可浪漫了，最后亲嘴的时候，两个人的呼吸管缠在了一起，双方父母吓得够呛；非要学西方，在草地举行户外婚礼的，婚礼结束，新娘的白色婚纱被雾霾染成了焦黄色，分外狼狈。

其实无论是哪种婚礼形式，我们都应该抱着感恩的心虔诚祝福，但何大叶见过太多种被表面文章绑住的婚礼，本来的主角渐渐面目模糊，最后观礼变成了看马戏。

所以，何大叶想要一场，我要的婚礼。

她不想有那么多无聊的细节。

时光多短，反正在记忆的洗刷下，那些烦冗细节都会被忘却。

但我想跟你们聊聊，谈谈我，谈谈他，谈谈我们为什么会被在一起。

想看脱口秀，给你个枣，但我还想给现实几个巴掌。

想起这一路走来，有过浪漫，有过温情。

但是支撑她和张猛走过来的，不是这些东西。

她多想传道授业解惑啊。

大家受到爱情电影和悲欢情歌的影响太大了，在现实的洪流中，能够手拉手不被冲散的力量，是那股气。

即，无论现实有多艰难，我都想与你一起往前走，不用你帮我承担，我们彼此的肩膀靠在一起，不必创造太多花前月下，让我们把头低下来，埋到土里，最终开出一朵花吧，然后笑对生活中的魑魅魍魉，好好活着，气死他们。

包袱抖完了，何大叶的表情柔和下来，一段熟悉的音乐声响起。

咦，不对啊，不是婚礼进行曲啊？怎么好像是一首老歌的前奏呢？大屏幕上为什么出现了一个 MV 的画面呢？

众人还在愣神的工夫，歌名显示出来，徐小凤的《顺流逆流》。

大叶在歌词跳出来之前拿着话筒解释："既然来的都是亲人，就别嫌我唱粤语歌不专业了啊，我一定得唱这首歌，你们都懂的，请留意歌词！谢谢！！"

> 不知道在那天边可会有尽头，只知道逝去光阴不会再回头。
>
> 每一串泪水伴每一个梦想，不知不觉全溜走。
>
> 不经意在这圈中转到这年头，只感到在这圈中经过顺逆流。
>
> 每颗冷酷眼光，共每声友善笑声，默然一一尝透。
>
> 几多艰苦当天我默默接受，几多辛酸也未放手。
>
> 故意挑剔今天我不在乎，只跟心中意愿去走。
>
> 不相信未作牺牲竟先可拥有，只相信是靠双手找到我欲求。
>
> 每一串汗水换每一个成就，从来得失我睇透。

大叶每唱一句歌词，就仿佛有一段往事在她脑海中显现。

这么多年，这么多的爱和恨，这么多的人和事。

还好，还好她走到了今天。还好，还好她没放弃。

的确，她唱得好差啊，粤语不标准到完全可以当成国语听，毫无障碍，走音就算了，还破音！

可那些台下坐着的人们啊，多谢你们跟我保持在同一个频率当中，我们没有把对方从彼此的生活当中，"新陈代谢"出去。

多谢你们容忍我，来参加这一场，我要的婚礼。

当然，也没那么感同身受，何大叶听着自己面目全非的唱功，佩服自己好在有先见之明，这场婚礼压根就没让爹妈参与。

就让我撒个欢吧，回自己和张猛的老家各办一场婚礼时，她才会安分守己地扮演一个听话的女儿，或者知书达理的儿媳。

放心，演技精湛，经验丰富，实战场面见得太多，她一定会对得起亲戚及即将成为亲戚的各位的份子钱，不负恩泽。

大叶边唱边望眼欲穿地看着舞台尽头那扇宴会厅的红色大门，仿佛能穿过门板，看见门那边她最爱的人一样。

仿佛是在唱给他听。

呵呵，她记得，她记得当时自己的求婚，"让我嫁给你"，而不是"请你娶我"。

尽管意思一样，但在何大叶这里，却是天壤之别。

一曲唱毕，现场安静下来，宾客们跟着何大叶一起整理好了情绪，只听她说："谢谢大家忍受我近乎恐怖的歌声……能有今天，我挺惊讶也挺庆幸的。惊讶的是，我当初的冤家如今竟然要变成我名正言顺的丈夫。庆幸的是，这一路走来，不管多艰难多坎坷，他都从来没有放开过，每一次都用力抓紧我的手。我要谢谢他，没有放弃我。

我快要三十四岁了，这三十四年我活得不容易但是挺快乐的，我爱过笑过哭过，满足过失落过，但却从未后悔过，因为我用我自己的方式活着，我做了我该做的事情。

是的，有那么几次，我遇上了难题。可我吞下它们，昂首而立。

今天我将成为别人的新娘，可这并不意味着我会跟过去的那个自己告别。

这些年，我过得很完整，我很幸福。因为爱上了一个对的人，我很幸运。

但这并不意味着我婚后会成为另一个人。

下一段人生路，我还会是那个完整的女王，只是更惜福，更感恩。

谢谢大家。

今天，我，何大叶，因为真正爱一个人，一点儿将就都没有地，要！嫁！了！"

何大叶尽最大的努力，弯腰向所有人鞠了一躬。

现场安静了片刻，从阳阳的 iPad 里传来一阵掌声，随即，全场掌声雷动。

大家是长见识了，没见过这样的婚礼。

可何大叶就是办婚礼的，把自己的婚礼办成其他人那样，多没劲儿啊。

刘丹轻轻地擦了擦眼角洇开的泪，顺手又擦了擦罗畅的。

张阳阳打着哈欠，只希望婚礼赶快结束，因为现场已经有三位小女孩主动跟他搭讪了，就不能让他安安静静地做个美男子吗？

宴会厅门打开，张猛穿着笔挺的西装迈着老模步伐器宇轩昂地走进来。

宾客们不少翻白眼的，何大叶都脱口秀半小时了，男主角才入场，这场婚礼是不是奠定了这场婚姻的基调，女主外，也主内，男的在一边待着就行了？

何大叶只觉有种尘埃落定之感，只希望岁月静好，她和张猛都晚点老。

可还没乐够呢，就见走到红毯中间的张猛突然来了个猛回头，向着门口，逃了！

刘丹愣了，心想现在的男人怎么都一个德行啊？

罗畅也愣了，心想这哥们儿怎么 copy（模仿）我的风格啊？真没个性。

熟悉何大叶前世今生的亲生的损友，一边高兴一边垂泪，何大叶的命怎么这么苦啊？还有，交过的份子钱能不能退啊？

何大叶自然不用说，站在台上目瞪口呆，她怎么也没想到人生的第二场婚礼，就像一部翻拍的电影，分毫不差地又重新演绎了一遍，让她突然就分不清记忆和现实了。

刘丹向前走了一步，小声问："姐，跑了！怎么办啊？"

此时两个永不相干的平行空间穿插，回到第一次的婚礼现场，罗畅跑的时候，她第一反应是怎么让自己下得了台。

她看了一眼台下的罗畅，罗畅也大眼瞪小眼连忙站起来。

何大叶嘴角带着笑意，今时不同往日，宁可错杀一千，绝不放过一个。

何况是这一个呢。

"还能怎么办，追！抓回来！老娘的第二次婚礼说什么也不能再窝囊了，记得留活口！"

说完，何大叶抓起裙子，小心翼翼地往前冲。

宾客们露出不知所措的表情，惹得何大叶深觉交友不慎："你们还愣着干吗啊？追啊。"

众宾客这才反应过来，站起身，跟被呼唤的战士一样，纷纷冲出。

然而依然有眼尖的八卦群众，看着何大叶婚纱下，穿的是喜庆的大红色crocs洞洞鞋，挺着肚子笨拙地冲下了舞台。

罗畅站着没动，自尊心貌似受到了打击："哎，什么意思啊？什么叫窝囊啊？！"

追到门口，打开宴会厅的门，刘丹和何大叶先是一愣，紧接着口水都要流出来了。

只见张猛领着一群长腿男模，穿着背心紧身裤，围住刘丹和何大叶大跳艳舞，整个就是一出高档猛男秀。

看过一张又一张的脸，何大叶相信，如果今天这个会场建筑突然倒塌，无人生还，那明天那些大牌那些封面那些代言，就没什么男模可用了。

当然，脸好看，但长手长脚的，大家动作明显不齐。

但是看客们谁也没想起，今天的舞姿也是猛男秀的一部分，因为众位小鲜肉倒是各有奇招，撩骚人的功力相当不凡，跳得如何，仿佛不那么重要了。

而张猛跳得……

上学时，老当劳动委员的那个孩子，老师是这么评价的："认真是认真，就是成绩不怎么好。但你也不好意思说他，毕竟他又蠢又认真的，你能说啥啊？"

跳着跳着，张猛一个转圈转得不稳，单膝跪在何大叶面前，还有点喘。

"年纪大了……舞步真记不住了，还行吗？"

哎哟，这个时刻哪有说这个的，可真老实。

"你跟谁学的？还玩惊喜，咱们领证多久了？"何大叶撇着嘴说。

"那是咱们人民内部承认的，太私人，现在是昭告全世界的时刻，从现在起，全世界的人都知道你是我老婆，谁也别想再惦记你，就算惦记，他们也抢不走，因为我会对你好，比任何人都对你好。"

这场婚礼是双主角，何大叶刚刚说得可爽呢，没想到张猛在这儿还留了一笔。

唉，好在他有经验，摸准了她的脾气，不然一般初婚的新娘肯定得哭晕在现场了。

何大叶感到后背接收到了无数双眼睛的注视，脸皮特别厚的她，也有点不知所措。

毕竟张猛给的这个惊喜，打乱了她原本计划的婚礼节奏。

"行了，赶紧起来吧，地上凉，别跪了。"

"等会儿再起，先让我把话说完。"张猛清了清嗓子，从西装口袋里掏出一枚硕大的钻石戒指，高高举起在何大叶面前，继续说，"大叶，虽然咱俩求婚来求婚去了好几回，但其实都不够正式。婚礼你总说一切从简，我知道是因为你怕我太辛苦，但是你知道吗？能娶到你，我的人生有多圆满，怎么可能会觉得辛苦呢？婚礼太简单，我不想在你嫁给我的第一天就委屈着。以后我们要走的路还很长很长，我希望有一天，我们都白了头发坐在摇椅上晒太阳的时候，还能握着彼此的手，想着曾经一起走过的风雨，咱们都会笑，都会觉得这辈子有了彼此，值了！婚礼我听你的，但我还欠你一个于心无愧的求婚，我要正经八百地跟你求一次，才觉得没有亏待你。所以，何大叶，你愿意嫁给我，与我携手走完人生漫长的旅程，不离不弃白头到老吗？"

何大叶迟疑了一会，很为难地跟张猛说："能答应我一件事吗？"

张猛说十件也答应。

"以后再给我玩惊喜这套，家法伺候！"

宾客们听到后，一阵哄笑。

哎，至于家法是什么，何大叶还没有想好，至于这场婚礼怎么收尾，何大叶也没想好。

但这是我的婚礼，我想怎么办就怎么办！

何大叶夺过钻戒，自己戴上："我愿意！我十分愿意！"

现场一片欢呼声，张猛身后的猛男们不知道何时已经开始拉响礼花。

何大叶很想来一个自己特别擅长的翻白眼，这群四肢发达的嫩肉们，浪漫的招数好俗气啊。

她的目光越过张猛的肩头，落在众猛男身上，突然想起些什么，小声地带着哭腔问："请这些人，花了多少钱啊？贵吗？"

张猛无奈地笑笑，拍拍她的背安慰说："贵，以后他们来咱家吃饭，咱们得随时候着，你说这条件贵不贵。"

这句话让何大叶觉得十分安心，又十分感动，何大叶蹦起来抱住张猛，要猛亲他一下。

但她低估了自己的体重，以及她和张猛的身高差，亲倒是没亲到，却把自己吓了一跳。

张猛紧张，何大叶笑笑，没事没事，事情哪有那么凑巧。

低头一看，却是一片湿润。

第一时间冒出心底的话，竟然是一句"他妈的"。

何大叶自诩身上流淌着一股见谁撕谁的热血，没想到羊水也是如此气势蓬勃。

张猛倒是反应快，横着一个新娘抱就把何大叶抱出去了。

何大叶心说也好，这个婚礼在近五年之内，应该会是宾客们印象最深的婚礼了吧。

嗯，不会有之一。

不少宾客也出去帮忙，罗畅拉着刘丹，着急说："你在这里愣着干吗呢？"

刘丹有点不太相信自己的判断，她迟疑地看着罗畅，突然哭了。

这可把罗畅心疼的，刘丹哪是随便哭的女人啊，她一定是担心何大叶吧，姐妹情深啊。

他把她搂进怀里："没事没事啊，大叶没事的。预产期就是这几天，应该是要生了。"

没想到刘丹哭着打了罗畅一拳："她当然会没事的，但我也不能有事儿啊。"

罗畅一低头，发现刘丹裙摆下，也出现了一摊可疑的液体。

简直了，罗畅干脆也学着张猛，把刘丹抱了出去。

七

现场乱成一片，十几分钟后，两辆救护车到了，手忙脚乱地把两个孕妇抬上车，朝医院开去。

躺在救护车上的何大叶哭丧着脸跟张猛抱怨："你说多新鲜啊，我这是结婚，竟然弄了个救护车车队，是不是前无古人后无来者？"

张猛握着她的手也抱怨："我早说等生完再办婚礼，你非得不听。"

"不是便宜吗？以后是要过日子的，你怎么还是这么不懂节省？"

两个人抓紧斗嘴，张阳阳一直很尽责地拿着 iPad 直播。

何大叶恼羞成怒，喊破了喉咙："张阳阳你个没良心的，这时候还拍，我这么丑，拍什么……"

阳阳觉得自己该出场了，他一双小手拉住何大叶安慰，"别紧张，何大叶，有我在呢。"

那双手虽小，却跟他爹一样，特别温暖。

何大叶心里觉得好受点，问了一个愚蠢的问题"你喜欢弟弟还是妹妹？"

张阳阳耐下性子："都行。"

可能是因为长期跟张阳阳的战斗，何大叶一直落于下风，所以等情绪稍微稳定一点，也自甘堕落，蠢上加蠢。她紧握着张阳阳的手，跟托孤一样："答应我，阳阳，以后要对弟弟妹妹好，替我照顾好他们。"

张猛一直帮何大叶擦汗呢，听到她这么说，有点急："你跟孩子说什么呢？没事没事，刚刚他们都说了，这种现象很常见。"

年轻的时候，什么都爱加一个"最"字，来衬托自己的与众不同，希望人生过得不寻常一点。

然而吃过几次亏后，必然懂得，卓尔不群的人生，需要颠沛流离的命运来配合。

何大叶对人生的野心不大，知道自己运气一直欠佳，只愿在人生各个十字路口上，能跟大多数人一样，拥有平平淡淡的真。

然而现实种种情况并不遂心，何大叶也想梨花带雨跟苍天哭诉一下，很多人生孩子就跟上个厕所一样容易，为何她生孩子一波三折呢？

可是酝酿了一下悲伤的情绪，她觉得除了阵痛之外，好像状况也还行，自己也别小题大做了，她只能开始骂肚子里的孩子："你怎么还没出生，就这么能折腾呢？"

下救护车的时候，何大叶才注意到刘丹鬼哭狼嚎的。

唉，她们这对苦难姐妹花，命运都这么惨。

不过她觉得躺在救护车上的刘丹啊，是胖了不少。

以前那是胖着玩的，现在却胖得很认真很严肃。

罗畅和张猛俩人倒是默契，一下车就互相通报说，一切安好，只欠孩子出来。

罗畅还见缝插针地问张猛要注意什么，这把张猛问愣了，看着张阳阳："生你时，我也没注意什么啊，应该注意什么啊？"

张阳阳炸了："你问我，我问谁？"

也可能是为了表示对前妻的鼓励，何大叶进手术室后见到的第一个男人，竟然是罗畅。

罗畅也一愣："大叶，你怎么在这屋？"

何大叶被阵痛弄得说不出话来，心想多新鲜啊，我跑这儿生孩子，你明知故问个屁啊。

罗畅刚要开口，就被医生骂："当老公的，握住她的手，站在那儿当吊瓶架子呢？"

罗畅说："我媳妇应该在旁边那屋呢，她老公不知道跑哪儿去了。"

当然，比阵痛更为可怕的是，今天负责手术的医生，竟然是告诉她怀孕的那个急脾气医生，医生看看她，又看看登记表，把何大叶认了出来。

她看了看旁边的男人，咦，这女人换男人了。

此时，何大叶竟然鬼使神差地想跟这位有过几面之缘的医生，解释一下：这情况吧，有点复杂……

还好张猛及时跑了进来："弄错了弄错了，罗畅咱俩弄错屋了，你快去找刘丹。不过我提个醒，刘丹的手劲儿真大，刚刚都快捏碎我了。"

医生大喊："还有空唠嗑呢！你们都给我安静点。"

然而罗畅咣当一声倒在地上，晕血，没办法。

张猛开始摇他："你醒醒啊，刘丹那边不能没人啊，我一个人忙不过来啊。"

正在此时，外面有个护士进入手术室，说外面有个小孩，找他爸，说他妈现在也不舒服了。

手术室里张猛鹤立鸡群，听完后也晕了，女人啊，连生孩子都要抢谁第一个生，一点都不考虑男人的感受。

张阳阳在刘丹的手术室门口的小窗户那里，举着 iPad，上面歪歪扭扭地写着"加油"俩字。

刘丹肯定是看不到，但阳阳觉得这算精神鼓励。

他听着手术室里的鬼哭狼嚎，也不知道是何大叶还是刘丹的声音，开始觉得自己责任更重大了。

他琢磨，要不然还是回来上小学吧，实在是担心这几个大人的智商照顾不好要出生的小朋友。

就在刚才，可能是张阳阳的现场直播太有感染力，舒颖也觉得自己有点不舒服，连忙召唤丈夫王海涛，赶快找医生。

眼见张阳阳眉头紧锁，舒颖开始不开心，跟自己的儿子撒娇。

"妈妈也要生了，你就不关心我吗？"满脸娇嗔地不高兴。

阳阳赶紧说好话，心里却在想，都什么时候了，妈妈也开始不省心了。

八

张阳阳躺在手术室的长椅上，睡着了。

醒来的时候，发现张猛满身是汗地抱着自己，在默默地流眼泪呢。

张阳阳觉得情况不对，赶紧用手擦了擦老爸的眼泪："何大叶她……"

哪想到张猛是太激动了："她生了，女孩，七斤八两，你有妹妹了！"

吓死少爷我了，张阳阳觉得这个生产的下午，简直快把他催成年了，老爸的一举一动，都幼稚得很，不过他还是挺高兴的，第一时间，张阳阳觉得要告诉妈妈。

FaceTime 那边，舒颖已经躺在病床上，皱着眉头听张猛啰唆何大叶生孩子多么伟大，最后实在忍不住了："就你家何大叶生孩子叫生孩子，我生张阳阳那会儿，怎么没见你表扬我？我现在还怀着呢，我还要生呢。"

张猛连忙哄前妻："全世界就属姑奶奶您最伟大了，行不？"

舒颖又开始赞颂自己多伟大："你说说，你们什么时候结婚不好，非要赶在我预产期这几天。瞧我多懂事，把张阳阳放回去，还给你包了一个大红包……"

张猛与张阳阳俩人对视了一眼，张阳阳很默契地把音量给调低，然后俩人每隔几秒钟，点一下头应付。

或许是唠叨很容易费体力，视频里，舒颖说到激动处，忽然停了一下，很快开始嚷嚷着说羊水破了，随着她大叫一声老公王海涛的名字，通话断了。

张猛着急，夺过黑屏的 iPad，晃着问："怎么样了？到底怎么样了啊？"动作幅度之大，如同马景涛教主在琼瑶戏中晃女演员的肩膀、好像多晃动几下，iPad 就会自动亮起来一样。

看着他拿着平板电脑瞎晃的傻样儿，阳阳彻底服了，他拍了拍脑门感叹道：唉，你们这些大人呐，真不让我省心……

此时，另外一个手术室的护士在外面喊："刘丹的家属！刘丹的家属！怎么没人啊？让孕妇一个人生孩子啊，谁家这么混蛋？！"

张猛叹气："你罗畅叔叔才混蛋呢，刚进手术室就晕血，刘丹可真命苦，要不我去陪她吧，不过大叶……"

张阳阳拉了拉张猛的手："没事，她还有我呢，你陪刘丹阿姨，我去陪她。"

张猛仔细地看着张阳阳的脸，想在他的脸上找出一点蛛丝马迹，弄明白自己如何能生出这么一个气人时会把人气死但贴心时又让人直呼受不了的小帅哥呢。

情绪上来了，张猛要抱一下张阳阳，张阳阳此时却没注意，转身就走了，脑袋一晃一晃的，还朝身后仍然处在拥抱姿势的张猛摆摆手："我是男人啦，要对我有信心。"

张猛笑骂："这个小兔崽子。"

张阳阳去病房的路上，看到了一个有着玻璃窗户的房子里，每张婴儿床上都放着一个婴儿，他特高兴地趴在玻璃上，想找出自己的妹妹在哪儿。

想想何大叶和张猛的长相，他觉得自己的妹妹应该是个小眼睛的。

他饶有兴趣地找了一圈，发现刚出生的小孩都皱着脸，跟小老鼠一样。

忧国忧民的张阳阳又开始担忧妹妹的命运，爹妈的智商都不高，万一长得又不好看，长大后该怎么办呢？

对比一下，三十四岁的何大叶，此刻什么都没想，麻药没退，她睡得深沉，又发挥了自己喜欢占便宜的特点，借此机会，做了一个甜美的梦。

其实内容没有多甜美，她坐在公园的长椅上，阳光正好，鸟语花香，还在计较为什么这次生产也这么麻烦时，一个小女孩拉了拉她。

何大叶一下子就认出她了，这就是那个跟她没缘分的孩子。

内心一片凄楚，连忙抱过这小女孩，"你跑谁家去了？"

小女孩身形很小，说话却清晰，絮絮叨叨地说，这家人望女成凤，老让她学小提琴，可真烦。

大叶越来越难过了，说："妈妈才不会逼你干什么，对不起啊女儿。"

女儿宽慰她："不是谁的错，是缘分阴差阳错罢了，请妈妈你也多保重，照顾好妹妹，听说妹妹在三岁之前都是个巨婴，不过不用担心，她很聪明，专门挑你和爸爸外貌上的优点来长，是个长腿小美女，不过你切记，一定要让……"

女儿说了好多对于妹妹人生的预言的话，何大叶努力记下，背诵。

然而大叶重复一遍之后却又都忘了，她沮丧地低下了头："对不起女儿，妈妈太笨了。"

女儿笑笑，说："记不住也没事，只要你爱她就行。妈妈，我要走了，你放心，我在那一家生活得也很好。"

何大叶舍不得，拉着女儿，摸遍了全身，却发现自己身无长物，只有头上戴着的一个粗糙皇冠。

她摘下，递给女儿，说："妈妈没有别的，就送你这个吧。"

女儿小小的身体，声音却像个小女人："妈妈你顶着这皇冠辛苦了这么多年，终成正果。难道生了小妹妹就要变成死鱼眼睛，丢掉不婚女王的架势了？"

何大叶想想，内心却一片澄净，她对着女儿轻轻摇摇头。

她也没想到，自己会有这般好运，如此美满地走完了前半生。

至于后半生呢？

哪有什么选择，也许大同小异。

不同的是，她不会因为身份变成人母或者人妻，就将就地过着后半生。

想到这，她见自己的女儿，拿过那个粗糙的皇冠，像是给她加冕一样，为她戴上。

"妈妈，既然你还是那个骄傲的女王，那就继续努力生活，努力去爱吧，像没受过任何伤害一样……"

何大叶只觉泪盈于睫，而女儿的脸，也随之越来越模糊。

她不甘地伸手去抓，手中却只是一丝丝渺渺的空，耳边依稀飘过一个声音："妈妈，你会幸福的……"

睁开眼，张阳阳正煞有介事地用毛巾给她擦着汗。

麻药退去，但身体依旧虚弱，张阳阳看何大叶醒了，连忙交代状况："张猛回家拿你的替换衣服去了，一会就回来。"

"见过你妹妹了？"

张阳阳说没见到呢，他问何大叶："刚刚你怎么在睡梦中哭了呢？做噩梦了？"

何大叶起身拥抱张阳阳，张阳阳热烘烘的小身体里，散发着温暖的味道。

"没有，我做了一个美梦，你没见过的那个妹妹原谅了我。她说，以后我就不是不婚女王了。"

"那你是什么女王？胖女王？"

大叶笑了："新女王的称号，得咱们一家四口一起商量呢。"

张阳阳也笑了，此时，张猛拿着何大叶的衣物，进了门。

"有什么事儿要商量？"

这一刻，阳光正好。

<End>

生活生活，明天我们好好地过

一直以来，我笔下的故事，说好听点，是悲剧居多，说不好听点，是没有太多好结果。

好多次，我被朋友们开玩笑，说我一定是好多世的职业后妈。

可一直以来，书写爱情，无非是我相信爱。

但或许是成长过程中形成的悲观主义，总是难免伤感收场。

你我这样难，世事总变迁，人的执念，终究要败给命数，这是我好长时间的情感观。

写完第九本书《这世界唯一的你》后，我忽然想静下心来想想我接下来的创作之路。

我厌倦了重复自己，我尚年轻，对这个世界知道得不多，却亦并不想反反复复絮絮叨叨地讲故事。

究竟什么是爱呢？二十八岁的我，到底想写些什么样的爱呢？

某一天，我忽然想通了。

一个人，对爱的最大认可，就是敢跟天争，敢孤身等到白头，敢无悔等到下一世。

徐志摩说"得之我幸，不得我命"，无非就是这个道理。

于是朦朦胧胧的，女主角何大叶的形象，影影绰绰于我脑海中混沌成形。心中有个声音对我讲，就是她了，好好写吧，这会是你的第十本书，是一个不一样的两位数开始。

而这个开始，我想给我的女主角一个明确的好结局，就像大叶说的那样："我爱过笑过哭过，满足过失落过，但却从未后悔过。因为我用我自己的方式活着，我做了我该做的事情。是的，有那么几次，我遇上了难题。可我吞下它们，昂首而立。这些年我过得很完整，我很幸福。因为爱上了一个对的人，我很幸运。下一段人生路，我还会是那个完整的女王。"

此处应有掌声。

不是给我，而是给每一位，努力在生活又执着地相信爱的男性女性。

你们所有人，都值得一个好结局。

写《不婚女王》，是想写一下新一代女性的恋爱观，写写她们面对爱情，面对婚姻的真实声音。她们早已不是"过了二十八岁就一定要把自己嫁掉"的那种女性了，她们甚至没那么想嫁人了。

如果一个男人在婚后会影响她们的生活品质，大部分时候，她们真心宁可一个人。

谢谢我身边一直在等待着一个男人等待着一份爱情，没有因为诸多现实原因而潦草地把自己嫁出去的女性。

因为你们的坚强，才有了这个故事。

这是我微笑之外的喝彩，是我在你们转身过去后羞涩的掌声。

身为一个先天就弱势、专写情感题材的男性作家，没有你们，就不会有我的十本书。

准确地说，我的每一本书，都有着一群朋友同我分享他们的生活。

我所做的，更多的，是记录。

记录下那些转瞬即逝的情和事，记录下那些回不去的青春时光，记录下那些已经遥遥远远过去的人，记录下我们曾经相信的、一直笃定的、永远信仰的爱和永远。

谢谢极光工作室的朋友们，是你们对我也许盲目的相信，大家一起不懈的努力，才有了这本书中的精彩故事。相信接下来的时光，我们一定能够创作出更多的故事，献给我们逝去的年华，致我们所热爱和相信的人和世界。

最后，要谢谢一路陪我长大的看书的你们，这份没有标准答案的考卷已经交上，我等着你们给我打分。希望你们会爱自己，能幸运地找到那个爱的人，嫁给他或者娶到她。

如果，幸福暂时没有来敲你的门，希望《不婚女王》能给予你些许的安慰，在等待幸福赶来的路上，短暂地陪你一点点时光。

到说再见的时候了，我有一个小小的请求：看到这里，无论你是什么心情，外面又是什么天气，给自己一个阳光的笑容，好吗？

你要对自己好一点，一定。

你要等到那个人，一定。

你一定要幸福，一定。

祝好。